Tudo se Conta

Toni Jordan

Tudo se Conta

Tradução
Marcos Malvezzi Leal

Ediouro

Título original: *Addition*
© 2008 by Toni Jordan

Publicado originalmente na Austrália e na Nova Zelândia como *Addition* por The Text Publishing Company.
Direitos da tradução cedidos à Ediouro Publicações Ltda.

Tradução: Marcos Malvezzi Leal
Preparação: Alessandra Miranda de Sá
Revisão: Wilson Ryoji Imoto
Capa: Ana Dobón
Imagem de capa: W. H. Chong
Projeto gráfico e diagramação: Vivian Valli

Dados Internacionais de Catalogação na Publicação (CIP)
(Câmara Brasileira do Livro, SP, Brasil)

Jordan, Toni
    Tudo se conta / Toni Jordan ; tradução Marcos Malvezzi Leal. – São Paulo : Ediouro, 2008.

    Título original: Addition.
    ISBN 978-85-00-02378-1

1. Romance norte-americano I. Título.

08-05070	CDD-813

Índice para catálogo sistemático:
1. Romances : Literatura norte-americana   813

Todos os direitos reservados à Ediouro Publicações Ltda.
R. Nova Jerusalém, 345 - Bonsucesso
Rio de Janeiro - RJ - CEP: 21042-235
Tel.: (21) 3882-8200 - Fax: (21) 3882-8212/8313
www.ediouro.com.br

*A Robert Luke Stanley-Turner
Sanx*

1

Tudo se conta.

Pouco tempo depois do acidente, virei-me certa manhã diante do portão, a caminho da escola, e olhei para a escada da frente da casa. Tinha apenas dez degraus — aparência normal, de concreto, diferente daqueles vinte e dois degraus de madeira, traiçoeiros, da escada dos fundos. A escada da frente tinha antiderrapantes e um pouco de areia cinza no meio, para ninguém escorregar quando o tempo estivesse ruim. Pareceu errado, de repente, descer sem prestar atenção. Sentia-me mal com aquilo; ingrata com aqueles degraus que vinham suportando meu peso, sem reclamar, durante os meus oito anos. Caminhei de volta à escada e subi até o último degrau. Comecei, então, a descer novamente, contando os degraus. Eram 10.

O dia foi passando, mas eu não conseguia parar de pensar naqueles 10 degraus. Não de uma maneira obsessiva. Não era algo que me atrapalhasse nas atividades escolares ou que me impedisse de brincar ou de conversar; mas era uma provocação suave, como acontece quando a língua raspa de leve um dente prestes a cair. A caminho de casa, pareceu-me natural contar meus passos desde o portão da escola, descendo o caminho, passando pela trilha, atravessando a rua e seguindo por ela até a base da colina, para então atravessar outra rua, subir a ladeira e chegar ao nosso quintal: 2.827.

Muitos passos para uma distância tão curta; mas eu era menor, na época. Gostaria de fazer essa caminhada de novo, agora que tenho 1,72 metro de altura e não 1,20, e talvez um dia ainda a faça. Só me lembro de deitar na cama, ao fim daquele primeiro dia, triunfante. Tinha medido as dimensões de meu mundo, e as conhecia, de modo que agora ninguém poderia mudá-las.

Diferente do clima, em Melbourne. 36 graus, dia ensolarado; 38 graus, a mesma coisa; 36 graus, igual; 12 graus e chovendo tanto que eu arriscava sofrer uma concussão quando ia pegar a correspondência. Este janeiro tem sido assim, até agora. Quando eu era criança, não suportava isso. Desde os 8 anos, fazia gráficos das temperaturas máximas e mínimas dos jornais, desesperada atrás de um padrão.

Com o tempo, contar se tornou o sustentáculo de minha vida. Qual é a melhor maneira de parar, fingindo casualidade, para não despertar suspeitas caso alguém interrompa? Não há problema em parar; não é uma violação das regras — os números são pacientes e esperam, desde que você não esqueça onde está nem dê um passo a mais. Mas, aconteça o que acontecer, não perca a conta; do contrário, terá de começar de novo. É difícil, porém, conter as contrações involuntárias.

— Grace, por que seus dedos estão se mexendo assim?

— Assim como?

Engraçado como eu sentia que aquilo não era algo para discutir com as outras pessoas, mesmo com apenas 8 anos de idade.

Os números eram um segredo que só pertencia a mim. Algumas crianças não sabiam sequer o comprimento da escola ou de suas casas, muito menos o número de letras de seu nome. O meu tem 19: Grace Lisa Vandenburg. O de Jill, 20: Jill Stella Vandenburg, uma a mais, embora ela seja 3 anos mais nova. O de minha mãe tem 22: Marjorie Anne Vandenburg. O de meu pai tem 19 também: James Clay Vandenburg.

As dezenas começaram a ressoar. Por que as coisas quase sempre terminam com zeros? Atravessar a rua eram 30. Da cerca da frente até a loja eram 870. Estaria subconscientemente transformando minhas contas em decimais? Parando diante do tapetinho da loja, em vez da porta, para que terminasse em zero?

Zeros. Dezenas. Dedos, artelhos. O modo como damos nomes aos números, em blocos. Um dia, na aula de matemática, aprendemos a arredondar, mudar um número para o mais próximo divisível por 10. Pedi à senhora Doyle uma palavra que definisse a mudança de um número para o mais próximo divisível por 7. Ela não entendeu o que eu queria.

Por que os relógios estão tão evidentemente errados? Contar com base em 60 é uma tendência pagã. Por que as pessoas a toleram?

Quando terminei o ensino médio, sabia do sistema digital e de sua procedência hindu-árabe e do papel dos números de Fibonacci na conquista do apoio para a base 10 em 1202. Ainda há muita revolta no ciberespaço — os partidários da terra plana se incomodaram com a escolha do 10 em detrimento do 12, que eles consideram mais puro: fácil de dividir em 2 e 4, o número dos meses e dos apóstolos. Mas, para mim, tem a ver com os dedos — assim foi designado o corpo. Fim de conversa.

Perceber que o mundo é governado pelas dezenas foi um momento decisivo para mim, como se alguém me tivesse revelado um segredo. Quando arrumava meu quarto, começava pegando 10 coisas. 10 coisas por hora. 10 coisas por dia. 10 escovadas no cabelo. 10 uvas do cacho para o café da manhã. 10 páginas de meu livro para ler antes de dormir. 10 ervilhas para comer. 10 meias para dobrar. 10 minutos no banho. Agora eu via não só as dimensões de meu mundo, mas o tamanho e a forma de tudo que ele continha. Definidos, claros e no lugar certo.

Minha Barbie e seus acessórios já eram; o bom agora eram as varetas Cuisenaire. Vistas de modo superficial, não pareciam grande coisa. Uma caixa de plástico verde; por dentro, pedaços de madeira, cortados e lisos, em vários tamanhos e cores. Inventados por Georges Cuisenaire — meu segundo inventor favorito — enquanto procurava um meio de tornar a matemática mais fácil para as crianças. Amo essas varetas, principalmente as cores. Cada vareta tem um número que corresponde ao seu comprimento, e cada número tem uma cor diferente. Por anos a fio em minha vida adulta os números eram também cores. Branco era 1. Vermelho era 2. Verde-claro, 3. Rosa (forte) era 4. Amarelo, 5. Verde-escuro, 6. Preto era 7. Marrom, 8. Azul, 9. Laranja (embora eu sempre considerasse essa cor mais como marrom-claro) era 10.*

---

*A autora faz aqui um trocadilho entre *ten* (dez), o número ao qual a cor laranja correspon-

Passava horas deitada na cama, segurando minhas varetas, escutando o *barulhinho* delas quando se encostavam. Quando ouço aquele som hoje em dia, volto aos 8 anos de idade: a cama colocada em diagonal em um dos cantos do quarto, facilitando para minha mãe arrumá-la dos dois lados. Os lençóis de flanela, com 34 listras de rosa e azul pastel que eu contava à noite em vez de dormir. Na parede leste da casa havia 4 trapeiras que pegavam o sol da manhã, as venezianas de alumínio com seus 31 sarrafos puxados para cima. A cabeceira da cama tinha uma lâmpada embutida, atrás de uma tela plástica translúcida, e uma prateleira onde ficava um pequeno rádio com transistor, imaculadamente prateado, envolto em uma capa de couro sintético, um presente de aniversário de meu avô. Havia mais prateleiras na parede oeste que continham 2 estatuetas de porcelana, 1 pastora, 1 sereia e 3 cães pequineses de pelúcia, com pêlos longos e cor de caramelo, que eu escovava todas as noites: pai, mãe e filhote. Havia uma boneca de noiva com vestido de cetim enfeitado com 40 pérolas. No chão, no canto da parede, havia 7 carrinhos de lata do tamanho do punho de uma criança, deixados para trás após a brincadeira.

Na escola, tudo ia normal. Mais que normal. A+, A+, A+. *E a primeira da classe, de novo, é Grace Vandenburg.* O segredo de meu sucesso eram os números: a cada semana eu fazia 100 minutos de lição de casa para cada matéria, e, quando terminava o trabalho, memorizava 10 palavras do começo do dicionário. Abacate, abacateiral, abacateiro, abacaxi, abacaxizal, abacaxizeiro, abacial, ábaco, abade, abadia. Minha memória se tornava afiada e eu me versava em palavras e números — fatos e cifras, datas e palavras ainda permanecem comigo hoje, mesmo que seja contra a minha vontade.

Quando me apaixonei pelos números, ninguém notou. Se tivesse me incendiado, ninguém teria notado também. Aquele tinha sido um ano ruim para meus pais. Minha mãe passava horas no jardim, cuidando de cada semente como se a morte de uma única delas a corrompesse. Meu pai já começara a definhar. Jill e eu cuidávamos de nós mesmas. Contar se tornou — e permaneceu — meu segredo.

---

de, e *tan* (marrom-claro, bronzeado), tom que ela designa à cor laranja, querendo dar a entender que a única diferença entre as duas cores seria uma vogal (*ten* e *tan*). Em português, a brincadeira perde o sentido. (N. do T.)

+₊+✛

Vivo aqui, em Glen Iris, a duas quadras de onde cresci. Moro sozinha, exceto por Nikola. (Nikola Tesla: 11.) A foto dele está em um porta-retrato com moldura prateada, no criado-mudo, bem ao lado de minhas varetas Cuisenaire. Foi tirada em 1885, pelo famoso fotógrafo Napoleon Sarony,* quando ele tinha 29 anos. Na verdade, é uma réplica da original, que se encontra no museu Smithsonian, em Washington, D.C., ao lado de um motor de indução inventado por Nikola em 1888. Seus cabelos estão repartidos bem ao meio, com esmero, e parecem lisos, embora o lado direito se recuse a se assentar. É bem curto, mal chega às orelhas, que são grandes demais para sua cabeça delicada e se projetam para trás, como as de um cão greyhound ao farejar a presa. O bigode é assimétrico, suficientemente apresentável, não malcuidado, mas também nada atraente. Nikola está usando uma camisa branca com colarinho fechado sob o paletó, que é mais escuro e listrado, com uma lapela estreita que, imagino, devia ser comum naquela época. Mas são os olhos que mostram ao mundo quem ele é. Profundos, escuros — olham para a frente. Para o futuro.

Já faz 20 anos que olho fixamente para aquela foto. Não me surpreenderia se ele falasse, um dia. Se a imagem cinzenta se materializasse em carne e osso, e se seus lábios começassem a se mover.

— Meu nome é Nikola Tesla — ele diria. — Nasci à meia-noite entre os dias 9 e 10 de julho de 1856, na Croácia. Minha mãe era Duka Mandic e meu pai, Milutin Tesla. Meu irmão se chamava Dane e minhas irmãs, Milka, Angelina e Marica. Estudei engenharia na Escola Politécnica da Áustria em Graz. Emigrei para os Estados Unidos em 1884, onde descobri a eletricidade, o magnetismo, o motor de corrente alternada, a robótica, o radar e a comunicação sem fio. Nunca me casei, nem tive namorada. Alguns de meus amigos são Mark Twain, William K. Vanderbilt e Robert Underwood Johnson. Detesto jóias em mulheres. Adoro pombos.

---

* Entre outros retratos, um de seus mais famosos, que envolveu um processo de direito autoral, foi o de Oscar Wilde, tirado em 1882. A foto foi reproduzida em um anúncio publicitário em 1884 sem autorização, e foi o primeiro caso a estabelecer jurisprudência sobre direito autoral. (N. do E.)

Estarei deitada na cama quando ouvir isso, e virarei de lado para encará-lo.

— Meu nome é Grace Lisa Vandenburg — vou dizer. — Tenho 35 anos. Minha mãe, Marjorie Anne, tem 70, e minha irmã, Jill Stella, 32. Jill é casada com Harry Venables; ele faz 40 anos no dia 2 de maio. Eles têm três filhos: Harry Júnior, 11; Hilary, 10; e Bethany, 6. Meu pai se chamava James Clay Vandenburg; ele já morreu. Sou professora, embora não esteja trabalhando agora. Apaixonei-me quando tinha 21 anos. Era um sujeito engraçado, inteligente, que queria ser cineasta. Seu nome era Chris e ele era um pouco parecido com Nick Cave.* Perdi minha virgindade no carro dele, do lado de fora da casa de minha mãe. Levei 4 meses até descobrir que ele ia para a cama também com sua colega de apartamento. Não gosto de coentro. Não entendo dança interpretativa. Não gosto de pinturas realistas. Se uso Lycra, pareço gorda.

Exclua esta última informação. Dificilmente perturbaria a mente do maior gênio do mundo com esse detalhe encantador. Ele, porém, entenderia. Ele me compreenderia. Também era apaixonado por números, mas não gostava muito de dezenas.

O amor pelos números tem muitas formas, embora as dezenas, claro, sejam anatomicamente superiores. Há um caso famoso de um rapaz de 18 anos obcecado pelo número 22. Imagine passar por portas 22 vezes; ou se sentar em uma cadeira e logo ficar de pé novamente, 22 vezes, antes de, por fim, descansar. Isso assinala a lógica inerente das dezenas. Havia uma menina de 13 anos que era assim com o 9 — batia os pés no lado da cama 9 vezes antes de dormir ou de se levantar. Há vários casos de 8, entre eles o de um menino que precisava girar 8 vezes antes de entrar em uma sala. A história do 6 é provavelmente a mais triste. Havia um adolescente que detestava tanto esse número que não conseguia repetir coisa alguma 6 vezes. Ou 60 vezes. Ou 66. Ele odiava até mesmo os números cuja soma dos algarismos dava 6: 42 ou 33.

Nikola amava o 3. Contava os passos como eu, mas era o número 3 que conquistava seu coração. Só se hospedava num hotel se o número do quarto fosse divisível por 3. Todas as noites, ele jantava no

---

* Músico, compositor e, ocasionalmente, ator, nascido em 22 de setembro de 1957 em Warracknabeal, na Austrália. (N. do E.)

Waldorf-Astoria, às 8 da noite em ponto, à mesa costumeira; ao seu lado ele deixava 18 guardanapos dobrados. Por que 18? Por que não 6 ou 9, ou 72? Eu adoraria virar na cama um dia, vê-lo ao lado do meu travesseiro e lhe perguntar. Este ano, no dia 27 de agosto, faço 36 anos. Nikola adoraria isso.

Caminhar pelas ruas de Nova York era difícil para ele, porque, se andasse mais da metade do caminho em torno de uma quadra, precisaria continuar até completar 3 voltas. Em vez de contar a comida como eu conto, ele calculava o volume cúbico de cada garfada ou prato ou copo; não se importava de comer 2 ou 20 feijões. Esse tipo de ginástica mental exige certa concentração, mesmo do maior gênio do mundo; por isso, sempre comia sozinho. Adorava jogar cartas, o que, desconfio há muito tempo, era uma maneira de canalizar o amor pelas contas. O jogo de azar é uma das poucas coisas a respeito da qual Nikola e eu divergimos. Cartas e roletas não se comportam segundo padrão algum, apesar das vãs esperanças dos tristes viciados em cassino. Em 1876, Nikola se tornou um jogador contumaz, o que preocupava seu pai, um ministro religioso. Mas acabou viciado, assim como em cigarro e café, pois ele era capaz de se viciar em qualquer coisa.

A escada da frente de nossa casa foi o que me levou a contar, mas às vezes fico intrigada querendo saber como tudo começou. Há tantas possibilidades, embora deva ter começado em algum lugar. Com alguém. Uma pessoa.

Em minha concepção mais simples, foi com uma mulher Cro-Magnon. Não que os homens não fossem capazes, mas eles protegiam a tribo e caçavam — os números eram menos importantes para eles. Eram as mulheres que mais precisavam dos números.

Um grupo de mulheres que coletava grãos silvestres ou frutas, ou que cuidava das crianças. Elas precisariam medir as coisas, para saber quando o bebê ia nascer, ou para quantos dias a comida seria suficiente. Mais de 10.000 anos atrás, uma mulher que estivesse viajando, talvez em visita a outra tribo, iria querer saber quando seria seu próximo período menstrual. A tribo teria algumas regras; por exemplo, uma mulher menstruada não poderia mexer com comida, nem se aproximar dos homens, nem tirar a pele dos animais abatidos em caça. Talvez precisasse dessa pele, rasgada em tiras. Ela não queria estar despreparada. Seria o fim do inverno e o céu estaria carregado. Não dava para ver a lua. Ela teria levado algo extra na viagem; seria o osso rádio de um lobo, que havia encontrado um dia, enquanto procurava ovos de Ptarmigan. Tinha pegado o osso sem saber por que, um dia antes da jornada, e o primeiro dia de seu período a mulher havia marcado com um pedaço de pederneira que se partira de uma ponta de lança. Desenhara uma linha:

Seria ela aclamada como grande benfeitora, precursora de um modo de saber quantos bisões havia no rebanho ou quantos dias durava a caminhada até o oceano? Seria valorizada como companheira, mãe, membro mais velho da tribo? Talvez fosse muito diferente esse modo de ver as coisas. Teria caído no ostracismo? Ou sido punida, ultrajada, por ter um discernimento maior? Teria ficado sozinha, sido expulsa porque desafiara a lua, as estações e o conhecimento por elas trazido?

Começara com uma fileira de marcas; mas não tardara até tais sinais serem agrupados em 5. Depois, os grupos de 5 se tornaram 4 traços verticais e 1 horizontal, atravessando-os. Na verdade, os numerais árabes 2 e 3 vêm desses traços. O 2 era constituído de apenas dois traços horizontais, juntos; o 3 consistia em três traços. Por fim, símbolos especiais evoluíram para 5 e 10, para acabar com a repetição de todos esses traços. Há, no entanto, uma pureza nessas marcas simples, do tipo que se vê em lousas de crianças. Contamos com o coração quando somos jovens. Na faculdade de Pedagogia, a maioria de meus colegas queria lecionar para adolescentes, mas eu só preferia os cursos de crianças. Vê-las contando me emocionava, ano após ano, como se fosse eu desenhando aquelas marcas pela primeira vez. Lembro-me de tudo acerca de minha profissão; do pó de giz, por exemplo, sedoso na palma da mão; do deslumbramento e da expressão de travessura naqueles rostinhos.

Às vezes, à noite, depois de terminada toda a contagem do dia, imagino-me como a mulher que foi a primeira a descobrir os números. A que fez as marcas no osso do lobo. Mereço ser sacrificada por minha heresia. É sempre Nikola quem me salva.

Às vezes estou em Salem, Massachusetts. Meu vestido preto, comum entre os puritanos, está atado com força, bem acima do peito. Meus punhos estão amarrados atrás das costas, em torno da estaca, cheia de ramos para a fogueira. Da cintura até os tornozelos, minhas pernas foram cingidas por meus vizinhos freqüentadores da igreja, que se arriscam a passar as mãos ásperas por baixo de minha saia, apalpando-me as panturrilhas e as coxas. A multidão vibra. Acende-se o fogo. Não há esperança para mim. Serei devorada pelas chamas. De repente, a multidão se aquieta. Um cavalo preto galopa ruidosamente na escuridão da noite. É Nikola. Ele se aproxima de mim, enquanto as chamas roçam suas botas pretas que se estendem até os joelhos. Ele não se queima. Não se machuca. Nikola corta as cordas que me prendem, e agora ele me aninha contra o peito.

Em outras ocasiões, estou com os punhos amarrados à minha frente, ajoelhada diante de um sumo sacerdote asteca. Meus olhos estão arregalados e a boca, aberta. Minhas vestimentas, de um tecido dourado e adornado com jóias, envolvendo-me o corpo, são arrancadas por dois guardas cujas mãos se mantinham sobre meus ombros, cada um puxando-as de um lado. Colocam-me uma venda de seda sobre os olhos. Um dos guardas, insolente, põe a mão sobre um de meus seios. Estou desamparada. Eles me forçam a levantar, puxando-me por uma corrente que está presa em volta de meu pescoço, e me amarram sobre um altar. Uma mão fria me aperta a nuca. De repente, percebo uma agitação em meio à multidão — murmúrios, pessoas se mexendo. Sou arrancada do altar, erguida e colocada sobre o ombro de Nikola. Minha venda cai ao chão. Os guardas estão estirados, mortos, e o sumo sacerdote rasteja.

É um conto de fadas adolescente, eu sei, mas tão vívido às vezes que a vida real parece insípida. Pelo menos, não é como as típicas fantasias de uma mulher de classe média que mora num bairro de classe média. "Possua-me nessa pia de granito, Julio! Deixe-me ver seu traseiro em movimento, refletido na frigideira de aço inoxidável pendurada na parede!"

Nas minhas fantasias, estou sempre prestes a morrer e Nikola sempre me salva. Nunca estive na Europa, ou na América ou Ásia, mas minhas fantasias me mostram lugares exóticos dos quais sinto o cheiro, e que posso tocar e experimentar. Meus sonhos não têm números, nenhum deles; não faço contas, não há cifras, nem passos. Acordo, e recomeço a contar.

É sábado. A temperatura é de 24 graus. É um número perturbador, porque, tecnicamente, a "temperatura ambiente" é entre 20 e 23 graus. Acordo às 5h55. Preciso de 5 minutos para me recompor, e meus pés tocam o chão no instante em que os números atingem 6 horas. (Verifico as horas na internet às 6 da noite e reajusto todos os relógios, até mesmo o de pulso, se for necessário. Raramente é.) O resto de Glen Iris poderia ter-se metamorfoseado da noite para o dia, de sua paisagem urbana arborizada para um panorama lunar, habitado por alienígenas. Nunca abro as persianas.

Fico de pé. 25 passos até o banheiro. Felizmente as pernas são compridas para a minha altura. Se tivesse de dar 27 ou 28 passos logo de manhã, tão cedo, isso acabaria com meu dia. Escovar os dentes — aí é difícil. Cada dente tem 3 superfícies: interior, inferior e exterior, exceto pela fileira da frente, que só tem 2 superfícies porque a parte inferior é afiada como navalha. Há 6 fileiras: superior esquerda, centro, superior direita, inferior esquerda, centro, inferior direita. Cada superfície precisa de 10 toques completos da escova, para a frente e para trás. Isso significa 16 multiplicado por 10 toques. 160. Demora um pouco. Depois, fio dental, subindo e descendo entre cada dente 10 vezes.

Banho. Ao esfregar cada braço e perna 10 vezes com sabão, é importante não ter a mão pesada. Cabelo: lavado a cada 2 dias e contado por círculos formados por cada dedo pressionando o couro cabeludo. 10 círculos para cada dedo; depois passam a outro lugar na cabeça. Repetir 10 vezes. O condicionador precisa de menos — só 10 por 5. Saindo do banho, eu me enxugo com uma toalha do topo da pilha. De novo, 10 esfregaduras em cada braço e perna, 10 para o peito e 10 para as costas. Lavar o rosto. Meu rosto é dividido em 5 zonas: testa — pálida, larga, lisa. Cada bochecha, definida por ossos acentuados. O nariz, um pouco pontudo. E o queixo, proeminente. O efeito geral é atraente, mas marcante, como um maître escandinavo que usa uma cueca um tanto apertada. Cada zona precisa de 5 esfregaduras com um chumaço de algodão para remover a sujeira. Repetir com o toner. Mesma ação para aplicar hidratante. Repetir com bloqueador solar. Secar o cabelo, 100 toques lentos com a escova grande, sob o secador. Essa é a parte mais difícil, porque cada toque deve ser completo e se estender das pontas até a raiz dos cabelos, mas ao mesmo tempo delicado, para não parecer que uso uma peruca loura frisada. A única variação desse processo é a manhã de domingo, quando também aparo as unhas, empurro as cutículas e as corto e lixo 10 vezes cada uma, com cada lado da lixa. Minha lixa especial tem 4 superfícies: a lixa propriamente dita, o removedor de pele levantada, um suavizador e um polidor. Isso também demora um pouco.

Mas hoje não é domingo. De volta ao quarto, mais 25 passos. Tenho 10 pares de calcinhas e 5 sutiãs. Estão dobrados nas gavetas apropriadas, e eu pego sempre os do topo da pilha. Uso cada sutiã 5 vezes e cada par de calcinhas 1. Tenho 10 pares de calças e 10 saias. Tenho 10 blusas de mangas curtas e 10 de mangas compridas. As calças e as blusas de manga comprida são para os meses frios, claro, e eu as uso alternadamente, a cada dia, a partir de 15 de abril, que é a data do meio do outono, até 15 de outubro, metade da primavera. Para os meses de inverno — junho, julho e agosto — acrescento uma jaqueta, independentemente da temperatura. As saias e blusas de manga curta são para a outra metade do ano. Cada blusa é usada 1 vez e cada par de calças ou saia, 5 vezes se o primeiro dia for uma segunda-feira, mas apenas 3 vezes se o primeiro dia for domingo.

Começo pela esquerda do guarda-roupa e vou usando até a direita, porque depois de lavar e passar minhas roupas eu as penduro de volta, do lado direito. A ordem é aleatória, determinada pelo modo como as penduro no varal, que por sua vez é determinado pela ordem em que as tiro da máquina de lavar; coloco a mão dentro da máquina e tiro a primeira roupa que tocar. Não me preocupo em ordená-las, embora haja uma quantidade desproporcional de cor escura, lisa, em meu guarda-roupa. Estampas e apliques são fontes de problemas. Eu tenho 10 pares de sapatos: para o dia e para a noite, para cada um dos semestres, além de botas, tênis, botas de cano longo, chinelos, tênis velhos e um par de sandálias que não servem, mas compõem o total de 10. Os sapatos para a noite não desgastam muito porque já faz um tempo que eu não saio nesse período.

Enfim, agora estou pronta para o café da manhã. São 7h45.

Como é sábado, depois do café eu vou às compras. Às 8h45 no sábado, em janeiro, em Glen Iris, o supermercado está vazio — todos ainda estão dormindo em suas casas de praia em Portsea ou Anglesea, ou Phillip Island, sonhando com quem costumam sonhar quando se deitam ao lado dos cônjuges. Aguardando-me na caixa registradora está um garoto bonito, 20 e poucos anos, cheio de entusiasmo estampado no rosto rosado. Ou ainda está cheio de amor pela humanidade depois do êxtase da noite anterior, ou espera pelo momento certo para me falar da Amway. Não há outro caixa à disposição. O rapaz sorri, encorajando-me. Sinto uma dor de cabeça começando a me rondar. Empurro o carrinho, que range a cada movimento.

Meu carrinho tem 2 bandejas de coxas de frango, gordurosas e brilhantes; cada bandeja contém 5. Uma caixa de ovos com a inscrição "uma dúzia". (Toda semana, asseguro ao rapaz-êxtase ou à garota lustrosa, mochileira e com 7 *piercings* em cada orelha, que já conferi os ovos. Isso é para que eles não abram a caixa e vejam que tirei 2 e os deixei na seção de temperos avulsos.) Sacos plásticos que contêm 100 feijões (isso é dificílimo), 10 cenouras, 10 batatas, 10 cebolas pequenas, 100 gramas de salada mista. (Recuso-me a fazer compras em supermercados que não têm balança digital.) 10 latinhas de atum. 10 garrafas cor de laranja de xampu. 9 bananas.

O quê?

Conto novamente.

Puxa vida, como fui colocar 9 bananas no carrinho?

Isso é impossível. Olho atrás dos ovos, debaixo do saco de feijões. Isso é *impossível*.

O atendente drogado e extasiado espera atrás do balcão, sorrindo. Aqueles dentes são sinal de um dinheiro bem gasto. Ele sorri como um cientologista. Bem, vou voltar. Não posso comprar 9 bananas. Ele pode esperar enquanto eu volto ao corredor 12 e pego mais uma.

Quando estou me preparando para pedir licença, alguém pára atrás de mim com uma cesta debaixo do braço; agora vou perder meu lugar. E eu tinha chegado primeiro. Que tipo de zé-mané vai ao supermercado tão cedo, num sábado? Deve ter passado uma noite de sexta-feira sozinho, assistindo a um DVD do *Inspetor Morse* enquanto tomava uma xícara de chocolate quente. O traficante cientologista ainda está lá, esperando. O sorriso vai diminuindo. Ele cruza os braços.

O sujeito com a cesta está lendo *Celebrity Nosejobs*, ou alguma outra publicação ganhadora do Pulitzer, que pegou na prateleira de revistas ao lado do balcão. Deve ser míope, pois está segurando a revista bem perto do rosto. Só vejo os antebraços sob as mangas arregaçadas até os cotovelos. São lisos na parte de baixo. Um deles tem um tendão retesado por causa do peso da cesta. Pêlos loiros na parte de cima. Não muitos. Não chegam a se estender até o dorso das mãos quadradas; mãos capazes. Quase caindo da cesta, em meio a 2 bandejas de carne moída, 3 de salsichas, um pote de pasta de pimenta e 3 maçãs, há 1 banana desgarrada.

O segredo para uma operação assim é a casualidade. Eu sorrio, como uma piranha arreganhando os dentes, para o cientologista. Ele mexe na gravata. Começo a colocar minhas compras sobre a esteira do balcão, na extremidade mais distante do leitor de códigos. Coloco tudo, menos as bananas. A esteira se move, implacável. Não liga a mínima para as bananas.

— Estou exausta — digo.

Ele se assusta. Quem o treinou deveria ter mencionado que os fregueses às vezes falam.

— Passei o dia todo ontem juntando trocados para a Cruz Vermelha. Alívio para a fome. Para as crianças. — Pisco. O sorriso do moço retorna. Faço um gesto com um dedo, chamando-o mais para perto, e indico, com a mão, as compras. Baixo a voz, quase sussurrando. — Posso pagar por tudo isso com moedas de 5 centavos?

Ele arregala os olhos, e responde:

— Preciso perguntar ao gerente. — O moço se volta para trás, procurando alguém, qualquer pessoa. Enquanto está distraído, eu, sempre de maneira casual, pego as bananas do carrinho com as duas mãos. Ainda com um ar casual, reassumo minha posição e, muito mais casualmente, volto-me para trás, estendo os braços, seguro a ponta enegrecida da banana do zé-mané e a puxo para fora da cesta. Ele não vê nada, detrás da revista.

Quando meu potencial cultista lavador de dinheiro se vira para mim, só me vê sorrindo estranhamente, com as mãos para cima como se estivesse pronta para coroar a Miss Universo com uma penca de bananas. Uma penca com 10 bananas que eu, delicadamente, coloco na esteira.

— Não se preocupe com as moedas — digo, puxando uma nota de 50 de minha carteira. — Nem todo mundo é mão-de-vaca.

A Operação Recuperar Bananas está completa. Minhas compras estão nas sacolas e já foram pagas. Paro por um minuto para ver as manchetes das pilhas de jornais perto da porta. Cantarolando o tema de *Fugindo do Inferno*, saio da loja com 2 sacolas em cada mão. No estacionamento, apóio-me por um instante para ajeitar as sacolas plásticas antes que elas amputem meus dedos. Endireito-me. Há uma pessoa bem na minha frente.

É o zé-mané. Sua mão direita segura uma maçã. Ele joga a maçã ao ar e a apanha.

2

— Pois não?

Presença de espírito a gente adquire na faculdade de Pedagogia.

— Você quer uma maçã? — Ele sorri como se fôssemos amigos e levanta uma sobrancelha. Dentes brancos bonitos. Olhos castanhos com algumas rugas em volta. 12 em volta de um, 14 do outro. Na cabeça um par de óculos Wayfarers, *c.* 1986. O homem trabalha ao ar livre, eu diria; magro, mas com bíceps e antebraços definidos. Sua camisa é vermelha, com algum tipo de logotipo. Jeans azuis desbotados. Deve ser uns 10, talvez 11 centímetros mais alto que eu. Os pequenos caracóis em seus cabelos loiros parecem úmidos, como se ele tivesse ido direto ao supermercado após sair do banho. Ou talvez esteja suado. As narinas às vezes se dilatam.

Não respondo. Coloco as sacolas no chão e cruzo os braços.

— É uma boa maçã. Suculenta. Você pode levar esta maçã e devolver minha banana? — Ele estende a mão com a maçã.

— Minha banana? Você disse *"minha* banana"?

Ele assente com a cabeça. Está mordendo o lábio inferior.

— Já tinha pago por ela?

Ele ri, a cabeça se inclinando para trás.

— Na verdade, não. Mas estava na minha cesta.

— Aquele lance de *minha* de novo. — Reviro os olhos e falo devagar. — Era uma banana do supermercado, porque você não pagou. E agora é minha, porque eu paguei. A cesta também era do supermercado. Nada aí... é seu.

— Bem, esta maçã é minha, porque paguei por ela. — Ele finge jogá-la para o alto de novo, mas, em vez disso, me oferece a maçã. — Um presentinho por sua gentil explicação de direito de posse.

A maçã parece suave ao toque de minha mão, e está quente onde ele a pegou.

— Isso não é nada. Eu posso explicar reforma microeconômica usando 2 baguetes, 1 rolo de papel higiênico vazio e 1 ratoeira. — Coloco a maçã por cima do xampu. Pego as sacolas e começo a me afastar. Ele caminha a meu lado. É como se estivéssemos andando juntos.

— E todo esse xampu? Serve para explicar... a bolsa de valores? Você está monopolizando o mercado? — As mãos, sem maçãs, estão enfiadas nos bolsos traseiros dos jeans. Jeans apertados.

Paro de novo.

— Você está fazendo alguma pesquisa?

— Só curiosidade. Você tem legumes, frutas e frango provavelmente para uma semana, para uma pessoa. Mas há xampu para muito mais. Isso me surpreende.

— Supermodelos. Eu e 29 outras supermodelos vivemos juntas em uma casa grande, pintando as unhas dos pés umas das outras e fazendo guerra de travesseiros vestidas com pijamas. Isso aqui é comida e xampu para uma semana.

Ele encosta o braço longo na sacola em minha mão esquerda e descobre as batatas.

— Não pense que estou duvidando. Você poderia ser uma supermodelo. Mas tenho certeza absoluta de que as supermodelos não comem batatas. Além disso, você não comprou alface. Nem brotos. Nem água Perrier.

— Tem razão. Estou brincando com a história das supermodelos. Na verdade, estou fazendo estoque de xampu. Os cavaleiros do Apocalipse estão chegando.

Ele balança a cabeça e franze o cenho, momentaneamente entristecido com a idéia do fim do mundo. Olha para as minhas sacolas, de novo, como se o conteúdo pudesse ter mudado nos últimos dez segundos.

— Nada de água? É algum tipo mágico de xampu que mata a sede em situações apocalípticas? Seja como for, os cavaleiros não se incomodam com sua aparência.

— A água não será necessária, porque os cavaleiros nadarão nos mares, que subirão de nível. E eles se importam com minha aparência, sim. Acho que a Bíblia fala alguma coisa sobre os humildes e os mansos herdarem a terra.

Nada dizemos por um milésimo de segundo a mais do que seria confortável.

— Obrigada pela maçã. Da próxima vez que comer salada de fruta, me lembrarei de você.

Atravesso o estacionamento. Não olho para trás.

Antes, eu era boa de flerte. Muita gente pensa que o flerte tem a ver com sexo. Bem, tem a ver com a surpresa, e a surpresa tem a ver com sexo. Se uma pessoa pode ser imprevisível com palavras, imagine como será excitante usando a boca. Ou a língua. Ou os dentes.

Sou boa de flerte porque muitas conversas me passam pela cabeça o tempo todo, com muitos resultados diferentes. Sempre fui boa para pegar as pessoas de surpresa. Na verdade, quanto mais nervosa eu fico, mais frases e pensamentos e números voam por meu cérebro, procurando, embora sem encontrar, uma saída. Ouça o comentário de uma pessoa, e pense em todas as respostas possíveis. Quantas seriam lógicas? Bem, se o comentário for "De que cor está o céu hoje?", a resposta seria limitada a, digamos, 15 ou 16 escolhas. Mas se alguém diz "E todo esse xampu? Serve para explicar... a bolsa de valores?", poderia haver 100, talvez 200 respostas apropriadas. E se cada resposta abre caminho para outros 200 comentários, já temos, então, 40.000 possibilidades em 3 frases. E algumas conversas têm 50 frases; por isso, é impossível planejar de antemão. O truque é dizer a primeira coisa que lhe vier à mente.

Quando eu dava aulas, às sextas-feiras, após o trabalho, alguns de nós íamos a um *pub* na mesma rua para tomar uns drinques. Certa noite, quase no fim dela, já tínhamos bebido um pouco e eu estava sentada no bar, conversando com um sujeito adorável chamado Gav. Admito, era um flerte. Ele era pedreiro e usava botas pesadas, sujas de cimento, jeans pretos e uma camisa azul listrada. Tinha um belo sorriso. Um dos professores ficou furioso. Chegou por trás de Gav e sussurrou-lhe algo no ouvido; mas pude ouvir muito bem, apesar da música alta. *Não perca seu tempo, cara. Ela parece gostosa, mas é louca de pedra.*

Deixo a maçã em cima de uma cerca, na metade do caminho, ao descer a próxima rua.

Hoje à noite, sonho com Nikola, mas ele tem cabelos loiros com pequenos caracóis úmidos. Depois de me salvar, depois de me beijar, põe a mão sobre a curva de meu abdômen — uma grande mão espalmada. Passa os dedos por baixo da barra de minha saia. Sinto sua respiração em meu ouvido. A mão penetra por baixo da calcinha e aperta-me o clitóris, subitamente, com firmeza e força, com o polegar áspero de todas aquelas experiências. Perco o fôlego. Quando acordo, permaneço deitada, imóvel. Ainda sinto o toque.

No aeroporto internacional de Melbourne, não há portão 13. Os portões vão até 11 em números ímpares e até 14 em números pares. Dizem que eu sou louca de pedra, mas todo mundo é assim. O medo do número 13 é profundo nas pessoas, naquela parte delas que é mais instintiva que humana. Imagine o anúncio: "Atenção, por favor. Vôo número 911 para Nova York, saindo do portão 13". Quantas pessoas embarcariam? Pessoas racionais. Pessoas cultas. O medo do número 13 é chamado triscaidecafobia. Quase todas as pessoas têm. Elas trabalham, têm amigos, parceiros. Ninguém tenta fazê-las tomar remédio por causa disso.

Em minhas aulas, eu sempre falava sobre os medos. As crianças adoram isso. Elas adoravam dominar palavras longas, entortar a língua, assim como eu amava ensiná-las. Lembro-me das favoritas dos alunos: ablutofobia, medo de tomar banho; elurofobia, medo de gatos; e, claro, araquibutirofobia, medo de que a pele do amendoim ou de pipoca se incruste no céu da boca.

Como sempre, vinham reclamações dos pais. *Como isso melhorará as notas de Bilynda na escola?* Como sempre, eu não podia dizer-lhes a verdade acerca da vida de seus filhos. Que eram daltônicos. Que não tinham ouvido para música. Que eram formigas correndo por meu terraço enquanto o sol nascia, só para voltar a correr quando ele se pusesse. Arrumariam empregos em escritórios e a maioria trabalharia bem o suficiente apenas para comer. Iriam se encontrar com outra formiga do mesmo sexo ou do sexo oposto, e fariam mais empréstimos financeiros do que seus avós podiam imaginar e usariam sua liberdade como hipoteca para uma casa de praia. Caso se reproduzissem, iriam criar mais formigas trabalhadoras para garantir o crescimento econômico e mais pagadores de impostos para sustentar mais políticos e escolas de pior qualidade. Quando se aposentassem, não receberiam um relógio de ouro, mas uma pensão. Seus filhos-formiga se mudariam para evitar a sufocante falta de criatividade de seus pais. Estes, por sua vez, gastariam suas míseras pensões em pílulas — para artrite, diabetes e doenças do coração, e o comprimido azul de quatro faces, para ainda se sentirem dispostos, excitados, e se lembrar da época em que, quatro vezes por semana, o cio os fazia se sentir vivos. Passariam seus últimos anos vivendo em meio a uma pilha de lixo com outras formigas abandonadas, olhando para as paredes e para o teto até conhecerem cada rachadura, cada falha de pintura, tão bem quanto outrora conheciam o próprio rosto. Iriam morrer sem dor, devido aos avanços da moderna terapia à base de medicamentos, tão inertes e insípidos como haviam sido a vida toda. Seus pertences se espalhariam e eles deixariam de existir.

Nunca disse isso aos pais.

Hoje vivo com o seguro-doença. Sou incapacitada, dizem todos; não posso mais trabalhar. Em vez de ir à escola todo dia, exatamente às 8 horas, para supervisionar o *playground*, fico em casa, no meu apartamento em Glen Iris. Prédio típico dos anos 1960, de tijolos. Feio. Meus vizinhos são dementes enfadonhos típicos, com seus 30 e poucos anos, grudados no celular; um grupo de estudantes asiáticos que, quando cozinham, dá para sentir o cheiro no bairro vizinho; e dois casais lúgubres — um com aparência andrógina, semelhante a David Bowie em 1976, e o outro assustadoramente diferente, talvez uma mistura de Hell's Angel e uma bibliotecária.

Meu apartamento fica no último andar. Tem um quarto, pequeno e apertado, só com minha cama e uma cômoda. Os armários são embutidos. Tem um banheiro, uma cozinha arejada, onde eu como, e uma sala de estar com paredes tom de creme e carpete verde-escuro e todos os meus livros. Meus livros são, na maioria, enciclopédias e material de referência, embora às vezes eu me aventure na ficção — Umberto Eco, Camus, Conan Doyle. Tenho uma estante com 5 prateleiras, cada uma com 30 livros. Em algumas, 30 é uma quantidade excessiva — os livros ficam comprimidos, socados ao lado de seus irmãos, até não poderem mais respirar. Já em outras 30 cabem com folga, e há espaço para alguma tranqueira da infância: um globo de paisagem com neve com a inscrição "Saudações da Costa Dourada", ou um porta-retrato descascado com a foto de casamento de meus pais. Eles mostram um sorriso de uma outra era, e sorriem porque não conhecem o futuro. Parem de sorrir. Corram!

Os livros estão em ordem alfabética, por título: *Gray's anatomy*, apertado ao lado de *Grandes momentos da matemática*. *Biografia hoje: cientistas e inventores* acaricia *Breve história da doença, ciência e medicina*. Em anos passados, eu os separava por assunto: ciência, medicina, matemática. Mas agora estão todos juntos, misturados e flertando uns com os outros.

A sacada de meu apartamento é pequena. Ficar em casa o dia todo me dá mais tempo para contar com seriedade. Ainda dou algumas aulas particulares; cinco crianças, dinheiro na mão. Matemática. Os pais sabem tudo sobre mim; que coloco as crianças sentadas em minha pequena cozinha e faço cada exercício no livro 5 vezes, e não prossigo com a matéria enquanto todos os exercícios não estiverem feitos. Uma das mães participou das duas primeiras sessões, só para ter certeza de que eu não jogaria Toby pela janela. Imagino-a falando com as outras:

— Ela é louca, com certeza, e não seria capaz de cuidar de uma sala cheia de crianças. Mas consegue fazer com que ele entenda todos os exemplos, e, se errar em algum, ela explica de novo, com uma voz tranquila, e pede que ele faça de novo o exercício. Nunca perde a paciência, como os outros professores. Fica sentada lá e o observa fazendo suas contas, quantas vezes for preciso.

Imagino o que os outros pais dizem. O que todos dizem, aliás. Ela não pode trabalhar, não pode viajar. Não tem uma vida de verdade. Tenho certeza de que poderiam apresentar uma lista das coisas que não sou capaz de fazer. E a vida seria diferente se eu não contasse, sei disso.

Mas, sem as contas, o mundo seria grande demais e mutável demais. Um vazio infinito. Eu ficaria perdida o tempo todo. Ficaria sufocada.

Outra semana agitada se passou, cheia de contas. Fui ao café. Fiz as tarefas domésticas. Conversei com minha sobrinha ao telefone. Recebi um livro novo pelo correio, *Manual dos distúrbios gastrintestinais funcionais*, e o li. Tive um desejo louco de suco de maçã, que não compro porque não está em minha lista. Nem sequer gosto de maçãs.

É sexta-feira. 13 graus. São exatamente 10h30 da manhã. Saio de casa a pé, como faço todos os dias. 150 passos até a esquina, depois 400 até a próxima esquina. 20 para atravessar a rua. 325 até a outra esquina e mais 25 até a entrada do café. Exatamente às 10h48 chego ao café. Fica do outro lado da rua, em frente ao parque. É um lugarzinho modesto, com cadeiras de vime e mesinhas com tampão de vidro. Lembra muito Paris. Nas paredes, reproduções de Monet — as mesmas que a gente vê em qualquer loja de molduras na High Street. No fundo há um balcão laminado e com ondulações, com caixa registradora, uma vitrina com 11 bolinhos de banana dispostos em 3 fileiras e um baleiro listrado, para as gorjetas. Gostaria de saber quanto dinheiro há lá, mas, da porta, não o vejo e não posso contar.

É assim que acontece: eu entro. Pego a primeira mesa vazia, começando do canto superior esquerdo, andando pelo salão em sentido horário. Sento-me. Cheryl me vê, de onde quer que ela esteja — atrás do balcão, ou limpando outra mesa ou entregando um pedido. Ela é alta e tem cerca de 50 anos. (Estou bolando um plano para descobrir sua idade, porque me incomoda não saber exatamente. Penso em comentar: *Que hidratante você usa, pois a sua pele é tão bonita para a sua idade!* Ela ri e pergunta: *Quantos anos você acha que eu tenho?* Eu digo: *Uns 40?* Ela ri e responde: *Eu tenho 48!*) Ela tem cabelos compridos e escuros, soltos, que caem pelas costas. Não são muito higiênicos para uma pessoa que trabalha com comida. Sorri pouco, mostrando uma minúscula centelha dourada de uma obturação no molar superior esquerdo. Usa um avental preto em volta da cintura e uma caneta em cima da orelha. Então, ela fala, escolhendo entre "Dia gostoso, não é?" e "Que droga de tempo". Seria bom se oscilasse entre estes e outros clichês específicos para cada dia da semana, mas esse é o problema com as pequenas empresas. Elas não têm um método.

Cheryl diz "O que vai ser, querida?" como se fosse uma pergunta; como se tivesse alguma dúvida. Se vivêssemos em Nova York, tenho certeza de que perguntaria: "O de sempre?", mas Cheryl nunca admite que existe o de sempre. Talvez aposte com as amigas, esperando o dia em que vou pedir outra coisa.

Mas eu nunca peço. Quero sempre 1 chocolate quente com 2 *marshmallows* e 1 fatia de bolo de laranja. Enquanto ela vai buscar, reconto as mesas. 17. As cadeiras. 59. Falta uma. Talvez esteja na cozinha, para os cozinheiros esgotados descansarem os pés. Cheryl leva entre 3 e 7 minutos para trazer meu pedido, dependendo do número de pessoas no café, e diz: "Pronto, querida. Boa refeição".

E é boa mesmo. Mergulho os 2 *marshmallows* no chocolate quente e mexo, e suas camadas ganham consistência. É quente e doce, com espuma em cima, como um capucino. O bolo é a minha parte favorita do dia. É bolo de laranja sem farinha, molhado, que esfarela, com raspas de casca de laranja amolecidas, espalhadas por igual. Tem uma cobertura de requeijão e é salpicado — não coberto; salpicado — de sementes de papoula. E o cozinheiro não o faz sempre igual — às vezes há 12 sementes, espalhadas como formigueiros no deserto. Outras vezes há 50, todas juntas como se estivessem se protegendo de um vento forte; ou são 75, comprimidas em um pequeno pedaço de bolo, como crianças num trem a caminho de casa, vindo do Royal Melbourne Show.

Primeiro, eu as conto.

Então, esse número — o número de sementes — deve ser o número de bocados para eu comer o pedaço de bolo.

Entre 20 e 30 é fácil — geralmente como pedaços pequenos por vez, enquanto bebo o chocolate. Menos de 20 já requer certa habilidade — dividir mentalmente a fatia, calcular o tamanho de cada garfada e, por fim, comer. Mais de 30 é um número grande de garfadas; uma vez havia a quantidade incrível de 92 sementes de papoula, por isso tive de comer o bolo quase farelo por farelo.

É assim que deve acontecer. Mas hoje, quando entro no café às 10h48, não há mesas vazias. Todas estão tomadas.

Nenhuma mesa vazia.

O que faço agora? Como vou embora? Como chego em casa?
Nenhuma mesa. Nenhuma mesa. Nenhuma mesa.
Sempre há uma mesa.
Nenhuma mesa. Nenhuma mesa. Nenhuma mesa.
Começo, então, a ouvir um barulho. Presto atenção. É o ruído de sangue percorrendo os minúsculos vasos capilares perto de meus ouvidos. Está começando. Está começando de novo.
Respiro mais depressa, mas não consigo inalar o suficiente. Os ombros doem porque minhas juntas se separaram e os braços estão soltos, ligados ao corpo somente pela pele. A cabeça gira, rogando por uma mesa vazia. Se eu não me sentar, não posso pedir bolo e chocolate; se não pedir bolo, não posso contar as sementes nem saber com quantos bocados comer o bolo; e, se não comer o bolo, ele ficará lá; e, se ficar lá, sem que eu o coma, como vou saber quando devo ir para casa? Estou à deriva agora, não há nada para me levar de volta para casa. Estou à deriva, o vento sopra contra mim, e me leva, e posso acabar em qualquer lugar. Começo a sentir cãibras no abdômen. Talvez seja cólera. Logo, tudo que está dentro de mim vai escoar.
Então eu o vejo: o homem do supermercado. Está sentado à segunda mesa contando dos fundos, ao lado da parede à direita. Ele me vê. Há uma cadeira vazia em sua mesa. Ele acena para mim, como se fosse um garoto no terceiro ano.
Uso um relógio no pulso esquerdo. É um relógio velho, de menino. Deve ter sido de meu irmão. Todo mundo tem aqueles momentos em que tudo parece se tornar sufocante. Quando tudo parece me sufocar, olho para o relógio. Adoro seus números romanos. Amo a aparência deles, como se fossem construções romanas com todos aqueles "I", como colunas de um prédio em ruínas. Números romanos raramente são usados agora, exceto para a data em que um filme é feito, para não percebermos como ele é velho. Ou itens numéricos em uma série, como barcos, ou filhos, ou os filmes de *Rocky*.
Há duas coisas que eu mais aprecio nos numerais romanos: primeiro, não são só os símbolos que importam, mas também onde eles são colocados. I e V juntos deveria equivaler a 6. Mas, se você colocar o I antes do V, é 4. XL é 40, CM é 900. Gosto deles também pelo fato de não haver zeros. Os romanos não os tinham inventado. A honra coube aos hindus.

Às vezes, gostaria de me esgueirar dentro do mostrador do relógio de meu irmão. Caminhar entre os números. Tocá-los. Equilibrar-me nos ponteiros. Por quanto tempo agüentarei ficar aqui, pensando em números?

Qual é a quantidade de tempo apropriada para você ficar de pé em uma cafeteria, olhando para o relógio?

O mistério dos números romanos é este: por que os mostradores de relógios (de mesa, parede ou de pulso) têm IIII em vez de IV? Com certeza, os romanos sabiam contar na própria língua. Até o Big Ben tem IIII em vez de IV. A resposta mais comum é que o IIII equilibra o VIII no lado oposto do mostrador. Mas I e IX não se equilibram, e ninguém se preocupa com eles. Não, a resposta mais provável é esta: apesar de nossas regras rígidas para contar, para controlar o modo como os números são usados, para montar um padrão, os romanos não pensavam assim. Provavelmente IIII era aceitável, pois todos o reconheciam como 4, e não havia nenhum problema aí. Eles tinham mais com que se preocupar, por exemplo, arrumar bons lugares onde se sentar no Coliseu e tomar cuidado para que suas togas não caíssem. Mas talvez toda a questão do IIII/IV seja a verdadeira causa da queda do Império Romano. Muitos impérios sobrevivem a incursões através de suas fronteiras. Mas, do desleixo, não há recuperação.

Seja qual for o tempo permitido para alguém ficar de pé numa cafeteria, olhando para o relógio, já passou.

Agora, tenho que decidir.

3

Posso esperar o pânico aumentar até não conseguir mais respirar, ou posso me aproximar dele e me sentar. Se fizer isso, Cheryl virá, fazendo algum comentário sobre o clima, e poderá me trazer o chocolate e o bolo, para eu comer e depois ir para casa. Mas, se me sentar lá, terei de conversar com ele. Seriam já 2 conversas com um estranho. Sem precedentes.

Vou até ele. 12 passos até a mesa.

Puxo a cadeira.

Sento-me.

Ele tem dentes bonitos, como os dentes de leite de uma criança. Pelo menos, os 6 que eu vejo são assim. Branco leitoso, com curvas em vez de quinas e pontas. Está usando jeans de novo, numa sexta-feira. Ótimo. Não só não tem amigos como também está desempregado. Mas fica bem de jeans. Tem uma camisa xadrez preta, de mangas curtas, com 6 botões na frente. Os botões são pequenos e cintilantes — plástico que dá a impressão de madrepérola. Seus cabelos loiros estão despenteados. Ele me ofereceu sua mesa. Devo ser educada.

— Você está me seguindo? — pergunto.

No meio de um gole do café, ele resmunga:

— Hum... não. E você, está me seguindo?

— Para que eu seguiria você?

— Não sei... para roubar mais frutas?

— Era apenas uma banana. Já superei.

— Eu também. Sério. É... bom ver você de novo. — Ele pega o cardápio. E o larga novamente. Parece que seu cérebro está se esvaindo.

Verifico meu detector de sarcasmo. Nada. *Talvez ele realmente ache bom me ver de novo.* Surpreendentemente, começo a corar. Um vermelhão violento e pulsante.

— É porque você me viu andando na sua direção. Sou ótima para andar. O segredo é — curvo-me para a frente, olhando de um lado para o outro, com ar de conspiração, colocando a mão no rosto, ao lado da boca, para não deixar os intrometidos ouvirem — um pé diante do outro. Meus pais me ensinaram isso muitos anos atrás, e pratico quase todos os dias. É meu evento favorito: andar na cafeteria.

Ele abre a boca para replicar, mas Cheryl aparece, por trás de meus ombros.

— O que vai ser, querida?

Finalmente.

— 1 chocolate quente com 2 *marshmallows* e um pedaço de bolo de laranja, por favor.

— Não tem bolo de laranja, querida. Quer um pedaço de torta de limão?

Merda.

Merda.

Não entre em pânico, não entre em pânico, não entre em pânico.

Sem bolo de laranja, sem sementes de papoula. Sem sementes de papoula, sem números predeterminados de bocados. Como posso comer alguma coisa sem número predeterminado de bocados?

Olho para o Homem da Banana.

— Qual é a sua idade?

Ele não tem sequer a elegância de parecer surpreso. As pessoas deviam aparentar surpresa quando um estranho lhes pergunta a idade no momento de fazer um pedido numa cafeteria.

— 38.

Viro-me para Cheryl.

— Tudo bem, quero a torta de limão.

Cheryl sorri discretamente. Não para mim.

— Mais alguma coisa, Shamie? Foi correr mais tarde hoje, hein?

Shamie. Eu venho aqui todos os dias há 2 anos, e ainda sou apenas "querida".

— Dormi tarde. Tive uma noitada ontem. Ah, sim, mais um café, obrigado, Cheryl.

Cheryl lhe mostra o mais suculento sorriso. Nunca sorriu para mim assim, nem no meu aniversário, quando lhe dei 10 dólares de gorjeta. De repente, eu a odeio. É culpa dela eu estar sentada à mesa de outra pessoa e não poder comer o que peço sempre. É culpa dela estar cercada por idiotas sorridentes. Ela sai para pegar meu bolo de laranja — interpretado, hoje, pela torta de limão.

— Foi correr mais tarde hoje? Ela cronometra você?

Ele ri, embora não seja engraçado.

— Geralmente corro em volta do parque logo de manhã. Depois, venho aqui para um café.

Algo me diz que Cheryl levará mais de 7 minutos para trazer meu bolo hoje. Pelo menos, a sensação vai ser de demora. Sou perseverante.

— Que nome é esse, afinal, "Shamie"?

— Seamus Joseph O'Reilly. Você nunca vai adivinhar de onde vieram meus pais.

19. Assim como eu.

— Índia?

— Ah... não. Se fossem da Índia, meu nome seria Seamus Joseph O'Singh.

Agora que estamos mais próximos, vejo que os olhos dele não são castanho-escuros. São castanho-claros.

— Agora é a sua vez — ele diz.

— De quê?

— É assim que as pessoas se conhecem e fazem amizade. Eu digo meu nome, depois você diz o seu. E, então, damos as mãos.

— Ah, é? Que ritual pitoresco. Você é antropólogo?

Meu bolo de laranja chega. Parece muito uma torta de limão, mas posso ignorar esse detalhe. Mais difícil será comê-lo em 38 bocados. Escolhi uma tarefa difícil aqui. Que pena que ele não tenha 14 anos.

Torta de limão é muito mais plana que bolo de laranja. Eu diria que tem só um terço da altura. Poderia facilmente comer uma fatia de bolo de laranja com 38 garfadas, mas com a torta de limão seria mais difícil.

Começo dividindo a fatia pelo comprimento, indo do recheio até a borda de massa. Depois divido-a ao meio, mas não exatamente bissecta porque a parte perto da borda é muito mais larga. Há mais de um terço no lado da borda e dois terços no lado da ponta. Os 2 pedaços que agora tenho na borda, divido pelo comprimento novamente, e então cada uma destas divido em 3. Com isso, tenho 12 pedaços na parte da ponta. Agora, a parte da borda. Preciso de 26 bocados aqui, o que não será fácil.

Divido cada um dos 2 pedaços da borda pelo comprimento em 3. Até agora, tudo bem. 6. Divido cada um destes em 4, ao meio. 24. Em seguida, removo o doce da borda do recheio dos dois cantos superiores externos da fatia. Eureca. 38 pedaços. Como o pedaço número 1.

O tempo todo, ele estava me observando. Seus cílios são anormalmente longos.

— Não, não sou antropólogo. Você é cirurgiã? — Ainda está sorrindo. Os dentes se escondem atrás de seu lábio inferior. Levanta as sobrancelhas.

— Grace. Grace Vandenburg. No momento, estou descansando entre um trabalho e outro e pensando em minhas opções de carreira. Com o auxílio dos generosos pagadores de impostos. — Já cheguei no pedaço 6.

— Trabalho no cinema. Na bilheteria.

Puxa. Atrás do balcão. Num cinema. Duas pipocas grandes, por favor.

— Parece interessante.

— Não me importo. Eu adoro cinema.

— Não está trabalhando hoje? — Pedaço 12. Felizmente dá para mastigar um pouco; são pedaços tão pequenos...

— Meu dia de folga. Vou ao tênis hoje à tarde. Semifinal masculina. — Ele toma outro gole de café. Seus braços são mesmo lindos. — Você deve estar com bastante fome.

Pedaço 14. Faço um gesto em direção à torta.

— Faminta. Estou seguindo um regime à base de limão.

Um grupo de mães com carrinhos de bebê entra no café. Há uma comoção, com carrinhos, cadeiras e mesas sendo movimentados. Só faltam 2 pedaços agora.

Levanto-me. Terminei a torta. O chocolate só bebi até a metade, mas posso deixá-lo lá. O chocolate, na verdade, não faz parte daquilo.

— Certo. Bem, obrigada pela companhia. — Coloco meus 9 dólares e 40 centavos na mesa. A quantia exata. — Talvez a gente se veja por aí.

Ele se levanta. Estou a 2 passos de sair quando ele pergunta:

— Quando?

Viro-me para encará-lo. Está de pé a meu lado. Vejo seu pescoço. A sombra sob o queixo. O começo de uma ruga na frente da orelha. Recuso-me a retroceder os passos.

— O quê?

— Quando a gente se vê por aí? Não posso prever quando você vai precisar de outra banana ou cadeira. Por isso, não tenho certeza de quando a verei de novo.

As palavras me fazem sorrir, não posso evitar. Deus sabe que não quero encorajá-lo, mas sinto o cheiro de seu hálito, e é quente e um pouco almiscarado, e está em todo o seu corpo. Por um instante, não consigo falar.

— Olhe, Grace. Eu sei que você não me conhece. E eu não a conheço. Mas há um ótimo restaurante italiano na High Street. Podíamos jantar. Amanhã à noite.

Olho para ele, séria.

Ele continua.

— Só que não precisa ser jantar. Podemos só tomar uns drinques. Ou comer uma sobremesa. Ou, pelo menos, *eu* posso comer uma sobremesa. — Inclina a cabeça para me chamar a atenção. — Você pode comer uma fruta.

Entro em um universo paralelo. Esse tipo de coisa não acontece comigo.

— Você está me convidando para sair?

— Às vezes fico surpreso comigo mesmo. Olhe, não tenho o hábito de convidar mulheres que acabei de conhecer para sair. Mas, sim, estou convidando você.

— Não pode ser. Algumas pessoas me acham um pouco... ríspida.
— Atribuo isso a uma dieta à base de limão.

Desfaço o sorriso o mais rapidamente possível.

— Você está insinuando que estou livre amanhã à noite, convidando-me em cima da hora?
— Domingo à noite?
— Ocupada. Teleconferência.
— Segunda-feira à noite?
— Vou terminar de ler *Ulisses*.
— Terça?
— Lavar o cabelo.
— Grace Vandenburg, adoro desafios, mas isso é ridículo.

Eu suspiro. É melhor desembuchar logo.

— Costumo cortar minha comida em pedacinhos.
— Notei.
— Isso significa que nem sempre sou uma companhia cintilante para o jantar.
— Bem, entendo isso da seguinte maneira. Acho que você tem muita coisa passando pela cabeça. Isso não acontece com a maioria das pessoas que eu conheço. Bem... — Ele dá alguns passos até o balcão onde há uma caneta ao lado da máquina de cartão de crédito. De volta à mesa, escreve algo num guardanapo de papel. — Este é o número do meu celular. Sexta à noite, então. Diga sim. Você pode telefonar, se mudar de idéia.

Ele me dá o guardanapo. Agora, na minha mão, está seu número de telefone. Olho para o papel — vejo um 2 —, então, dobro rapidamente o guardanapo e desvio o olhar. Ele sorri para mim, com aqueles lindos olhos castanho-claros.

Geralmente, não costumo me surpreender comigo mesma. Conheço-me muito bem. Tenho minhas regras e as sigo. Quem sabe o que poderia acontecer se eu começasse a tomar decisões arbitrárias e perturbasse o padrão sincronizado do universo?

— Sim — digo.

+₊+✢

A caminho de casa, após sair do café, não só conto, mas também me ocupo com outros pensamentos, de modo que não sobra nenhum espaço. Acho que Nikola Tesla nunca saiu com ninguém. Parece que gostava de Anne Morgan, filha do empresário J. Pierpont, embora ela tenha se tornado uma feia feminista militante. Nikola não era do tipo que se casaria por dinheiro, mas, considerando o modo como as coisas terminaram, aquilo o teria livrado de problemas, mais tarde.

Muitas mulheres bonitas e talentosas estavam de olho nele. Sarah Bernhardt. Nellie Melba. Quem não estaria? Um homem altíssimo — 1,98 metro de altura —, com mãos grandes. Olhos azuis penetrantes, um rosto estonteantemente lindo. Eletrizante. Havia os costumeiros rumores de que era gay, mas eu não acredito. Nem por um minuto. Apenas tinha certas, bem, excentricidades.

Detestava jóias. Particularmente as pérolas o faziam estremecer e ele não podia ficar perto delas. Os neofreudianos consideram isso prova de sua aversão às mulheres, pois pérolas representam seios. Não aceito. Às vezes, uma pérola é só uma pérola. Ele não detestava as mulheres. Acreditava que a sociedade entraria em colapso assim que as mulheres começassem a estudar. Não era um daqueles homens que acham que nós não temos cérebro. Falava com freqüência da genialidade de sua mãe, Djouka, que administrava a fazenda e a casa, e era famosa no vilarejo por ter inventado um novo tipo de tear. Herdara dela a memória fotográfica, e sentia como desperdiçara a vida, sendo uma camponesa, mãe de cinco filhos, mulher que nunca fora à escola, mas sabia recitar livros inteiros de poesia sérvia.

Nikola sabia que, quando nós estudássemos como os homens e entrássemos para a força de trabalho, perderíamos o interesse por família e filhos. Interesse que ele não tinha. Por isso, seus genes não existem mais agora, pois não teve filhos. Como também não terei, quando morrer.

O ar está pesado e quente. Tento imaginar quantas pessoas já andaram por esse caminho. É um número que nunca se pode saber, porque ele retrocede por todo este século, e antes do século passado. Volta no tempo, aliás, dezenas de milhares de anos. Tantas pessoas. Um número incontável.

Não pense nisso. Que tipo de nome é Seamus, afinal? Parecia um nome fictício. E ele trabalha no cinema, pelo amor de Deus. É um patético fã *nerd* de cinema, um daqueles idiotas sem estímulo, que usam camisa branca de manga curta, passada com capricho pela mãe (com quem, sem dúvida, ainda mora), e uma gravata sedosa (mas não de seda) com estampas de personagens de desenhos animados. Provavelmente, recita de cor todo o *script* de *The Blues Brothers*. Chicote laranja? Chicote laranja? Três chicotes laranja. Provavelmente tem um dicionário de inglês/klingon.* Não pense nele, não pense no guardanapo, dobrado dentro de minha bolsa, números feitos pela mão dele.

Pense, isto sim, em quantos pés já passaram aqui. Pense no ar. Quanto deste ar pesado já passou pelos pulmões das outras pessoas? Se os elementos não são criados nem destruídos, devem ser reciclados. Este ar tem sido sugado para dentro de cavidades membranosas úmidas, jovens e róseas, negras e cancerosas, lá mantidos por um instante para se efetuar a troca, e então expelidos de novo através de narinas de todos os tipos, cores, tamanhos. Passando por pêlos e muco, esperando até que eu o inale.

Concentre-se em cada respiração. Cada pensamento. Arquive. Ele me convidou para sair. Já saí com outros, antes. Não ultimamente, mas costumava sair muito. Lembro-me... 5. Enfim, posso cancelar, se quiser. Ou não aparecer. Ele não tem o número do meu telefone nem sabe onde moro. Não tenho de vê-lo novamente. De todos os tristes rituais desta vida inconseqüente, ir a um encontro deve ser o mais triste de todos. Ah, temos tanta coisa em comum! Ambos comemos, evacuamos e temos medo de compromisso. Nossos pais costumavam gritar conosco/nos ignorar/nos sufocar. Tudo isso só para terminar em sexo. Eu o respeitaria mais se ele fosse honesto e dissesse que queria transar comigo, lá mesmo, na cafeteria. Se ele se aproximasse de mim, levantasse minha saia e me agarrasse pelo traseiro, e me jogasse sobre a mesa. Se me forçasse contra a mesa, levando-me a sentir o frio dela nas costas, se rasgasse minha calcinha com seus dedos duros, naquele exato local e momento, fazendo minha xícara de chocolate se espatifar no chão e...

Categorize.

Arquive.

Acho que vou me encontrar com ele, afinal.

---

* *Klingon*: espécie de extraterrestres em *Jornada nas Estrelas*, inimigos da Federação na série clássica. (N. do T.)

4

Hoje à noite, concentro-me em fazer o jantar. É um lindo exemplo do mundo entrando em ordem. Começo às 6h05 da noite, assim que verifico as horas. Hoje, sendo sexta-feira, vai ter frango e legumes. Na verdade, toda noite é frango e legumes. Às 5 horas, deixo marinar as 2 coxas de frango no suco de meia laranja, um dente de alho (bem picado), 10 mililitros de azeite de oliva e 10 azeitonas pretas. Às 6h05, ponho o frango em uma bandeja (o lado que vai ficar exposto quando for servido para baixo) e o levo à grelha pré-aquecida antes de verificar os relógios. Depois, cozinho os legumes em uma frigideira de ferro batido, preta e redonda, como se fosse feita para bater na cabeça de um marido recalcitrante.

A batata vai primeiro, descascada e cortada em 5 fatias, colocada em outros 10 mililitros de azeite de oliva, porque é a que mais demora para cozinhar. Isso leva 15 minutos. Em seguida, a cenoura: 1, descascada e cortada em 10 rodelas. Cebola: 1, também 10 fatias. Com a cebola, isso é difícil; então, corto-a no meio para fazer 2 hemisférios, depois 4 em cada metade para baixo, porque tentar fazer 10 rodelas iguais é quase impossível. Minha faca é bastante afiada, trabalho profissional feito no açougue em Glenferrie Road, a cada 100 dias. Eles pensam que sou uma cozinheira esforçada, porém incompetente.

Abobrinha: 1, lavada com casca. 10 fatias. Feijões: 10 vagens, limpas e aparadas. Essa é a ordem, daquele que leva mais tempo ao que leva menos; assim, preparo cada legume quando o anterior já foi colocado na panela. Se fizer isso com atenção, e também sem pressa, coloco os feijões 10 minutos depois de começar o processo. Então, viro o frango, arrumo a mesa com faca, garfo, toalhinha para o prato, guardanapo e um copo com água, e, quando volto ao fogão, está tudo pronto. Uso uma pinça de cozinha para colocar o frango à esquerda com 1 colher de sopa dos caldo do cozido por cima, e as batatas se ajeitam à direita. Os demais legumes são empilhados no meio. 5 salpicadas de sal. Sento-me para comer. São exatamente 6h30 da noite.

Sempre comi devagar. Dou a cada bocado a atenção que merece. Mastigue cada garfada 30 vezes, dizem, e você nunca ficará doente. É verdade. Nunca estive doente um único dia de minha vida.

É um sábado lento. Depois de minha rotina matutina, vou ao café e o encontro quase vazio. Espio pela janela antes de entrar. Por que, não tenho certeza. Não que eu possa mudar de idéia na frente da porta e voltar para casa. Está tudo tão silencioso como uma biblioteca lá dentro. Não será difícil achar um lugar hoje. Nenhum irlandês. Nenhum representante de um país da Comunidade Européia, pelo que posso ver.

Domingo também é rotina. Depois do almoço, leio o jornal, alternando com o trabalho de pedicuro. 3 páginas, lixar unha do pé, 3 páginas, acertar uma cutícula, 3 páginas, passar base, 3 páginas, uma camada de esmalte, 3 páginas, outra camada de esmalte, 3 páginas, camada final. Agora, outra unha. A beleza desse método é que o tempo que levo para ler 3 páginas é exatamente aquele necessário para uma camada de esmalte secar.

Limpar o armário da cozinha. Ler. Agora são 8 da noite. 27 graus. Estou sentada ao lado do telefone, esperando o telefonema noturno de minha mãe. Minha mãe é uma mulher magra, decadente, com a pele e os ossos e a carne estirados e, ao mesmo tempo, curvada, com algumas dobras de flacidez. A única parte de seu corpo que contém a mínima gordura são as bochechas. São redondas e cheias, como se fossem estofadas. Surpreendentemente, ela é mais baixa que eu, e muito mais velha. Usa sapatos sensatos, chapéu sensato e pérolas sensatas em torno do ridículo pescoço. É um pássaro colecionador. Seu bico e olhos profundos são ferozes. Primeiro, ela coleciona as histórias e depois as conta. Sua mente é uma espécie de estante com centenas de minúsculos cubículos, como uma sala de correio antiga, onde tudo é exposto para ser enviado imediatamente. Como encontra as referências com tanta rapidez, eu nunca vou saber. Tem tantas que deve haver mais de uma estante; talvez todas tenham rodinhas na base, de modo que ela as empurra e puxa, juntando-as ou separando-as. Precisa do maior espaço possível para armazenagem. Nesses cubículos ela guarda histórias, historietas que vai colecionando. Histórias melancólicas para minha mãe, o assustador pássaro colecionador.

O telefone toca. São 8h01.

— Alô, mamãe.

— Alô, querida. Desculpe o atraso.

— Tudo bem — digo. — Como vai você?

— Bem, meu quadril está me incomodando um pouco, mas não vou me queixar. Ando muito ocupada. Visitei Liz ontem, a que mora na casa em frente, e tomamos sorvete com groselha. Ou será que era licor de cassis? E estou fazendo um trabalho de crochê para o centro comunitário. As azaléias estão lindas. Estou usando a técnica de *mulching*. O senhor Parker está com um vermelhão na barriga. Acho que foi o calor.

O gato de minha mãe deve ser alvo de gozações de todos os outros animais de estimação na rua. "Ei, Parker", eles devem chamar, caçoando, "mamãe passou creminho em sua barriga hoje?"

— Talvez ele devesse dormir no bom chão frio, e não na cama com você.

— Muito engraçado, querida. O senhor Parker adora dormir na minha cama. Ah, todo mundo perguntou sobre você na igreja hoje.

Bem, passaram-se 15 segundos. Geralmente, ela chega à parte da igreja em 10.

— Estava conversando com Sophie... Você se lembra de Sophie, minha vizinha ao lado? Uma senhora italiana? Ela fez uma operação para remover a verruga do rosto, o ano passado.

— Lembro-me da verruga... — Tinha um código postal próprio.

— Você não vai acreditar no que aconteceu com a professora de ioga da filha da prima de Sophie. Ela estava dirigindo tranqüilamente com o bebê, descendo aquela ladeira íngreme, e o farol estava vermelho; você não vai acreditar, não mesmo, como tudo isso é tão cruel. Havia uma perua parada em frente ao farol, e ela puxou o freio, mas falhou. Falhou! E sabe o que aconteceu? Nossa mãe, ela bateu na traseira da perua, e os dois, ela e o bebê, ficaram achatados como panquecas. Os dois; nunca machucaram ninguém na vida. Serve para nos mostrar que devíamos todos ter carros com quatro rodas, não aquelas coisinhas japonesas. Ah, sabe o que eu queria perguntar? A gente pode pegar vermes de sushi?

— Você já comeu sushi alguma vez?

— Não, querida, mas eu comia muito salmão defumado quando era criança, e é praticamente a mesma coisa.

Agora que mamãe já contou a história da panqueca, se despede. Vai guardar a história de volta em seu cubículo, e se alguém na igreja mencionar freios ou carros japoneses; ou, aliás, se citar esqui ou tráfico de drogas, ou o ato de atravessar a rua, ou uma tempestade que derruba fios elétricos, ou uma partida de críquete, ou comer sushi ou comprar produtos que matam ervas daninhas, ela estará pronta.

A verdadeira tragédia permanece oculta para nós. A cada ano nós passamos por vários aniversários. Costumamos marcar: aniversário de nascimento, o dia em que entramos num emprego, o dia em que conhecemos aquela pessoa maravilhosa, o aniversário de sobrinhas e sobrinhos. Dias de sorte ou a data em que chegamos a uma cidade. O aniversário de casamento de nossos pais. O dia em que o cachorro morreu. Este ano será o 27º aniversário da morte de nosso cachorro.

E, a cada ano, passamos por determinado dia, que não sabemos quando pode ser. É o dia que talvez seja lembrado por algum tempo, pelo menos; e, se você for muito especial, talvez alguém chore nesse dia, todos os anos, ou compre rosas, ou fique em casa, ou vá a um bar e beba todas, até a última prateleira, começando do lado esquerdo. Ou, se você for tão ecologicamente alienado a ponto de ter uma lápide, essa será a data no lado direito. Pergunto-me, com freqüência, qual será a minha data.

O aniversário da morte de meu pai é 21 de abril. Ele morreu em 1989, quando eu tinha 17 anos; por isso, foi poupado dos cubículos e seus conteúdos. Morreu como viveu: decepcionado. A decepção era como um gás a sua volta, do tipo que deixa um gosto metálico, amargo.

A decepção aumentou quando tinha 30 e poucos anos, quase 40, e percebeu que nunca viajaria num veleiro pelo mundo, nem seria o melhor do Essendon Futebol Clube, nem teria um filho para dar continuidade a seu nome, nem abriria um negócio próprio em sua sala vaga, nem — por fim — apareceria na capa da *Time*. Suponho que, na média, algumas pessoas sejam felizes com sua vida, enquanto outras a desprezem, rebelem-se contra ela, façam qualquer coisa para ser diferentes, especiais. Meu pai desprezava sua vida, mas não tinha a coragem, nem a vontade, nem o discernimento para sair do lugar, e se via sempre escorregando para baixo da água morna, embalado pelos movimentos das ondas.

Nunca ficava com raiva ou ressentido. Apenas se distanciava, a tal ponto que você podia estar numa sala ao lado dele, e ainda se sentir sozinha. Isso assustava as outras crianças em nossa rua. Seus pais eram homens grosseiros, explosivos, recendendo a cerveja; alegres ou furiosos, estavam sempre presentes. Às vezes, nós enxergávamos através dele, como se fosse translúcido, e eu acabava tocando-lhe o braço para ter certeza de que era real. Ele se assustava, sorria timidamente e mexia em meus cabelos. Morreu como viveu. Foi ficando mais pálido e mais magro, até se tornar invisível, e sua respiração tornou-se cada vez mais fina e graciosa, como se ele estivesse melhorando, em vez de piorar.

São 8h20 da noite. A vez de Jill. Minha irmã é a minha polaridade: tão escura quanto eu sou clara, com cabelos encaracolados que caem sobre os ombros, ao contrário dos meus longos e lisos cabelos loiros. Curvas delicadas, femininas, que ficam bem com um decote, em contraste com meus ossos angulares. 5 centímetros mais baixa. Nada de apartamento pequeno e apertado, mas um elegante bangalô californiano a duas quadras da praia de Hampton, uma casa que ela enche de flores frescas e velas fragrantes, e com o aroma de carne assada para o jantar, como se sua vida fosse um recorte de uma revista de decoração. Eu sempre soube que queria ser professora. Jill parecia dormir quando estava na escola, divagava e mal passava de ano, para em seguida sair pelo mundo, piscando os olhos de entusiasmo. Arrumou um emprego casual no banco, onde conheceu Harry: mais velho, ascendendo na hierarquia corporativa, ávido por constituir uma família. Só quando ela deu à luz, as brumas se dissiparam para Jill. Harry Jr. era um bebê chorão, cheio de cólica; mas, para Jill, ser mãe era como patinar no gelo olímpico. As duas que vieram depois, Hilary e Beth, só confirmaram isso. Talvez fosse Jill quem devesse se chamar Grace. Ela deixa o guisado à francesa em banho-maria numa panela de ferro batido e congela as sobras, separa restos de comida para fertilizar a horta e costura toalhinhas de mesa e guardanapos. Também faz um trabalho voluntário na cantina escolar e tem uma foto na porta da geladeira de uma criança africana que ela ajuda a sustentar. Telefonar-me sempre no domingo à noite é outra de suas boas ações.

— Oi, Gracie. Mamãe ligou?

— Sim.

— Ela não está muito bem hoje, Gracie. Você podia ligar para ela, de vez em quando. Não vamos tê-la por perto para sempre.

— Sei...

O relógio já está mostrando mais de 21 minutos. Está chegando... está chegando. Agora.

— Anda fazendo alguma coisa?

— Não.

— Nós estamos tão ocupados! Harry vai para a China daqui a algumas semanas. Foi convidado para dar uma palestra em uma conferência internacional de banqueiros.

Não diga! Meu cunhado tem a mesma altura de Jill, 1,67 metro, e mais ou menos a mesma forma também, com seios masculinos e tudo. O senhor Poderoso-Executivo, importante demais para passar meia hora por dia dando uma volta com os filhos. Harry tem cabelos espetados e grisalhos, que parecem mais pertencer às virilhas, e mãos bem cuidadas, gorduchas, rosadas. Ele sempre usa terno. A idéia de alguém assistir a uma palestra de Harry me intriga. Uma conferência para insones chineses, talvez. Ou talvez uma conferência dos idiotas: Babacas Internacionais em Ternos Supercaros.*

---

* *International Dickheads In Overpriced Ties*. As iniciais dessas palavras formam a sigla IDIOT, "idiota". Na tradução, o trocadilho perde o sentido. (N. do T.)

— China, é? Você vai?

— Estou pensando. É só uma semana e as crianças podem ficar com amigos. Tenho certeza de que ficarão bem. Provavelmente será bom para eles.

— Você pode me trazer um ábaco?*

— Claro. Hilly quer falar com você — Jill diz. Ouço-a passar o telefone para a filha.

Hilly é minha sobrinha, a filha do meio de Jill. Eu não a chamo de Hilly, apelido de Hilary, que é uma combinação egomaníaca de Jill e Harry. Chamo-a de Larry. Diferente de Harry Jr. e Beth, ambos gordinhos, com cabelos escuros e com talento vagamente artístico como a mãe, Larry me faz lembrar de mim mesma na idade dela; braços e pernas deselegantes, como um corço recém-nascido. Ela também é desajeitada, detesta revistas de moda e é afiada como uma navalha.

— Oi. — A voz dela é baixa e fina. Está sendo monitorada pela mãe.

— Oi, Larry — respondo. — Como vai a vida?

— Qual é o nome de uma árvore sem folhas?

— Não sei. Qual é o nome de uma árvore sem folhas?

— Árvore sem folhas.

Ouço Jill dizendo: "Hilly, você está contando a Grace aquela piada boba da árvore?". Ouço um estalido, enquanto o telefone é levado a outro lugar, provavelmente fora da sala.

— Qual é o nome de uma árvore com flores bonitas?

Não me importo com a piada boba da árvore. Mas espero que não seja uma piada longa.

— Não sei, Larry. Qual é o nome de uma árvore com flores bonitas?

— Florisbela. — Ela ri de uma maneira nada apropriada para uma dama. É mais parecida comigo do que com Jill.

— Que legal, Larry. Você deve desistir daquela idéia de ser veterinária e se tornar uma comediante.

— Não vou mais ser veterinária. Papai diz que os animais ficam

---

* Tendo em vista o interesse de Grace, provavelmente ela se refere a ábaco, entre tantas outras acepções, como a de um quadro em que se permite representar e operar os números por intermédio de configurações de argolas que deslizam em hastes fixas. (N. do T.)

doentes, morrem e coisas assim. Ele diz que eu devia ser professora, mas acho que é muito chato. Vou ser egiptóloga.

— É mesmo? O que a mamãe acha disso?

— Grace sem graça! Você sabia que a grande pirâmide de Gizé é a única das Sete Maravilhas do Mundo Antigo ainda existente?

— Sabia. E ela é feita de 2,4 milhões de blocos de pedra.

Silêncio.

— Que legal.

— Como vai a família? — eu pergunto.

Ruído de algum tipo de clique no outro lado da linha. Ela está brincando com seu iPod ou Xbox, ou alguma outra coisa que desconheço.

— Harry quer sair do time de futebol. Papai ficou doido com isso, e o faz treinar todo dia. Bethany não me deixa em paz. É tão irritante. Ela dorme com um pregador no nariz porque acha que o nariz é grande demais.

— Que feio.

— Hã-hã. Ela quer um travesseiro de cetim como o da mamãe, porque a gente fica com menos rugas se dormir em cetim.

— Quando eu acordo, meu rosto parece o da Esfinge.

Um barulho como que de alguém fungando. Ela se diverte com meu comentário.

— Faz um tempão que não corto seus cabelos, não faz?

— 10 centímetros exatos — Larry é uma das poucas pessoas em quem eu confio. O que fazer se algum cabeleireiro distraído cortasse 9,5 centímetros?

— Faz tanto tempo... Quando você vem nos visitar?

— Gostaria de dizer "logo, meu bem"; mas sinto-me como um planeta, um planeta sério, como Júpiter ou Saturno. Não é fácil sair de minha órbita estes dias.

— Mamãe vai fazer um almoço na semana que vem. Provavelmente será chato, mas ela disse que você pode vir, se quiser.

Imagino Larry puxando a manga de Jill. "Mamãe, mamãe, a Grace pode vir... por favor?" até Jill dizer: "Tudo bem, mas você tem de chamá-la de tia Grace". Isso deve ter custado algo para Larry, por minha causa.

— Gostaria de ir, Larry, mas teria de aplicar Botox no cérebro, como as amigas de sua mãe.

Ela ri baixinho. Eu não devia falar tais coisas.

— Espere um pouco. — Ela sai por um minuto, ou tapa o bocal com a mão. — Mamãe quer falar com você.

— Até mais, DeFazio.

— Até mais, Feeney. — Muita televisão. A cabo.*

Mais um minuto e Jill está de volta ao telefone. Caminha em algum lugar, discretamente.

— Vou convidar algumas amigas para almoçar na próxima terça-feira.

— Terça-feira, você disse? Deixe-me ver. Que pena. É o dia em que vou doar um rim.

— Gracie, elas são garotas muito bacanas. Posso ir aí buscá-la.

— Jill...

— Tudo bem. Quero falar com você sobre outra coisa. Estou preocupada com Hilly.

— Hum. — Jill é o tipo de pessoa que se preocupa em ser atingida por lixo espacial. Cruzo as pernas e deixo o pé balançar. De repente, vejo uma verruga no pé. Como eu poderia ter uma verruga no pé? Não tenho contato com humanos. Será que elas vêm pelo correio?

— A diretora da escola ligou na semana passada. Está preocupada com os palavrões que ela diz.

Minha língua produz sons de solidariedade.

— Puxa, a gente não espera isso em uma escola tão chique. A diretora dizendo palavrões...

Verruga é causada por vírus, tenho certeza.

Jill suspira. Talvez esteja contando até dez.

— É Hilly quem anda dizendo palavrões. Com certeza em casa nós não fazemos isso. Harry morreria se a ouvisse. Eu sei que os adolescentes passam por uma fase de rebeldia, mas ela só tem 10 anos. Nunca tivemos esse problema com Harry Jr.

Claro, porque ele é totalmente pedante. Eu sei que há um jeito de se livrar delas... Colocar a cabeça de um alfinete na chama e queimar a verruga?

---

* *DeFazio* e *Feeney* são políticos norte-americanos, democrata e republicano, respectivamente. (N. do T.)

— Por favor, não me entenda mal, mas... é você?
— Eu o quê?
Ou esse método é para carrapatos?
Um suspiro mais profundo.
— Você está ensinando palavrões a Hilly?
— Não, *porra*.
Lembrei: amarrar uma casca de banana sobre ela.
— Grace, por favor! — A voz dela agora é um sussurro. — Você não tem a menor idéia de como é ter filhos.
Faço uma pausa.
— É verdade — respondo. — Não tenho mesmo.

5

O almoço de segunda-feira foi um desastre. Eu ia comer um ovo e um sanduíche de salada, mas fiquei presa contando os brotos. Brotos de alfafa são os piores; piores, até mesmo, que cenoura ralada. Tenho uma pinça de ouro, com pontas chatas, anguladas, para sobrancelhas, mas é difícil de usar nas costas e nos olhos, embora seja fácil de cometer erros com ela. Normalmente, sou boa nisso. Dessa vez, não. Quando cheguei ao 100, já eram 2h30 da tarde, muito além de meu horário de almoço; por isso, não pude comer. O sanduíche teve de ir para o lixo, e eu esbarrei o prato na borda da geladeira, e ele se espatifou por toda a parte. 87 pedaços.

Na segunda-feira, a temperatura foi de 36 graus; terça, 25. Tentei fazer algumas das tarefas domésticas, embora não fosse domingo à noite. Contei 10 roupas (calcinhas e sutiãs e meias e lenços não contam e são ilimitados) para fazer uma pilha, mas não consegui colocar o sabão no nível exato da borda do medidor. Isso nunca tinha sido um problema antes.

Há uma de minhas tarefas costumeiras que resolvo não fazer. Não limpo minha bolsa. No fundo da bolsa há um guardanapo dobrado. Se eu esvaziasse a bolsa, teria de pegar o guardanapo, e talvez o desdobrasse. E então veria os números de telefone escritos nele. E talvez nunca os esquecesse.

Na quarta-feira, tive uma espécie de enxaqueca, ou algo parecido; por isso, fora a cafeteria, fiquei na cama o dia inteiro. 14 graus. Vê o que eu digo? É impossível.

Mudei um pouco minha rotina. Agora eu sempre paro a 5 passos da porta da cafeteria e espio pela janela, antes de entrar. De qualquer maneira, não controlo isso. Mas ajuda a estar preparada.

Agora é quinta-feira e 22 de novo. 7 horas da noite. Ligo para Larry. Não costumo fazer isso; se conversamos durante a semana, é porque ela me liga. (Não há problema, porque não se pode esperar que as crianças sigam um cronograma. Quando ela completar 18 anos, as coisas terão de mudar.) Mas preciso falar com ela. Portanto, a partir de hoje, às 7 da noite, na noite antes de qualquer outra data, eu telefono para Larry.

— Bem, o que está acontecendo?

— Nada. — Ela parece mal-humorada e ranzinza. Nunca está mal-humorada e ranzinza.

— Ora, vamos.

— Odeio a Stephanie.

As alegrias da infância de uma menina. Lembro-me de Jill jurando eterna irmandade e ódio infindável à mesma garota no mesmo dia.

— Pensei que Stephanie fosse sua melhor amiga.

— Não é. Eu a odeio. Agora minha melhor amiga é a Courtney.

— Como é a Courtney?

— Ela é ótima. Tem cabelo preto. Quando terminarmos a escola, vamos fazer a faculdade juntas, e dividir um apartamento e fazer tudo que quisermos. Ficar acordadas a noite toda, se der vontade. Comer biscoito de chocolate no café da manhã, se quisermos.

— Que divertido. Os biscoitos de chocolate contêm 2 dos 5 grupos nutricionais: chocolate e açúcar.

— Você acha que vamos mesmo? Dividir um apartamento?

— Por que não?

— A mamãe diz que eu terei mais uns cem amigos antes de chegar aos dezoito anos.

Tinha de ser prestativa.

— Sua mãe não entende. Às vezes, você conhece uma pessoa e sua vida muda para sempre. Lembra-se de quando Nikola conheceu Westinghouse?

— Tá bom, Grace. Puxa, essa eu conheço de cor.

Larry adora as minhas histórias sobre Nikola. Imagino-a sentada em sua cama, naquele quarto que é um tributo floral, elaborado por Jill.

Sento-me no sofá, em cima dos pés.

— Certo, senhorita Sabe-Tudo. O que aconteceu?

— Quando Nikola chegou a Nova York, ele tinha pouco dinheiro e não tinha emprego. Era como um mochileiro. Só tinha um bilhete escrito por seu chefe na França.

— Para quem era o bilhete? — pergunto.

— Thomas Edison. O cara do telefone.

— E o que dizia o bilhete?

— Alguma coisa do tipo: "Nikola é o maior"?

— Quase. Dizia: "Eu conheço dois grandes homens e você é um deles; o outro é este jovem". Nikola só tinha 28 anos na época.

— Isso não é jovem.

— Vou deixar passar essa, levando em conta que eu ia para a escola de brontossauro.

Ela ri.

— Sua vez.

— Edison trapaceou Nikola — digo. — Prometeu-lhe um bônus de cinqüenta mil dólares se ele conseguisse redesenhar os geradores de Edison, para fazê-los funcionar melhor. Nikola trabalhou até se cansar, dormindo pouco, durante meses.

— Coitado do Nikola, mas ele era meio otário. Papai sempre diz: faça tudo por escrito.

Isso é porque seu pai roubaria até as calças de alguém, se tivesse a oportunidade.

— Ele confiou. Em vez do dinheiro, Edison ofereceu pagar-lhe 28 dólares por semana.

— Por semana? Não me lembrava dessa parte. Isso não é nada. Ele deve ter ficado fulo da vida.

— Ficou — confirmo.

— Então, Nikola mandou o Edison para aquele lugar?

— Nikola mandou o Edison para aquele lugar — eu digo. — E depois conheceu Westinghouse.

— Ele era inventor também, não era?

— Sim. Tinha 20 anos. Westinghouse quase sofreu um acidente de trem. Na época, todos os trens tinham freios fracos. Ele inventou os freios movidos a ar comprimido. E faturou uma nota. Westinghouse já era dono de uma companhia de eletricidade. Era um bom sujeito. Foi o primeiro empregador a dar aos trabalhadores meio dia de folga, aos sábados.

— Como Nikola sabia que eles seriam bons amigos?

— Instinto, acho. Os dois eram muito diferentes, mas simpatizaram um com o outro, logo de cara. Nikola era o estrangeiro tímido, sombrio. Westinghouse era grandalhão e direto, com um bigodão, e estava sempre alegre. Às vezes, você tem de arriscar e ir fundo, Larry. Às vezes, se você se abre, se você corre um risco, alcança mais, aprende mais, sente mais quando está com alguém. Alguém em quem você confia, alguém para quem você mostra o coração. Algumas parcerias levam a coisas maravilhosas.

— Como eu e a Courtney.

— É. Como você e a Courtney.

Quando desligo o telefone, desço até o parque e me deito na quadra de críquete, olhando para cima. O cimento é frio. As estrelas estão bem acima de meu rosto. Ouço as cigarras cantando nos arbustos ao meu lado. Pelo barulho, talvez haja umas 100 delas, ou 120. Mas poderiam ser apenas 2 ou 3. Nunca saberei. Como você pode contar o que não vê? O cheiro de grama e de couro paira sobre a quadra oval. Gostaria de ficar aqui a noite toda, no silêncio, mas começo a me preparar para dormir às 9h30, e já passam 17 minutos das 8.

Seamus Joseph O'Reilly tem 38 anos. 3 anos mais velho que eu. George Westinghouse tinha 42, 10 anos a mais que Nikola.

Já faz anos desde que tentei contar as estrelas. Passei muitas de minhas noites na adolescência olhando para cima, tentando contá-las. Lembro-me de esperar até que a casa ficasse em silêncio, até as vozes de meus pais, no quarto ao lado, cessarem. Saía de fininho pela janela, usando camisola, descalça, e ia me deitar no gramado. Era frio, mas eu não ligava. Olhava para o céu, mas aquelas porcarias mudam de lugar. Tentava imaginar o céu como um diagrama, desenhando linhas de acordo com os objetos no chão. Tentava esquadrinhá-lo. Tentava de tudo. Nada dava certo.

Minha parte favorita da Bíblia é bem no início dela. Gênesis. *E Deus chamou a Abraão e mandou que olhasse para as estrelas e as contasse, se pudesse, e aquele seria o número de seus descendentes.* Há muitas contas na Bíblia. Nem mamãe nem Jill percebiam isso; elas não sabem muito da Bíblia, apesar de (ou por causa de) passarem tanto tempo na igreja. Afinal, o Levítico diz que é contra a lei de Deus usar roupas tecidas com dois tipos de material, e mamãe é do tipo que gosta de linho mesclado. E o Êxodo proíbe cobrar juros sobre um empréstimo, o que seria novidade para Harry, que acredita que as deduções de impostos são uma dádiva de Deus para os senhores das favelas.

Por que concordei em sair com aquele chato irlandês? Devo vestir uma saia rosa, com bordas pretas. E sapatos pretos de salto alto. E uma camiseta preta lisa. Muito garotinha. Eu podia mandar bordar na frente: "me dá ânsia". Preferiria usar jeans e uma camiseta larga. Mas jeans são para o inverno. E, embora eu tenha uma camiseta larga com mangas curtas, que se encaixa em meu guarda-roupa de primavera–verão, tive de usá-la ontem, então não poderia usá-la novamente por um período de 4 a 9 dias.

Meu último encontro assim foi 2 anos e 6 meses atrás, com aquele idiota do Simon, um amigo de Harry. Jill organizou o encontro. Achei que Jill tivesse dito que ele era um padeiro suíço. Interessante, pensei. Pães com 17 espécies de sementes. Massas entrelaçadas, recheadas de chocolate. Receitas secretas passadas de geração a geração, de pais para filhos, em cantigas tirolesas. Passei a noite toda me perguntando como ele iria ao trabalho às 3 da manhã para começar a preparar o fermento se continuasse bebendo daquele jeito. Quando percebi que ele era um banqueiro suíço (e não padeiro),* já estava tão entediada que quase havia perdido a vontade de viver.

---

* No inglês, o mal-entendido se justifica, uma vez que *baker* é "padeiro" e *banker*, "banqueiro". (N. do E.)

Mas desta vez será diferente. Pedirei uma entrada e uma bebida e, depois, voltarei para casa. Mostrar-me eu posso — posso até mudar a rotina, se quiser. Só que na maior parte do tempo não quero. Felizmente ele sugeriu um lugar na High Street, assim posso ir a pé e voltar a pé. Vamos nos encontrar às 7 da noite; assim, se nos despedirmos às 9h05, ainda terei tempo de chegar em casa e me aprontar para dormir quando o relógio bater 9h30. Posso sair de casa às 6h40. Portanto, contando para trás: 5 minutos para colocar as coisas em minha pequena bolsa, 5 minutos para me vestir, 5 minutos para passar um pouco de batom e maquiagem no rosto. 5 minutos para arrumar o cabelo, um banho de 5 minutos, 5 minutos para os dentes, incluindo escovação e fio dental. Começo a me preparar às 6h10.

O cimento está frio, repercutindo na espinha agora, e os ossos em meus quadris se abalam quando tocam o chão. Sei que está na hora de ir para casa. A aura de exuberância, a energia remanescente de garotos que usam o taco e a bola já se dissipou. As estrelas estão piscando, mas parecem muito tênues esta noite. A poluição luminosa vem de todas essas casas, que parecem caixinhas sobre a colina. É um desperdício de tempo eu tentar contar as estrelas, pois só Deus pode fazer isso. Dizem os Salmos que Ele decide o número de estrelas. E Ele conhece todas por nome.

Quando chego em casa, apesar de seguir minha rotina noturna, não consigo dormir. Deito-me na cama e fico olhando para a foto de Nikola. Não é certo eu sair sem ele. Tenho certeza de que ele não gostaria disso. Os croatas são emotivos, por natureza — veja como ele ficou chateado quando Marconi roubou sua patente do rádio. Controlou a raiva, e nunca disse uma única palavra negativa sobre pessoa alguma, mas dá para perceber.

Afinal, é só um jantar. Não vou fazer nada errado. Lembro-me de ter lido em algum lugar que o elemento-chave da infidelidade é o segredo. Falei com Nikola sobre Seamus. Esse jantar é um pequeno teste para mim, como uma experiência. Ele é cientista; compreenderia isso. Tenho me sentido muito melhor ultimamente, e logo voltarei a trabalhar. E, quando voltar ao trabalho, vou conversar com os pais das crianças e comer com meus colegas na sala dos professores. Dar aulas é assim — por mais organizado que você seja, por mais métodos que use, não pode planejar pelas pessoas. Elas interrompem. Chegam cedo. Chegam tarde. Não conseguem se comportar.

Será uma experiência. Nikola entenderia.

Sexta-feira. 12 graus. Acho que não posso ir. Gostaria de ir. Mas não posso. Já são 6h02 e preciso começar a me arrumar daqui a 8 minutos. Estou deitada na cama, esperando o relógio me dizer que são 6h10. O problema é que meus dentes doem. Eles não são como dentes de leite, arredondados e delicados. São afiados, com caninos pontudos, e fazem-me parecer violenta ou descontrolada. Não tenho certeza de qual deles está doendo. Talvez não seja um dente. Talvez a dor venha de dentro do maxilar, ou da junta temporomandibular. Isso me deixa tensa. Olhei várias vezes todos os meus dentes no espelho do banheiro e não vejo nenhuma cárie, nenhum enegrecimento. Escovo os dentes com muito cuidado. E passo o fio dental. A dor deve ser na junta porque estou abrindo a boca com dificuldade, uma sensação de que as mandíbulas estão presas. Já li sobre isso. É um tipo de problema no maxilar. Não consigo sossegar a língua, esse é o problema. Não consigo manter a língua longe de cada superfície de cada um de meus 24 dentes, nem do céu da boca.

Eu posso ir. Posso. É hora de me arrumar. Meu maxilar agüenta, por algumas horas. A primeira coisa que preciso fazer é escovar os dentes e passar o fio dental. Estou no banheiro, de pé em frente à pia. Minha língua não sabe como descansar. Onde descansar. Onde ela fica, normalmente? Não é no fundo da boca, flácida. Como a saliva seca? Será que engulo tanto assim, o tempo todo? Faz sempre tanto barulho? Por que estaria produzindo tanta saliva? A saliva escorre como um rio negro por minha garganta, uma correnteza rápida e escura. Se me curvar para a frente, ela escorrerá para o chão, espalhando-se em volta de meus pés, e tomando forma no espaço entre os artelhos. As solas dos pés estão molhadas. Se isso continuar, morrerei afogada enquanto durmo. Por que minha boca parece tão estranha?

Ah, Deus.

O único motivo para isso é que deve haver algo estranho nela. Talvez a semente de um tumor esteja crescendo, transtornando a boca.

Li certa vez sobre um homem que tinha um tumor no maxilar que era do tamanho de uma laranja. Está começando aqui, no meu maxilar, como uma vingança bíblica. É porque estou falando mal das pessoas. Faço isso, mas só porque elas merecem. E agora tenho de ser castigada, sofrer, andar pelas ruas e olhar para o rosto das pessoas, sabendo que estou morrendo, enquanto elas pensam que está tudo normal. Ou os cirurgiões me operarão, removendo metade de meu maxilar, e eu não serei mais bonita. Ficarei feia. Ninguém vai se importar se eu viver ou morrer. Sinto a pulsação no maxilar, agora. Provavelmente vai se espalhar para os pulmões ou o fígado ou pelos ossos.

É isso. Vou para a cama. Ele vai superar; não é um jantar formal. Não vou conhecer os pais dele. Ele pode comer tranqüilamente, e depois voltar para casa. Não tem o número de meu telefone. Vou dormir cedo, o que é permitido sob certas circunstâncias, por exemplo, se eu estiver morrendo.

A rotina de dormir começa. Pego a escova de dente, e olho para ela. Pudera. Não é à toa que tenho um tumor. Como fui cega. Como fui tola.

Minha escova é de acrílico duro, com uma borracha roxa, mais mole, perto do cabo. A cabeça tem cerdas de náilon lilases e brancas, que se projetam de pequenos orifícios. Mas quantos orifícios? E quantas cerdas?

Como eu podia não saber esse número? Como nunca pensei em checar? Todas essas manhãs. Todas essas noites. Sinto meus dentes latejando em sincronia com meu pulso, e lembro-me de que dor no maxilar às vezes é o primeiro sintoma de um ataque cardíaco.

15 fileiras de cerdas em volta da borda. Brancas. No meio, 6 fileiras de cerdas lilases, da mesma altura das outras, em volta da borda, alternadas com 4 fileiras de cerdas brancas mais curtas. Sento-me no chão do banheiro, tremendo. Meus dedos são muito gordos para separar as cerdas em fios individuais. Está demorando demais. Tenho de recomeçar várias vezes.

34. A primeira cerda tem 34 fios. Estranho, a segunda também.

Quando chego à metade do caminho, começa a ficar muito difícil. Percebo que é porque já está escuro lá fora e não tenho mais luz suficiente para contar. Com cuidado, usando os dedos para separar as cerdas em contadas e não contadas, estendo o outro braço e aperto o interruptor.

Quando finalmente ergo a cabeça, quando todos os 1.768 fios das cerdas foram contados e recontados e recontados de novo, meus ombros estão pesados e o pescoço, duro. A noite está quieta e sem movimento.

Eu estou quieta e sem movimento.

O relógio me diz que são 9h24. No restaurante, devem estar dando o cardápio para a sobremesa. Em meu apartamento, é quase hora de me preparar para dormir. Sento-me na beira do vaso por 6 minutos e espero.

Às 9h30, levanto-me diante da pia. Desta vez, enquanto seguro a escova, tenho certeza. Sei quantos fios de náilon escovam cada dente. Posso visualizá-los. Meu maxilar está seguro. Meus dentes estão seguros.

Então, olho para a escova de dente. Compro uma escova nova no dia 1º de cada mês, mas esta já não parece mais nova. Parece desgastada e as cerdas estão tortas. Curvam-se para trás em ângulos horrendos, depois de serem contadas e comprimidas por meus dedos. Parece uma escova de vaso sanitário.

Não posso pôr isso na boca.

Não posso dormir sem escovar os dentes.

Preciso começar a me arrumar às 9h30, e já são 9h30.

Preciso comprar uma escova de dente no dia 1º de cada mês, e hoje não é dia 1º.

Forço-me para respirar fundo, e depois expirar.

Agora eu sei que há 1.768 fios e duvido que exista uma única outra pessoa, exceto pelos funcionários das fábricas de escovas de dente, que saiba disso. Vou fazer o seguinte. Como é uma noite de sexta-feira, não uma noite de escola, vou me preparar para dormir às 10h30 em vez de 9h30. Farei isso no futuro, todas as noites de sexta e de sábado. Embora ainda faltem 7 dias para o dia 1º, vou comprar 2 escovas novas: 1 até o fim do mês e 1 para começar o mês seguinte. Essa mudança no meio do mês só deverá ocorrer quando eu contar os fios. Na verdade, vou ao supermercado agora para comprar quantas escovas desse tipo eu puder, porque, se pararem de produzir esse modelo e inventarem outro, terei de contar os fios novamente.

Não preciso de meu ritual costumeiro para sair de casa porque não é uma saída de compras normal, é apenas uma extensão de meu novo ritual para a noite em que eu ficar sem escova de dente; então, posso apenas pegar as chaves e a bolsa e sair. Saio com aquilo que estou vestindo: moletom cinza, grande demais para mim, que pertence à gaveta com a etiqueta "confortável". (A etiqueta está do lado de dentro da gaveta.) Tênis azul-escuros. Blusa também de moletom, grande, azul-marinho, também confortável. Camiseta preta por baixo. Os cabelos presos em um rabo-de-cavalo. Nada de maquiagem.

No supermercado, pego uma cesta verde e a encho com todas as escovas de dente da mesma marca e tipo da minha. 14. As cores não importam, mas precisam ser de tamanho médio, nem macias nem duras; do contrário, o número de fios das cerdas pode não ser o mesmo.

Ele está usando calças de morim e uma camisa de cambraia. Desta vez, está com os cabelos secos. Está comprando meio frango assado, mutilado pela garota com a tesoura de cortar frango, e alguns legumes murchos. A camisa está por dentro das calças, mas dá para ver uma ponta saliente, sobre seu traseiro.

É quando estou na fila do caixa que o vejo.

Só vejo as costas, mas é ele.

É como se sentisse seu cheiro.

Ele não sente o meu.

Preciso ficar parada. Talvez, se ele se virar, não me veja.

Ele se vira.

E me vê.

6

Durmo em uma cama de solteiro porque tenho horror à vastidão do espaço das camas de casal. Antes do casamento de minha irmã, nós, as damas de honra, ficamos cada uma em um quarto próprio, num hotel cinco estrelas em uma cidade cheia de jogadores e casais. A cama era *king-size*, enorme, feita para aqueles gigantescos reis europeus, e eu passei a noite toda imóvel, porque cada movimento de minhas pernas tocava um terreno novo e frio. Nunca soube com certeza onde ficava a beirada da cama.

Em minha cama de solteiro, eu sei. Sei sua largura e comprimento, para mexer as mãos e os pés, de modo que não há nenhum ponto longe de meu corpo que não sinta o calor de meu sangue. Uma cama de casal é um desafio, uma pergunta. Uma cama de solteiro é completa, só tem a mim sobre ela. A cama de casal é uma promessa vaga. Uma ameaça. A idéia de ter uma cama assim em casa me causa dor na parte inferior das costas. Não saberia como me dei-   tar nela.

É assim que me sinto agora. Achei que conhecia este supermercado. Com certeza, conheço as dimensões desta loja, em passos. A largura dos corredores. Mas, agora que ele está olhando para mim, estou perdida. Não consigo pensar numa regra para seguir. A presença dele distorce o espaço entre as paredes. Elas mudaram de lugar agora. O ar tem umas ondulações.

Estamos à distância de 5 passos. Ou estaríamos, se o mundo ainda fosse o mesmo.

— Jantar — ele diz, apontando para a cesta.

— Ah — digo.

— Estou faminto.

Não há emoção no rosto dele. Nada de raiva. Nem de surpresa. Ele continua.

— Costumo comer mais cedo.

— Sei.

— Mas hoje alguém me deu o cano. Arrumei um novo *hobby*: memorizar cardápios.

— Olhe, Seamus... — É muito difícil dizer a ele que eu tinha coisas mais importantes com que me preocupar.

— As opções eram boas. Risoto *pescatora*, espaguete à marinara, espaguete *della nonna*. É com almôndegas de frango. Até *fettuccine* com calabresa, com pimenta extra, do jeito que eu gosto. Um dia, preciso comer lá.

O supermercado desapareceu. Ele está ocupando todo o espaço.

— Sabe, Seamus, aconteceu um imprevisto.

O rosto dele fica rosado. Incrível como isso pode acontecer tão rápido.

— Você podia me dizer que não queria ir. Podia ter telefonado. Ou me enviado uma mensagem de texto.

É verdade. Eu poderia ter telefonado ou enviado mensagem de texto. Mas, para isso, teria de desdobrar o guardanapo e ler os números, e digitá-los no telefone. E, então, aqueles números ficariam gravados em minha memória, tornando-se parte de mim, e daqui a muitos anos eu ainda me lembraria dos 10 números de Seamus.

— Não foi nada disso. Passei mal. De repente.

Ele pisca e seus lábios formam um meio sorriso; mas não evita meu olhar. A voz é suave. Ele assente.

— Tudo bem. Você não precisa dizer isso. A vida é uma série de "talvez" e de "se".

As luzes no supermercado são claras demais. Tudo à minha volta é de uma superfície dura, piso brilhante e vidro reluzente. Ele não é duro nem brilhante nem reluzente. É suave, e está franzindo a testa. E tem razão. A vida *é* uma série de "talvez" e de "se". De repente, penso que gostaria de ter ido ao restaurante. Gostaria de ter comido risoto *pescatora* e tomado um copo de vinho tinto, e dividido um tiramissu, e sentado e conversado com Seamus Joseph O'Reilly até os garçons começarem a colocar as cadeiras em cima das mesas, no fim da noite. De repente, parece que perdi algo importante.

— Eu sint...

— Nossa, você vive mesmo numa casa cheia de supermodelos.

Está olhando para a minha cesta. Passo-a para trás das costas.

— Não. Na verdade, sou *designer* amadora de escovas de dente. Estas são para pesquisa.

Ele sorri, desta vez com os olhos. A pele em torno das têmporas relaxa.

— Então, ou você é supermodelo, ou uma consumidora apocalíptica ou uma estilista de utensílios para saúde bucal frustrada.

— Ou tudo isso. Ou talvez meu *hobby* seja colecionar produtos de higiene pessoal. Bonecos Star Wars, pratos com a foto da princesa Diana... essas coisas me cansam. Estes brinquedinhos valem uma fortuna hoje em dia.

Percebo que disse isso para ele sorrir.

Agora, a inércia da loja está dentro de mim também. Corre em minhas veias, no lugar do sangue. Meu corpo está leve; minhas mãos, o rosto...

— Quero tentar de novo, se você quiser. — Só quando ouço isso percebo que é a minha voz falando. Só quando vejo o rosto dele descubro que falo sério. Faço um gesto em direção à cesta. — Ainda não comi.

Frango e legumes. Para variar.

Ele fica em silêncio por um instante.

— Vamos experimentar algo um pouco mais simples. Você veio de carro?

Balanço a cabeça.

— Vim a pé.

— Que tal se eu a acompanhar até sua casa? Se você quiser. — Faz uma pausa e morde o lábio inferior com o dente da frente. O esquerdo. Deixa uma marca.

— Quero.

Ele olha educadamente para o chiclete e os chocolates quando passo pelo caixa com 14 escovas de dente. Paga o meio frango e os legumes. Nós saímos. Está tudo quieto, exceto por um garoto que guarda os carrinhos, deslizando-os; os carrinhos guincham, passando por baixo da luz dos postes, onde haviam sido largados. Seamus faz um gesto para pegar minha sacola plástica com as escovas. Um rapaz gentil. Cavalheiro. Seus dedos tiram dos meus as duas alças brancas. Seus dedos não são os meus. São diferentes dos meus, tão diferentes que me surpreendo por ele ter também dez dedos. Observo o tamanho de suas mãos. A cor. Os minúsculos pêlos sobre a parte de cima dos dedos.

Chegamos à esquina antes de eu perceber que esqueci de contar os passos.

O matemático e engenheiro Charles Babbage, inventor do primeiro computador, entendia. Quando leu o poema de Tennyson, "The vision of sin", ficou muito aborrecido.

Tão aborrecido que escreveu a Tennyson uma carta:

"A cada minuto morre um homem, a cada minuto um homem nasce"; eu nem precisaria lhe informar que esse cálculo deixaria a soma total da população do mundo em um estado de equilíbrio, embora seja fato muito bem documentado que a referida soma total está em constante aumento. Tomo, portanto, a liberdade de sugerir que na próxima edição de seu excelente poema o cálculo errôneo a que me refiro seja corrigido da seguinte forma: "a cada momento morre um homem, e a cada momento mais 1/16 de um homem nasce". Posso acrescentar que a cifra exata seria 1,167, mas devemos fazer certa concessão, claro, à lei da métrica.

Já conheço essa carta de cor, e, quando saio do supermercado ao lado de Seamus, penso em cada sílaba, a cada passo, mas não conto. Não conto coisa alguma, até chegar em casa. A rua está deserta e molhada; estava chovendo. A água faz os trilhos dos bondes brilharem sob a luz dos postes, e nós não falamos. Passa um carro. E outro. Não falamos. Um terceiro carro passa e espirra água em meus pés. Ele pára, segura-me pelo braço e troca de posição comigo, de modo que não fico mais do lado da rua. Estou do lado de dentro da calçada.

Charles Babbage realmente entendia as coisas. A maioria das pessoas não entende. Elas não entendem que os números governam tudo, não apenas o mundo macro, mas seus mundos pessoais, o mundo de cada um. Suas vidas. Elas sabem que $E = mc^2$ porque aprenderam na escola, ou porque foi a resposta de algum show de perguntas na televisão. Não entendem o que significa: que matéria e energia são a mesma coisa. Que o leite cremoso que elas bebem e o iPod e o *piercing* de mamilo são energia; pequenos aglomerados de energia bastante constrita; que tudo e todos estão ligados por uma fórmula matemática.

Será que Seamus entenderia, se eu lhe explicasse?

No semáforo, ele aperta o botão para pedestres. Esse é o único momento em que esperar o sinal de pedestre é embaraçoso.

— Você mora aqui há muito tempo? — pergunta-me, virando-se para me olhar.

— Desde sempre. Prahran ou Brunswick seriam lugares mais animados, eu sei, mas gosto de espaços. Gosto de espaços entre as pessoas, mais do que das próprias pessoas.

O homem verde do semáforo aparece. Os bipes começam. Minhas palavras parecem as de uma idiota.

Ele franze a testa.

— Espaço. Todo mundo precisa de espaço.

Enquanto andamos, percebo que nossos passos estão quase em sincronia, embora ele seja mais alto. Está andando mais devagar, por minha causa. Respiro fundo.

— Às vezes, sinto que meus pensamentos não podem se desenvolver direito se esbarrarem em outra pessoa assim que nascerem em minha cabeça. Precisam de espaço para definir a forma exata que devem assumir.

Estamos caminhando por pelo menos 10 ou 11 minutos, e ele quase não falou. Andando juntos por essas ruas, parece que estamos na igreja. Luto contra o impulso de sussurrar. Não há vento. Não ouço nada além dos carros na High Street, passando sobre as poças, e o som

de nossos passos. Estamos tão silenciosos que flagramos um possum*
no alto de um poste. Continuamos andando. Cada um na sua, um não
perturba o outro.

Já percorremos a rua e chegamos a um ponto em que preciso
tomar uma decisão. Preciso me aproximar dele e pegar de volta minha
sacola com as escovas de dente, se é isso que quero fazer. É fácil; posso
dizer: "Obrigada, senhor policial. Posso assumir daqui em diante", ou
"Não quero que você desvie de seu caminho", ou "Eu lhe disse que
tenho uma doença transmissível?".

Mas não faço nada disso. Quando chegamos à esquina, paro e digo:

— Você está planejando comer meio frango sozinho?

Ele ergue a mão, ainda segurando as sacolas.

— Essa coisinha aqui? — pergunta. — Acho que é uma codorniz.
E três batatas petrificadas e um pouco de abóbora aguada. Não era bem
isso que eu tinha em mente quando convidei você para jantar.

Encosto-me no poste e cruzo os braços.

— Por sorte, nós, supermodelos, não comemos muito.

Ele sorri, olhando-me nos olhos, e faz uma reverência.

— Nesse caso, minha codorniz é sua também.

Enquanto prosseguimos, penso em Nikola e Westinghouse.
Como eram diferentes. Como eram perfeitos um para o outro. Westinghouse comprou 40 patentes de Nikola, incluindo o motor de indução
do qual ele precisava desesperadamente, pagando um pacote de dinheiro vivo, *royalties* e ações. Nikola saiu de Nova York e se mudou para
Pittsburgh para ajudar Westinghouse a superar quaisquer dificuldades
na fabricação do motor. Sem arrependimentos. Sem medo.

No alto da escada, procuro as chaves no bolso da calça. Entramos. A última visita que tive foi em outubro do ano retrasado, quando Larry dormiu aqui, no sofá. Jill e Harry tinham viajado no fim de
semana, para esquiar. Gostaria de pensar que eles foram, na verdade,
a uma festa selvagem de três dias, num hotel com *spa*, portando seis
latas de chantili e uma roupa de Batman de látex, mas, conhecendo os
dois, provavelmente foram esquiar mesmo. Era bom ter Larry comigo

---

* *Possum*: marsupial noturno, de pelagem cinzenta, cuja dimensão varia entre o tamanho de um dedo até um braço humano. (N. do T.)

— assistimos a um filme até bem depois do horário de dormir, nosso jantar foi sorvete e telefonamos para um garoto de quem ela gostava na escola, para falar bobagens. Mas ter Seamus aqui é diferente.

— É aqui — digo. — O meu covil. É aqui que elaboro planos para dominar o mundo. Estou economizando para comprar um gato persa branco e um monóculo.

— Legal. Nada de supermodelos nem abrigo antibomba. — Ele coloca o frango, os legumes e minhas escovas de dente sobre o balcão da cozinha. Abre a sacola e passa a mão pelo conteúdo. — Então, Grace. Você vai me contar por que comprou tantas escovas de dente?

Finjo pensar no assunto e cruzo os braços.

— Ah... não.

Ele balança os ombros.

— Muito justo.

Está com as mãos nos bolsos e apóia o quadril no balcão. Meu apartamento é feito para mim, medido para mim, para o comprimento de minha tíbia e fíbula e ulna e coluna. Os ossos dele são mais compridos que os meus, e, se eu alinhar meus membros e dedos com os dele, encontrarei uma diferença em comprimento e também em espessura. A sala está fora de proporção agora, como um bebê com cabelos compridos, ou uma mansão cercada por um metro de gramado e uma cerca alta. Ele ocupa toda a sala.

Não há espaço agora para meus pensamentos se desenvolverem, e eles caem, natimortos, sobre meu carpete verde-escuro. Agora entendo $E = mc^2$. Entendo que os pequenos aglomerados de energia que são meus pensamentos se tornaram matéria. Um corpo sólido. Carne.

Em algum momento do dia seguinte, ou 2 dias depois, eu o beijo. Ou talvez isso aconteça 2 minutos depois de entrarmos. Ainda estou de pé, na cozinha, e ele está se apoiando no balcão, com as mãos nos bolsos. Mexo o corpo, aproximando-me mais dele. Meu beijo, este primeiro, consiste mais em uma pressão, lábios fechados e macios. Por um instante, ele fica parado. Por um instante, penso que não há nada que eu possa fazer para apagar esse ato tolo. Então, ele se move em minha direção. Toca suavemente, com a boca fechada, meu lábio superior, e sinto nele minúsculas ferroadas. A boca segue o contorno de meu maxilar e continua pelo rosto. Chega à sobrancelha. A sobrancelha esquerda. Agora, ele lambe meus olhos fechados. Tem a língua pontuda.

Tirando as mãos dos bolsos, ele me segura pelo rosto enquanto me beija na boca. Para um homem, parece que sua boca é macia demais, e fico imaginando como ele mastiga, como morde a extremidade de uma caneta sem deixar marca nela. Há calor naquela boca. Ele sabe beijar.

A pele em volta de meus quadris está fria, em contato com sua mão. Seus cabelos são macios, e meus dedos deslizam entre os fios. Ele puxa minha blusa, e seus dedos são tão mais escuros que minha pele, que pareço recém-criada. Não parece ter medo de meu corpo. Não examina minhas verrugas para descobrir se a pele sangra em volta delas e, com os dedos, alisa-me a pele, mas não procura caroços que não deveriam estar lá, protuberantes sob a superfície.

Não é possível que ele me queira.

Eu devia ter colocado um sutiã. Devia estar usando um sutiã de renda, vermelho, de marca francesa ou que tivesse uma grife de um cantor. Mas não possuo nada assim. Devia ter pensado melhor em tudo isso, e feito depilação com cera, ou pelo menos depilado as axilas. Será que meu desodorante ainda não venceu, desde a manhã? Sua mão esquerda encontrou meu seio direito; é fria e bastante áspera para uma pessoa que trabalha no cinema. Faz uma pausa. Expira; talvez esteja decepcionado também por eu não estar usando sutiã. Ou talvez eu pareça estar em pânico, como uma mulher que só teve 5 amantes a vida toda e nenhum há 3 anos, desde 6 de abril. Ele franze a testa e engole, e inclina a cabeça de modo que nossas testas se tocam.

— Nós podemos... você prefere... Que tal comer alguma coisa? Aquele frango não vai durar muito.

Nego com a cabeça. Inclino-me para a frente e beijo-lhe o pescoço.

Ele joga a cabeça um pouco para trás e geme. Agora, está se ajoelhando e eu sinto sua língua, seus lábios, em meu flanco, deslizando até o umbigo. O rastro deixado pela língua é frio, quando tocado pelo ar. Então, ele diz:

— Venha cá.

Ajoelho-me, e nossos olhos estão quase no mesmo nível. Agora, ele coloca as mãos em meus seios. Por favor, Deus, não o deixe tirar minha blusa. Verá que não são simétricos, que meus seios não têm simetria. O esquerdo é um pouco mais baixo que o direito. 5 milímetros. Minhas clavículas também não. Não são alinhadas. Uma é mais protuberante que a outra. Sem motivo — não foi um legado de um acidente de infância. Nenhuma herança passada de mãe para filha, como um conjunto de xícaras de chá de porcelana. Desalinhamento, só isso. Com certeza, quando ele vir isso, vai parar. Vai desistir.

Não desiste. Quando me tira a blusa, passando-a por minha cabeça, não nota o desalinhamento, e não parece medir meus seios, nem com os olhos nem com as mãos. Tento contar os beijos, enquanto seus dentes frontais resvalam o lado inferior de meus seios; mas, de repente, ele põe a boca em meu mamilo e, oh, não consigo mais contar. Nem sequer abri a janela quando entrei em casa. Não consigo nem pensar nas horas, na hora em que deveria dormir, ou em como é anti-higiênico deitar no chão da cozinha com este homem sugando meus seios.

Só o que sinto é uma leve e fina corrente, como um cabo elétrico em atividade, atravessando-me o corpo, quente e frio, dos mamilos às pernas, e entre elas. O gosto está em minha boca e no ar e em meus cabelos. O gosto dele está debaixo de minhas unhas; quando me beijar, ele só sentirá o gosto de si mesmo.

Pensando no passado agora, o mais difícil de acreditar é o que ele notou e o que não notou. Não parecia perceber que meu abdômen é um pouco redondo e protuberante. Mas viu a cicatriz branca, grossa, no meu joelho direito, da vez em que caí da bicicleta quando o cachorro da senhora Jennings correu atrás de mim. Seamus beijou a cicatriz e a mordeu. Tenho certeza de que notou que meus pêlos púbicos precisavam ser aparados, pois houve um momento em que deslizou os dedos no meio deles e delicadamente roçou as juntas contra a minha parte felpuda até eu sentir a parte superior das coxas úmida, sabendo que não agüentaria mais aquele toque.

Ao me penetrar, começou com muita paciência, bem devagar, e só quando comecei a implorar ele acelerou. Senti o orgasmo se iniciar a distância, como uma espécie de placidez que me invadia a mente e o corpo. Logo, ele já podia sentir meus músculos se contraindo e tremendo, e me segurou com mais força e me beijou no pescoço. Começou devagar e timidamente, mas, no fim, tentei me afastar, porque era demais, era muito sentimento, muita tensão. Minhas costas arquearam. Minhas coxas o apertavam. Sou sempre assim, mas nem sempre tenho um corpo pesado me aprisionando com a sensação. Desta vez, não havia como escapar. Desta vez, não haveria pausa.

Não notei quantas vezes me penetrou, nem quantas vezes disse meu nome. Os números me escapuliam pelos dedos. Estava presa debaixo dele e não podia correr atrás dos números.

Agora que acabamos e recuperamos o fôlego, o frio do piso da cozinha aperta-me a pele. O sêmen dele está escorrido em minhas coxas. Escorreu até o chão também, em uma série de gotículas redondas, algumas pequenas e outras grandes. As bordas parecem cristalizar, já começando a coagular. Isso acontece para que seja menos provável que escorra da vagina após ter feito seu trabalho. Depois de algum tempo, liquefaz-se novamente, de modo que o esperma feliz pode nadar até encontrar os primeiros ovos. Nunca notei antes como o sêmen é bonito. É perolizado, e escorregadio como loção para a pele. É quente por estar dentro do corpo dele e do meu. É melhor eu limpar antes que alguém escorregue e caia.

Visto de novo as calças e a blusa. Recuso-me a pensar em minha aparência, ou nas manchas em minhas calças. Não estou preocupada com tais coisas; tarde demais para isso. Só sinto um pouco de frio. Ele abotoa a camisa e puxa a cueca. Não sei se porque também está com frio, ou porque eu fiz isso. Pego-lhe a mão e o conduzo até o meu quarto. Não parece notar que tenho uma cama de solteiro. Não diz uma palavra e não desvia os olhos de mim. Deixou os sapatos e as calças na cozinha. Está só de camisa e cueca quando se deita, e adormece quase imediatamente, deixando um espaço curvo para eu me deitar ao seu lado. Deito-me sem escovar os dentes, ou passar o fio dental, sem colocar o pijama, lavar o rosto ou fazer uma xícara de chá, sem colocar os chinelos ao lado da cama ou afofar meus travesseiros. Se ele notou como eu estava tensa, ou como gozei rápido, não disse nada.

Todas as noites, deito-me entre estes lençóis, mas agora sinto a mistura de frio e tensão de cada fio do algodão. Sinto-o afagando-me a cabeça por trás, o pescoço, e cada centímetro de minha coluna, descendo até o cóccix e seguindo a curva de minhas nádegas, continuando pelas pernas, a parte de trás dos joelhos e toda a extensão das panturrilhas. Meus artelhos pinicam como se correntes elétricas dançassem na superfície da pele. É como se um fio tivesse se soltado do soquete e caído rente ao chão, tocado a perna da cama, e por isso agora meu corpo está coberto por um milhão de minúsculas explosões.

A primeira cadeira elétrica foi construída com a tecnologia de Nikola. Talvez a sensação da cadeira seja assim, no começo. Talvez a eletricidade comece como um estalo quente. Talvez fique mais forte até dar a sensação de formigas andando na pele, aumentando depois, parecendo ferroadas de abelhas. Só depois viria finalmente a sensação de eletrocução.

O primeiro homem a morrer na cadeira elétrica foi William Kemmler, um criminoso mesquinho que matou a namorada com um machado. Sua execução não foi responsabilidade de Nikola. Ele e Westinghouse tentaram impedi-la, no tribunal. A eletricidade era por demais imprevisível, disseram. Foi Edison quem providenciou a primeira cadeira elétrica para mostrar que o tipo de eletricidade de Nikola, de corrente alternada, era mortal, e que a corrente contínua, defendida por Edison, era segura.

Kemmler foi amarrado a uma cadeira e dois eletrodos foram presos ao seu corpo: o primeiro na cabeça e o segundo na coluna. A máquina foi ligada. Os mostradores se levantaram. O executor direcionou o fluxo de eletricidade por todo o corpo de Kemmler.

Fico imaginando como Nikola e Westinghouse se sentiram nesse momento. Tudo pelo qual tinham trabalhado, tudo em que acreditavam, estava à beira da ruína. Ninguém em seu juízo perfeito usaria corrente alternada em casa, perto das crianças, perto de suas esposas. Eles tentavam vender um produto que matava as pessoas. Talvez os dois estivessem na casa de Westinghouse. Ele era um homem que gostava de toque; por isso, talvez estivesse de pé, com a mão sobre o ombro de Nikola, enquanto os dois achavam que o sonho tinha morrido. É possível que a amargura que penetrou o coração de Nikola enquanto a eletricidade percorria o corpo de Kemmler fosse diminuída pela presença de Westinghouse. Talvez Nikola sentisse que não estava mais sozinho.

A eletricidade em minha pele não vem de uma cadeira nem da cama. Nikola está olhando para mim; mas não parece vir dele, tampouco.

É incrível eu dormir. Não é tão incrível que seja 4h07 da manhã, quando acordo. 4 horas é o pior momento para acordar, como qualquer pessoa razoavelmente sensível diria. Muito tarde para fazer uma xícara de chá ou voltar a dormir. Muito cedo para levantar e fazer algo construtivo. Não há nada na televisão, além dos arrogantes evangélicos e pessoas vendendo cremes para espinhas e vídeos de auto-ajuda. Para mim, deixando a filosofia do 12 para trás, a meia-noite não é a hora das bruxas. 4, é.

Até aqui, eu dormia muito bem. E, por um instante, quando acordo, penso: acho que isso é o que acontece com as pessoas normais.

Vão para a cama sem passar o fio dental três vezes para cima e para baixo, entre todos os dentes, ou arrumar os 10 travesseiros, e conseguem dormir bem e profundamente. Acordo como se ainda estivesse num sonho, nos braços de um homem bonito que acabou de fazer amor comigo, e estou livre para decidir quando e como vou para a cama. Na forma de uma concha, com Seamus curvado atrás de mim. Mas acordo pensando em números.

Não em datas ou dias. Não nas fases da lua. Não nos dias de minha ovulação. Tomo pílula. Já faz 19 meses. Não que houvesse a menor possibilidade de sexo até agora, mas simplesmente não suporto a idéia de não saber quando vou menstruar, com certeza. Nunca fui muito irregular — algumas mulheres, coitadas, não sabem se o ciclo é de 14 dias, 28, ou se não virá. Parece algo desorientador. O meu costumava variar entre 26 e 30, mas agora funciona como um relógio, a cada 28 dias.

Enfim, não estou preocupada em engravidar por causa dos 50.000.000 de espermatozóides por ejaculação normal em algo entre 2 e 5 mililitros de sêmen. Em torno de 50.000.000. Dependendo de quando foi a última vez que ele fez sexo. Com outra pessoa. Até hoje.

Os números com que me preocupo quando acordo são as estatísticas. 40.000.000 de pessoas em todo o mundo têm HIV. Mais de 3.000.000 de pessoas morrem todos os anos. 60% de todas as infecções de HIV são por contato vaginal.

Sem falar da clamídia. Gonorréia.

Recuso-me a ser uma daquelas pessoas com fobia de germes. As bactérias estão em toda a parte, e a maioria delas é boa, porque estimulam nosso sistema imunológico. As pessoas que não são expostas aos germes ficam com câncer. Todo mundo sabe disso.

Mas sexo sem proteção no chão da cozinha com um homem que eu mal conheço?

Eu teria feito a pergunta a caminho de casa se percebesse que as coisas iam tomar esse rumo. Poderia ter dito: "Então, você doou sangue ultimamente?" ou "Fez algum exame médico?" ou "Praticou sexo anal recentemente?".

O braço dele está ficando pesado e ele está respirando em cima de meu cabelo. Está um pouco pálido. A parte superior de minhas coxas parece pegajosa.

Seja qual for a doença, provavelmente a peguei. E não foi por causa do sexo.

Foi porque não passei fio dental, não escovei os dentes, não me lavei e não tomei o chá. Não achei lugar para meus chinelos, não arrumei os travesseiros. Mesmo no escuro, posso ver meus pijamas esperando, com ar acusador, na cadeira do quarto. Não são pequenos, esses erros disfarçados de nada. São grandes. São pequenas rachaduras no mundo que se estendem por quilômetros sob a superfície. Causam terremotos e avalanches e, mentalmente, vejo as pessoas sofrendo com tais calamidades; uma mulher idosa, talvez, ou crianças órfãs, com os olhos arregalados voltados para o fotógrafo, esperam que ele avise o mundo, e que alguém venha resgatá-las. Quase sinto um tremor agora, enquanto estou deitada aqui, porque sei que este braço e esta cama e este quarto e esta casa e esta terra não são estáveis. Não há nada sólido aqui, e a rachadura aumentará, e cairei chão adentro, não haverá mais nada além da queda, e nunca chegará o fim dessa fenda. E o pior é o reconhecimento de que fui eu a responsável. Fui eu que abalei meu mundo. Meu estúpido, tolo esquecimento.

Este é o mundo em que vivemos; é cruel, incessantemente cruel e instável, e por toda a parte ocorrem acidentes dos quais não podemos escapar. Seu animal de estimação pode morrer ou alguma criança descuidada e estúpida pode causar um sofrimento interminável por algum ato pequeno e impensável. As pessoas morrem, as crianças morrem, embora não seja culpa delas. Quando penso no destino de meu mundo, quero chorar; e começo a chorar, mas choro em silêncio, porque não quero que ele acorde e me pergunte por quê. Meu corpo começa a estremecer de tanto eu segurar os soluços, e a respiração é curta e interrompida, mas permaneço quase em silêncio.

Será que minha mãe está bem? De repente, sei que não está; ela está morrendo, agora, deitada no chão do banheiro com os braços tremendo e estendidos, tentando se segurar em algo, e chama meu nome, para que eu a ajude a morrer. Ela derrubou o secador de cabelo na banheira e quis pegá-lo; um pedaço de pão ficou preso na torradeira, e ela tentou arrancá-lo com uma faca. Quando eu tinha 6 anos, tive febre e ela ficou comigo, sentada em minha cama, e me deu sorvete de baunilha com uma colher de prata do faqueiro que só era usado para visitas.

A sensação de estar deitada, quieta, o ar torpe, os grilos cantando, as venezianas de alumínio puxadas em uma vã tentativa de aplacar o calor que parecia tomar conta de mim... Sentia-me leve como o ar; comecei a flutuar, e quase via meu corpo em minha cama, de onde eu descansava lá no teto. Ouvia os passos delicados de minha mãe, fazendo algo inconseqüente — dobrando roupas passadas, varrendo. Quebrando ovos. Um som que me trouxe de volta à cama, acomodou-me e beijou-me a testa. Lembrava-me de mil pequenas dádivas de amor, que não receberam agradecimento nem foram retribuídas. E agora minha mãe está morrendo por minha causa.

Ou talvez seja Jill. Talvez eu esteja sentindo a morte de Jill. Ela é mais nova que eu; então, a causa deve ter sido uma queda; pessoas morrem o tempo todo por terem sofrido uma queda; quebram a cabeça. Ou um acidente de carro, talvez duas ou três horas atrás, mas ninguém pensou em me avisar até agora, por estarem todos ocupados tentando trazê-la de volta à vida, pessoas bonitas com aventais brancos gritando: "Entubar, agora!" ou "Sangue tipo B!". Deve ter sido por causa daquele maldito Harry; devem ter saído para algum coquetel tolo ligado ao trabalho dele; ele bebeu e Jill teve de dirigir. Ela não é boa motorista; é muito tímida, nervosa, e acho que um carro do tamanho de um apartamento também não ajuda. Provavelmente estava chovendo — estou ouvindo chuva lá fora — e, no escuro, ela não viu a entrada à direita no farol e um sedã preto, cor ridícula nesse tempo, não parou e bateu do lado do motorista. Do lado dela. Harry sofreu apenas ferimentos leves, é claro; o outro motorista não sofreu nada, e ela se machucou. Sei que se machucou. Seu corpo está retorcido e o rosto, desfigurado.

Sem Jill, falta-me tanta coisa. Nossas antigas brincadeiras, quando éramos pequenas, acabaram todas agora. Tínhamos uma brincadeira na qual escolhíamos nossos futuros maridos e depois praticávamos escrever nosso novo nome. Preparar nossa vida futura. Desde os 10 anos, ela escolhia um astro de rock; sabia tudo sobre ele — sobrenome, comida favorita, tudo — graças às revistas de fãs; eu não sabia coisa alguma de ninguém, exceto os personagens de livros; por isso, meus maridos variavam: Simon Templar, Peter Wimsey, Ellery Queen. Eu a convencia de que eles eram meninos reais, que gostavam de mim;

meninos que moravam no bairro vizinho; e ela, sendo a menor, nem cogitava me questionar. Arregalava os olhos, contemplando-me como se aqueles 3 anos a mais me dessem tanta sabedoria. E só o que fiz foi prejudicá-la.

Todas as brincadeiras morrerão com ela. Larry não terá mãe e eu segurarei em sua mão, no funeral, mas ela vai se afastar; e seus olhos expressarão o reconhecimento de que fui eu a responsável, e nunca serei uma mãe para ela.

Destruí tudo; estava em minhas mãos e destruí tudo, e não há como recuperar, de jeito nenhum, nenhum, nenhum, nenhum, nenhum, nenhum.

O braço em cima de mim está muito pesado agora, e nem se move. Não se move nem respira. Ele pode estar morto não o conheço não mesmo problema cardíaco asma talvez um derrame. Aneurisma no cérebro estourando alguma veia vital. Ele pode estar duro ficando roxo eu posso estar presa aqui quem vou chamar a pele morta dele me tocando esfregando se espalhando morto. Nenhum movimento. O peito parado. Não posso me virar para ver. Será que os olhos estão parados, fixos no nada, mortos? Deitado ao meu lado. Decompondo-se.

— Shhh... Está tudo bem, está tudo bem...

Assusto-me e pulo, no mínimo, uns 5, talvez 5,3 centímetros.

— Está tudo bem, Gracie. Você está tendo um pesadelo. — A voz dele está carregada de sono, mas também de atenção. Ele passa a mão duas vezes no meu cabelo, toca-me o rosto.

Respire. Talvez seja isso mesmo. Talvez esteja tendo um pesadelo.

— Acorde, Grace. Nossa, você está tremendo. E ofegante, como se tivesse corrido numa maratona. Está tudo bem. — Voz mais baixa agora, e suas palavras são um murmúrio. Ele pára de me acariciar, e agora me segura. Apertado demais para um abraço normal. Abraçado demais como que para eu ter certeza de que ele está aqui. Como se ele quisesse segurar todo o meu corpo em seus braços. Vai repetindo que está tudo bem. Parece convencido disso.

— Nossa, deve ter sido assustador. Você está fria como gelo. Deixe-me segurá-la.

Já está me segurando. O corpo dele queima minha pele fria. Segure-me!

— Diga-me o que foi. Confie em mim, o sonho vai embora mais depressa se você me falar dele. Eu entendo de pesadelos. Quando era criança, sonhava que havia cobras vivendo debaixo de minha cama, e que saíam no meio da noite, e se rastejavam em cima de mim. Eu acordava meus pais, gritando até a casa cair. Vamos lá, Grace. O que foi?

Talvez ele tenha razão. Todo mundo tem pesadelo; até Seamus. Talvez tenha sido um pesadelo comum, do tipo que acontece com pessoas normais, comuns, e eu apenas sonhei que estava acordada. Quantas cobras viviam debaixo da cama dele? Só 2? Ou 2.000?

Quero que isso pare. Quero que tudo isso pare.

De repente, sinto-me farta. Farta de contar o tempo todo. De todos os jogos e regras e ordens e listas, e de mastigar a comida 30 vezes e beber uma xícara de chá antes de ir para a cama, todas as noites. Quero ter um emprego e ir ao cinema e ter uma família e convidar as pessoas para um jantar, que não seja de frango com legumes. Quero ser como todos os outros. Quero correr o quanto puder, descalça, e na grama como uma criança, deixando os cabelos soltos e esvoaçando. Quero correr e sentir os músculos das pernas se alongando e o peito arfando em conluio com minha liberdade.

Não quero mais contar.

— Minha mãe. E Jill. Mortas — eu consigo dizer.

— Quem é Jill?

Seus olhos se estreitam e parecem cercados por rugas de concentração, causadas por excesso de exposição aos raios ultravioleta. Ele é o tipo de homem que sai na rua sem bloqueador solar. Sabe dirigir. Pode sair de casa sem saber para onde vai, e pode fazer uma viagem sem itinerário. Provavelmente, pode ir a um restaurante e pedir a comida de seu gosto; não precisa pedir o primeiro prato em ordem alfabética, nem o primeiro item na primeira página do cardápio, nem qualquer outro de uma dúzia de métodos que já experimentei. Ele sabe como é correr rápido.

— Minha irmã mais nova. — Está indo embora depressa esse pesadelo, e, quanto mais ele segura minha mão, mais rápido desaparece.

— O que aconteceu? Grace?

8

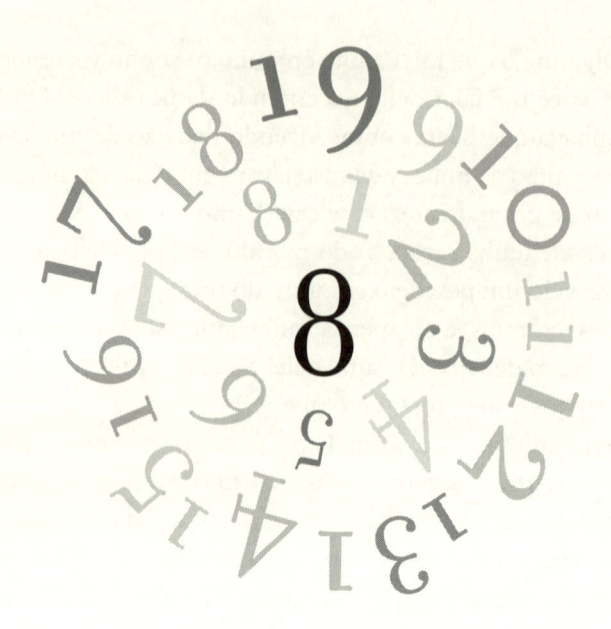

Diga-lhe. Ele está me segurando e quer saber.

— Ela morreu e minha mãe morreu. Ambas tiveram uma morte horrível e eu deveria ter cuidado delas; é minha culpa.

Vejo os olhos dele, amendoados, e, embora esteja me sentindo muito melhor, os meus se enchem de lágrimas. Ele me puxa para mais perto, até nos aconchegarmos em minha cama de solteiro, e seus membros me envolvem porque são deliciosamente mais longos. As pernas devem ser 8 ou 9 centímetros mais compridas que as minhas, e os braços, 4 ou 5. É difícil saber com precisão, deste ângulo. Tenho uma fita métrica no criado-mudo, ao lado da foto de Nikola, que uso para verificar a posição dos móveis toda semana, mas é difícil pegá-la agora. Seus lábios afagam minha testa e os cabelos, e meu rosto está comprimido contra o seu pescoço. É bonito aqui, aconchegante. Tem um aroma gentil.

Ele murmura, numa voz delicada, como se estivesse consolando uma criança.

— Escute, Grace. Grace, querida. Foi só um sonho ruim. Só isso. Ninguém morreu, ninguém vai morrer.

O quarto está ficando descolorido, à medida que o dia chega; a luz passa entre minhas cortinas de renda e se projeta no chão. Essa primeira meia-luz banha minha pele e o rosto dele, e o quarto parece outro lugar. A noite está tão distante. Outro país. Ouço os passarinhos cantando lá fora, mas ainda é muito cedo para haver trânsito. Seamus é pura confiança, deitado em minha cama, em meu apartamento, segurando-me como se eu lhe pertencesse. Um homem cujos pesadelos só acontecem à noite. Um homem que pode perguntar sobre minhas escovas de dente, sorrir, balançar os ombros e dizer "Muito justo" quando guardo meus segredos.

Seamus sorri para mim.

— Ninguém morrerá enquanto eu estiver aqui – diz.

Quando acordo de novo, a claridade que bate em minhas pálpebras me diz que o sol já nasceu e o ar está parado, em vez de móvel. Estou com os olhos fechados, e minha mente e meu corpo estão imóveis. Estou no meu quarto de criança.

Sinto o ângulo da cama, pelo modo como o sol entra. Posso cheirar as roupas passadas no guarda-roupa. Os lençóis são de flanela, não de algodão crespo. Se abrisse os olhos, veria minhas estatuetas de porcelana. Há uma coisa, porém, que me traz de volta ao presente, um braço macio, bronzeado, em torno de minha cintura. Depois do pesadelo, devo ter adormecido de novo, naqueles braços.

Abro os olhos. Do criado-mudo, Nikola olha para mim. Na noite anterior à execução de Kemmler, Nikola provavelmente acordou às 4 horas, talvez em pânico, como eu, e só viu morte à sua volta. Na manhã seguinte, 6 de agosto de 1890, às 6 horas, Kemmler morreria, de maneira digna e rápida, como prometera Thomas Edison. Tudo com que Nikola sonhava, tudo em que ele pensava, acabaria. Ninguém desejaria a corrente alternada em casa.

Mas não terminou. Pois Kemmler não teve uma morte digna.

Quando a eletricidade começou a percorrer-lhe a pele e os nervos e os vasos sangüíneos, ele começou a puxar as amarras que o prendiam, esticando-as em agonia, até quase arrebentarem. Ele gritava; e era um som que feria os ouvidos daqueles que defendiam a eletricidade como uma nova era no extermínio humano. Depois de 17 segundos, a corrente foi desligada.

Eu gostaria de ter estado com Nikola naquela noite escura. Gostaria de ter-lhe dito: "Não preste atenção aos seus medos. O cheiro de morte pode estar à sua volta, pode invadir seus sonhos, mas não matará o seu ideal". Talvez até o tivesse segurado e dito: "A sua vez não chegou ainda, Nikola. Não enquanto eu estiver aqui".

Kemmler ainda estava vivo, horrivelmente ferido e se contorcendo, a bexiga e os intestinos se esvaziando na frente das testemunhas horrorizadas.

O executor resolveu ligar o gerador para outro choque, mas foi preciso esperar até que ele recarregasse. Foram obrigados a esperar, enquanto Kemmler tinha convulsões e mal podia respirar. Dessa vez, a corrente percorreu seu corpo de novo, por quase 1 minuto, e, no fim, o ar na saleta estava carregado com o cheiro de carne queimada; e do couro cabeludo de Kemmler saía fumaça.

— Teria sido melhor — disse Westinghouse, depois — se tivessem usado um machado.

Talvez não na manhã seguinte, mas logo depois da execução, o poder de Edison sobre o futuro da eletricidade começou a esvaecer. Apesar do terror da noite, dos horríveis sonhos de morte, talvez a fé em seu ideal não tardasse a voltar a Nikola, e um senso de confiança no futuro começava a invadi-lo de novo. Nikola, então, deve ter dormido com mais tranqüilidade, descansando como se voltasse a ser criança. Como o homem ao meu lado.

— Seamus. — Eu pronuncio seu nome. Sei que ele está acordado, mas sua respiração é longa e regular, e seus olhos estão fechados.

Está deitado sobre o lado esquerdo, contra a parede, tão perto de mim em minha cama de solteiro que, quando viro a cabeça para o seu lado, ele ocupa todo o meu campo de visão. Estou de costas. Um dos braços de Seamus está embaixo de meu pescoço, o outro sobre meu corpo, abaixo dos seios. Seus cabelos loiros parecem mais escuros agora, comprimidos contra o couro cabeludo. A testa é alta e lisa. As sobrancelhas são desgrenhadas, e, abaixo dos olhos, há papadas. O nariz é só um pouco grande em relação ao rosto, e, entre o nariz e os lábios, o arco-do-cupido é marcante, combinando com a covinha no queixo. A barba por fazer é mais escura que o cabelo.

Quero beijar cada célula.

Em vez disso, respiro fundo, e deixo escapar um suspiro.
— Preciso lhe dizer uma coisa.
— Humm? — Os olhos escuros continuam fechados.
— Meu nome é Grace Lisa Vandenburg — digo, olhando para o teto. — Tenho 35 anos. Minha mãe é Marjorie Anne, e minha irmã, Jill Stella, tem 32 anos. Jill é casada com Harry Venables; ele vai fazer 40 no dia 2 de maio. Eles têm três filhos: Harry Jr. tem 11 anos; Hilary, 10; e Bethany, 6. O nome de meu pai era James Clay Vandenburg, e ele morreu 9 anos, 5 meses e 17 dias atrás. Sou formada em Ciências e em Educação. Perdi minha virgindade no carro de meu primeiro namorado, em frente à casa de minha mãe. Não gosto de coentro. Não gosto de pintura realista. Por que as pessoas não tiram fotos, se querem realismo? Adoro pintura abstrata. Fui uma vez à Galeria Nacional em Canberra, numa excursão escolar, e fiquei olhando para o *Blue Poles** por uma hora.

Paro para pensar um instante, e então digo:
— Lycra me faz parecer gorda.

Suas pálpebras se abrem, de súbito.
— Gorda? Bobagem. Onde?

Aperto o tríceps de meu braço direito, a parte flácida que parece uma salsicha crua, com a mão esquerda.
— Aqui.

Ele se ergue e, ao mesmo tempo, me puxa para mais perto. Leva meu rosto para bem perto de seu braço direito. Seu nariz quase me toca a pele, como um cientista observando uma bactéria incomum com um microscópio. Examina-a, alisando a pele com os dedos. E, então, mordisca-a com os dentes da frente.
— Não acho.
— E aqui. — Levanto a blusa e aperto com os dedos o abdômen.

Ele abaixa a cabeça, e dessa vez mordisca um pouco mais devagar.
— Não.

Roça os dentes, descendo mais, e meu coração começa a bater mais depressa. Coloca dois dedos sob o elástico de minha calcinha e a

---

* Obra de Jackson Pollock (1912–1956), pintor norte-americano e referência no movimento do expressionismo abstrato. (N. do E.)

puxa para baixo. A cama está próxima agora, então ele se senta nela. Seus lábios estão roçando meus pêlos púbicos.

Percebo que estou esfregando as mãos, trançando os dedos. Tento deixá-las ao longo do corpo.

— Tem mais. Tem muito mais que eu gostaria de lhe contar. Nikola. Eletricidade. Nem sei por onde começar.

Ele pára e me olha.

— Tenho certeza de que há mais. E é bom saber tudo, Grace, principalmente sobre o coentro. Você não sabe quando eu posso resolver lhe mandar um maço de ervas asiáticas de caule longo, não é mesmo? Mas não me diga agora. Mais tarde.

Agarro com força os lençóis, com as duas mãos. Agora. Tem de ser agora. Deus sabe que ele não pode saber tudo — não pode saber as coisas mais importantes. Mas preciso que ele veja pelo menos parte de mim. E não pode me ver, se estiver dentro de mim.

Além do mais, Nikola está me olhando.

Mas, agora, seu hálito quente exala na parte de dentro de minha coxa, e suas mãos passam por baixo de minhas calças, circundando-me as nádegas. Se eu não parar agora...

— Seamus?

— Humm?

— Tenho medo de ter contraído uma doença transmissível.

Ele desliza para fora de minhas pernas e se senta na cama, ao meu lado.

— De mim?

— Não. De assistir ao filme tarde da noite na SBS, sem camisinha.

Ele ri.

— Não é um pouco tarde agora para pensar nisso?

— Tarde coisa nenhuma. Devo me preocupar?

— Não. Devo me preocupar com uma surpresinha meio irlandesa, meio supermodelo daqui a nove meses?

— Estou tomando pílula.

Ele se alonga como um gato, vira para o lado na cama e desprende meus dedos do lençol. Segura minha mão aberta e beija-me o punho, traçando com os lábios e os dentes uma linha até a parte interior do cotovelo.

— Sinto-me um pouco culpado — diz.

Ele se sente culpado? Nikola está olhando fixamente para mim na cama com um lanterninha que eu conheço há 15 dias, e *ele* se sente culpado? Meu Deus. Ele é casado. Tem 10 filhos. Fecho os punhos, e as unhas cutucam as palmas.

— Por quê?

Ele se senta na beirada da cama. Eu afasto o corpo.

— Prometi-lhe comida italiana. Nada. Depois, lhe prometi codorniz *gourmet* do supermercado; nada. Nada de jantar. Você deve estar faminta.

No instante seguinte, ele pula por cima de mim, aterrissando de pé, com leveza, no chão.

— Tenho uma ótima idéia — diz. — Que tal tomarmos o café da manhã? Alguma coisa cruelmente ruim para você, como bacon ou ovos ou panquecas; ou, de preferência, os três. Aí você poderá me contar mais coisas. Doenças da infância, música favorita, seu time de futebol, o que você quiser.

Olho para o teto. Tenho tantas coisas para fazer. Preciso lavar os cabelos e secá-los e escovar cada parte 100 vezes e, depois, me vestir. E as manhãs de sábado são para fazer compras. Tenho de escovar os dentes e lavar o rosto, e já perdi o horário de levantar, mas isso não significa que o dia está arruinado. Posso começar de novo, no início da próxima hora.

— Quero dizer... se você estiver livre...

— Não é isso.

Ele pega minhas mãos e as segura juntas, pelos punhos. Puxa-as para perto de seu corpo, de modo que não tenho escolha senão olhá-lo nos olhos.

— Grace. Eu tenho uma coisa muito importante para lhe perguntar. Por favor, não pense que é uma pergunta à toa. Pense no assunto com muita atenção, antes de responder.

Tensiono os ombros, as mãos.

— Grace, posso ficar com uma de suas escovas de dente? Gostaria muito de escovar os dentes, mas detestaria deixar você chateada. Por... qualquer motivo.

Eu rio. Farei de conta que o supermercado tinha uma a menos.

— Pode.

— Obrigado. Agora, vou ao banheiro. E, lá, vou escovar os dentes com um espécime de sua coleção. Vou vestir as roupas de ontem à noite, por mais insosso que isso pareça. Depois, a levarei para tomar café, porque precisamos de comida e café. Tudo bem?

O ar está mais parado agora do que antes. É cedo. O dia está começando. Hoje de manhã, acordei com outra pessoa em minha cama. Ontem à noite, não fiz minha rotina antes de ir para a cama. O dia é novo, e está cheio de possibilidades, e *eu* estou cheia de possibilidades. Ele mal me conhece. Posso ser quem eu quiser.

— Bem? — ele pergunta de novo.

Levantar. Ir ao banheiro. Escovar os dentes com uma escova nova. Colocar as roupas de ontem. Tomar café.

Do jeito que ele falou, parece uma lista.

Forço-me para sair da cama, com uma determinação e rapidez que me surpreendem. Estou de pé, ao lado da cama.

— Não.

As sobrancelhas dele se erguem interrogativamente.

— Não, eu não torço por nenhum time de futebol. Marx estava errado. Os esportes é que são o ópio do povo.

Ele sorri maliciosamente, e até as rugas em torno de seus olhos parecem sorrisos.

— Que triste, Grace. Muito triste. Mas talvez não seja culpa sua. Talvez você precise que lhe mostrem a beleza de um jogador correndo pela quadra, ou de um gol feito do meio da quadra.

Pego duas escovas de dente da sacola e lhe jogo uma.

— Futebol? Por favor! Por que as pessoas ligam para isso? 6 pontos para fazer 1 gol?* É muito irritante. Por que um time, um agrupamento arbitrário e ilógico, inspira tamanha lealdade?

Estou no banheiro com a porta fechada, mas ele continua falando.

— Não é arbitrário. Está longe de ser arbitrário.

Ouço outros barulhos, também. Armários de cozinha abrindo e fechando. A geladeira.

---

* Grace obviamente está se referindo ao esporte praticado na Austrália (*football*), mais próximo do futebol americano, e não ao futebol como o conhecemos no Brasil. (N. do T.)

— Você tem suco? — ouço a voz dele, abafada.

Quando saio do banheiro, ele está bebendo água de um copo.

— Não. Não tenho suco.

Seamus balança os ombros e volta à cozinha. Escovo os dentes com uma escova novinha. Estou atrás da porta do banheiro. Visto as roupas de ontem à noite. Isso é enganoso, porque, tecnicamente, ainda estou usando as roupas de ontem à noite. Seria melhor colocar roupas limpas, ou pelo menos tênis limpos. Minhas roupas limpas estão em meu quarto, na cômoda e nas gavetas. Mas, assim, não iria colocar as roupas de ontem à noite. Rapidamente, tiro as roupas. E agora as coloco de volta.

Não escovo os cabelos nem lavo o rosto, nem tomo um copo d'água.

Quando saio do banheiro, Seamus está em pé, ao lado de minha cama, espiando minhas varetas Cuisenaire.

— São varetas? Como aquelas que a gente usava na escola?

— São. Uma relíquia da infância. Não consigo me separar delas.

Ele pega a foto de Nikola.

— É seu avô?

Está segurando a foto com as duas mãos, e a imagem me fita fixamente. Dou alguns passos em sua direção e pego a foto.

— Não, não. Não é meu avô. Ele é um tipo... de herói meu.

— Imagino que não seja um jogador de futebol.

— Não.

— Um dentista?

— Ah, não.

Fico de pé ali, segurando Nikola.

— Ele... vai tomar o café da manhã conosco?

Acho que o estou segurando por muito tempo.

— Não. Ele não come muito.

— Então vamos devolvê-lo ao lugar dele e sair. Estou faminto.

Coloco Nikola de volta sobre o criado-mudo. Com o rosto virado para baixo.

Andamos. Pelo corredor, pelas escadas, pela entrada do edifício. Pela rua. Andamos, e eu não faço coisa alguma de minha velha rotina. Atravessamos a rua. Isso é tão fácil.

Não conversamos durante a caminhada porque estou pensando em mãos, e no comprimento de meus dedos. O indicador da mão esquerda tem 69 milímetros a partir da primeira prega até a ponta, e o anular tem 68,5 milímetros. O indicador direito tem 67 milímetros da primeira prega até a ponta, e o anular direito também.

Como toda medida já tomada, toda medida de toda e qualquer coisa, esses números são importantes. A proporção dos dedos é a proporção do comprimento de seus dedos, a partir da primeira prega na junta da mão até a ponta. Geralmente, essa medida é tomada usando-se o indicador e o anular, e ela difere entre homens e mulheres. Nos homens, o indicador geralmente é mais curto que o anular; na verdade, o indicador tem apenas 96% do comprimento do anular. Assim, uma proporção média para o homem é 0,96. Nas mulheres, os dedos ou têm o mesmo comprimento, ou o indicador é ligeiramente mais longo; uma proporção de 1,00 ou mais. Os meus, por exemplo, são 1,007 na mão esquerda e 1,000 na direita.

Li que o motivo dessa diferença entre os sexos é o efeito dos hormônios sexuais sobre o feto. Quando somos ainda bolhas no ventre de nossa mãe, nós nos expomos a diferentes níveis de hormônios sexuais, principalmente testosterona e estrógeno. Menos testosterona e mais estrógeno, o feto se torna uma menina. Muita testosterona e menos estrógeno, ele se torna menino. E, assim como os pênis, que crescem, os meninos têm dedos anulares mais compridos.

E daí? Bem, a testosterona tem outros efeitos, e a proporção dos dedos é um excelente marcador deles. Homens com proporção mais baixa são mais agressivos fisicamente, têm mais esperma e geram mais bebês, e são melhores em esportes (e, surpreendentemente, na música). Ou pelo menos é o que reza a teoria. Um homem com proporção mais alta teria um risco maior de infarto e maior propensão a ser homossexual. Por outro lado, mulheres com proporção alta (como eu) são mais férteis, com risco maior de câncer de mama. Se minha proporção fosse mais baixa, eu teria maior probabilidade de ser mais verbalmente agressiva, o que, com certeza, não preciso, e seria mais propensa ao lesbianismo.

As coisas ficam interessantes quando se pensa em termos de teoria evolucionária. Podemos saber que essas diferenças são causadas por testosterona, mas por quê? Por que os homens evoluíram com um dedo anular mais longo que as mulheres, quando tantas mulheres que eu conheço parecem evolutivamente predispostas a colecionar tantos anéis de casamento, noivado, compromisso e até anéis comuns, quanto forem possíveis?

Uma teoria para explicar isso é o emprego histórico do homem: caçador e guerreiro. Um dedo anular mais longo confere mais estabilidade na hora de arremessar uma lança, ou contra um mamute peludo ou contra outro homem de anular comprido de outra tribo. Daí a escassez de campeãs femininas de dardo internacional. Quando se passa o dia colhendo frutinhas, cozinhando e cuidando de crianças, não importa qual dedo é o mais longo.

Ou talvez não tenha nada a ver com o arremesso de lanças. Talvez seja o resultado de seleção; em outras palavras, talvez as mulheres tenham uma atração subconsciente por homens com uma proporção mais curta. O poder sexual da aparência das mãos de um homem sempre foi subestimado. Talvez a mente subliminar da mulher esteja pensando: "Tudo bem ele ter uma barriguinha e um rosto que parece a foto de um bandido procurado, mas veja só aquele dedo anular".

Seamus Joseph O'Reilly tem as mãos mais sensuais que eu já vi. Às vezes, estão balançando ao lado do corpo; outras vezes, semi-enfiadas nos bolsos. No café, ele encosta uma delas na porta, para abri-la para mim. Lá dentro, eu não preciso me lembrar onde me sentei ontem e pegar a próxima mesa, em sentido horário. Seamus escolhe uma mesa, que é um pouco melhor que as outras, e caminha em direção a ela. Não preciso decidir coisa alguma. Nós dois pegamos cardápios.

Quando Cheryl nos vê juntos, seu sorriso desaparece.

— Seamus? Está acompanhado hoje?

Oi, Cheryl. Sou eu. Venho aqui todo dia. Lembra-se?

— Bom-dia, Cheryl — diz Seamus. — Ocasião especial. — Ele me dirige um sorriso, de lado.

Cheryl contrai o rosto, como um porquinho, puxa o bloco de notas do avental, e espera.

— Grace? — ele diz.

Café da manhã. Ele quer que eu peça o café da manhã. O primeiro item no cardápio em *Café da manhã* é *fruta fresca com iogurte*. Mas o primeiro item em ordem alfabética é *bacon e ovos com torradas*. Há outras categorias, também: *acompanhamentos, café, chá, sucos, doces*. Eu deveria tomar uma xícara de café: o primeiro item em *café* é *expresso*. Mas, então, precisaria tomar o primeiro item em *café da manhã*, e o primeiro acompanhamento. Só que pedir *fruta fresca com iogurte* e *bacon* como acompanhamento parece um tanto idiota. O primeiro item em ordem alfabética no cardápio, em inglês, é *apple juice* — suco de maçã. Talvez eu deva pedir isso.

Eles estão esperando.

— Pode pedir.

— Panquecas de frutas com melado. Obrigado, Cheryl. E um capucino.

Ele deve estar brincando. Quem come tanto açúcar, a esta hora da manhã? Sabe o que isso pode causar aos seus níveis de insulina? Essas calorias alimentariam uma aldeia africana de tamanho médio por uma semana.

Ainda estão esperando.

Olho de relance para Seamus, depois para o cardápio.

— Quero o mesmo.

Cheryl anota, franze a testa e se dirige à cozinha.

Ficamos em silêncio por algum tempo. É um silêncio confortável, como se estivéssemos nos perguntando se este vai ser o primeiro de uma série de cafés da manhã juntos.

Entretanto, há coisas que preciso saber.

— E então, você mora perto daqui?

— Não. Carnegie. Moro com dois de meus irmãos.

Os cafés chegam. Seus dedos longos e perfeitos apanham a xícara. Ela está agora escorada em sua mão direita, apoiando-se contra a parte mais carnuda da palma, como se ele segurasse um copo cheio de vinho Grange 1955. A mão esquerda está repousando sobre a esquerda, e os dedos se tocam. Eu daria qualquer coisa para medir aqueles dedos agora, mas não tenho régua nem fita métrica; e, além do mais, acho que não ficaria bem. Seamus prova o café, feliz, mas eu detesto café. Para bebê-lo, coloco 5 colherzinhas de açúcar. Somadas às panquecas, me deixarão em coma diabético por volta do meio-dia.

✢

— Como é morar com os irmãos?

— Chocante. Eles são animais. É um arranjo temporário. Um deles se separou da mulher. O outro está economizando para viajar além-mar. Logo estarei livre deles. Eu os amo, mas, pelo amor de Deus, morar com eles é demais.

As panquecas chegam, rápido demais. Como eu suspeitava: pré-prontas e só aquecidas no microondas. Um infarto servido no prato. Seamus come como um homem faminto.

— Dois irmãos. Nenhuma irmã?

Ele levanta as sobrancelhas. Está com a boca cheia de panqueca. Mostra quatro dedos e continua mastigando.

— Três irmãos — ele diz — e uma irmã.

— Cinco, ao todo? Uau, isso é raro hoje em dia! — Imagino cinco crianças brincando de esconde-esconde em um quintal coberto de mato. Subindo em árvores juntas. Críquete no quintal, até a bola quebrar a janela da cozinha e ninguém admitir que foi o responsável. Correndo rente ao *sprinkler*, só com a roupa de baixo. Mamãe segurando uma jarra de suco de laranja gelado e cinco xícaras de plástico. Papai ensinando cada um a andar de bicicleta. Como um pedaço da panqueca. O melado é artificial.

— Irlandeses católicos, lembra? Ou isso ou o fato de que meus pais não tinham televisão até 1978. O velho achava que era apenas um modismo. "Eu lhe digo, mulher, vão parar de fabricar isso daqui a uns doze meses, talvez menos." — Ele toma o resto do café, e limpa a espuma do lábio com as juntas. — O dia em que minha mãe o obrigou a comprar uma tevê foi o mais triste na vida dele.

— Que número é você, entre os irmãos? — Jogo o corpo para a frente, apoiando os cotovelos na mesa, com o queixo sobre as mãos.

— Sou o segundo filho homem. Meu irmão, Declan, é o mais velho. Depois Dermot, Brian e Kylie. Ela é... meio lenta. Ainda mora em casa com nossos pais. — Ele agita a xícara vazia no ar para Cheryl.

A cafeteria começa a encher; mulheres bem-vestidas, com jeans de marca e blusas curtas, e sandálias decoradas com miçangas. Não ligo; estou seguindo o plano e todas aquelas mulheres suburbanas e murchas mal podem sonhar com a noite que tive ontem.

— Então, Declan, Seamus, Dermot, Brian... e Kylie?

Ele dá de ombros.

— Nós estávamos aqui antes. Elas que esperem.
— Vocês são próximos? Quero dizer, em idade?

Ele estreita os olhos como se estivesse tentando ver algo muito distante.

— Próximos nos dois sentidos. Para mamãe era tudo novo, estando num país sem parentes, sem amigos, e com um sotaque que os outros achavam impossível entender. Meu pai dava o melhor de si, mas trabalhava muito; e cuidar de crianças não era coisa de homem, naquela época. E Kyles precisava de atenção extra.

Cinco crianças pequenas, banhadas e já de pijamas, sentadas no sofá. Todas juntinhas, com cheiro de talco de bebê e assistindo a um programa da Disney no domingo à noite. Diferente de nós, Jill e eu. Duas. Só duas. Cada uma em seu quarto, eu lendo e Jill brincando com bonecas.

— Você se lembra da Irlanda?
— Nada. Deveria me lembrar; tinha quatro anos quando nos mudamos para cá. Voltei com vinte e poucos anos, esperando encontrar algum tipo de revelação. Acho que a gente está sempre romantizando, pensando como seria uma vida alternativa. Seria o mesmo se eu tivesse ido a Marte. Foi divertido, mas não senti o menor vínculo estando lá.
— Talvez seja um pouco tarde para eu perguntar, mas... solteiro?

Ele ri.

— Solteiro, sim. Totalmente solteiro.

Eu espero.

— Tive... um relacionamento. Rompemos o ano passado.
— Por quê?

Ele ri de novo.

— Por quê? Puxa, Grace, você não perde tempo. Se quer saber alguma coisa, pergunte de uma vez.

Eu espero.

— Olhe... eu gosto de minha vida. Gosto de meu emprego. Gosto de minha casa. Gosto de ir ao jogo de futebol e de receber os amigos para um churrasco. Aos domingos, vou surfar com uns colegas. Ashleigh... minha ex, andou fazendo alguns cursos de desenvolvimento pessoal e de criação de metas, e lendo livros de auto-ajuda... Está saindo agora com um investidor imobiliário. Ouvi dizer que os dois compraram um prédio de apartamentos e uma franquia da lanchonete Subway.

Observo seus olhos castanho-claros. Não estão embaçados. Ele não franze a testa. A boca não se contrai, do jeito que as pessoas fazem quando falam do ou da ex.

— Data de nascimento? — Chega o segundo café. Cheryl leva embora meu capuccino sem perguntar nada. Está pela metade e frio, cristalizando em cima.

— O seu lance é astrologia? — Ele coloca no garfo um pedaço de panqueca com a faca, depois uma frutinha, e mergulha tudo na gosma com cor de melado. Leva a pequena torre à boca. Não engole tudo de uma vez, como fazem alguns homens. Mastiga e saboreia. Já consegui consumir cerca de 35% da panqueca. Ainda não estou com fome.

— Digamos que tenho um interesse por numerologia.

— Cinco de janeiro. — Ele limpa o canto da boca com um guardanapo, embora não esteja suja.

Capricórnio. Não parece egomaníaco. Pela minha experiência, os capricornianos pensam que são Jesus Cristo. Ou talvez Jesus se achasse filho de Deus porque era capricorniano.

— 1969, certo?

O garfo congela a caminho da boca.

— Como sabe disso?

Nota pessoal: não deixar o novo namorado pensar que você o está acuando. Sorrio de um jeito que, espero, não pareça ameaçador.

— A semana passada, aqui no café, você me disse que tinha 38 anos. Lembra-se?

— Ah. — O garfo segue o caminho até a boca.

— Onde você morava quando era pequeno?

— Da casa na Irlanda não me lembro. Tinha quatro anos quando saímos de lá. Aqui, o endereço era rua Carpenter, 23, Vermont South.

Vermont South. Não vou tão longe sequer em minhas férias. Preciso ver onde é.

Em casa, na gaveta mais baixa de meu criado-mudo, tenho um livro que foi um presente de minha mãe. É, na verdade, um caderno com páginas finas e translúcidas e linhas azul-claras. A capa também é azul, um tecido grosso que mais parece estofado; uma espécie de veludo, com bordas pequenas e finas. Sempre me lembro de números, mas raramente os guardo. Mas, agora, pego aquele livro e escrevo nele uma lista de números. Os números de Seamus. Já tenho seu número de telefone. Ainda preciso de seu endereço atual, mas tenho 38, 10, 1, 1969, 4, 23. Começarei com esses. Outros, como o comprimento de seus dedos indicadores e anulares, e o número de ex-namoradas, pegarei mais tarde.

— Nós saímos para tomar o café da manhã e falar de você, e fui só eu que falei. O que você queria me dizer? — Ele fala como um homem tentando ajudar um gato a descer de uma árvore.

Olho para o meu prato. Meu desjejum não é musli, iogurte desnatado e banana. Minha panqueca não está dissecada cirurgicamente em um número predeterminado de bocados. Estou no café e ainda não são 10h48 da manhã.

— Nada.
— Em que você está pensando?

Eu estava pensando em números, claro, mas também naqueles dedos, aonde eles poderiam ir e aonde eu gostaria que eles fossem. E estou pensando em todas as mulheres astutas que escolhem homens com dedos longos.

— Egomaníaco — digo. Ele enrubesce.

Depois do café da manhã, caminhamos de volta ao supermercado onde ele deixou o carro. Velho Commodore branco. Placa MDS 938. Ele me beija, ainda de pé, no meio da rua. É um beijo menos exigente que o de ontem à noite, mas mais atraente. Sua barba por fazer me queima a bochecha. Ele me dá todos os seus números e anota os meus em um bilhete do bonde. Estou escutando com atenção, mas ele não diz "eu telefono".

Domingo à noite. 8 horas da noite.

— Alô, mamãe.

— Alô, querida. Teve uma boa semana?

— Super. — Transei com um irlandês atrevido no chão da cozinha. — Como vai a urticária do senhor Parker?

— Melhor, melhor. Li uma coisa horrível no jornal, hoje.

— O quê?

— Sobre dois garotos, acho que eram gêmeos; 5 ou 6 anos, talvez. Não tinham animal de estimação e resolveram brincar que um deles seria o cachorro e outro levaria o cachorro para dar uma volta. Então, não me lembro qual dos dois foi ao quarto dos pais, pegou um cinto e colocou em volta do pescoço, como se fosse uma coleira, entendeu? Bem, você pode imaginar... O coitadinho sufocou, ninguém conseguiu tirar o cinto. Foi estrangulado. Que coisas horríveis eles colocam nos jornais hoje em dia; não têm respeito pelos sentimentos da família. Acabo perdendo a vontade de ler. O que mais você acha que posso usar para o *mulch*, além de jornais? Grace? Está ouvindo?

Ainda estou.

— Sei lá. Folhetos publicitários? Revistas? O senhor Parker?

— Muito engraçado, querida. Não, tenho certeza de que a cor da tinta não seria boa para o solo. Talvez continue comprando o jornal, mas não o leia.

Depois, 19 minutos mais tarde:
— Olá, Gracie.
— Jill.
— Escute, eu queria lhe dizer... Estou indo para a China, com Harry. As crianças ficarão bem. Você acha que elas ficarão bem?
— Elas ficarão bem.
— Cada um vai ficar na casa de um amigo. Irão para a escola normalmente. E eles são muito maduros para a idade. Estarão bem, sim. E é só por uma semana.

Sim, Jill. Todos ficarão bem.
— E mamãe também ficará bem. Você acha que ela ficará bem?
Não, Jill. Acho que extraterrestres que comem carne humana aterrissarão na sua piscina e devorarão todos eles. Digo a Jill que preciso desligar. Não posso falar. Ocupada, pensando.

Na segunda-feira está chovendo e a temperatura é de 12 graus. Chuva ilógica e frio ilógico. Amo Melbourne, mas, Jesus! Estamos no meio do verão e está chovendo a cântaros; cada pingo é duro como gelo. Centenas de milhares de pingos. Milhões. Trilhões. Afeta-me a chuva. Atrapalha a digestão do meu desjejum e me arrepia até os ossos. O café da manhã é sempre 40,00 gramas de musli (a quantidade de gordura no tipo torrado é inacreditável), 200,00 gramas de iogurte desnatado (a partir da esquerda na prateleira de gelados do supermercado, e vendido somente em 5 embalagens de 2 — não a embalagem de 6, claro) e 1 banana, dividida em 10 pedaços.

A chuva me faz desejar torradinhas mergulhadas em ovos cozidos.

No ano passado, comprei uma balança de laboratório. É quase impossível medir musli na de 2 decimais. É quase inumano comer a mesma comida todos os dias, sem variações. É quase impossível contar os passos corretamente na chuva por causa do irresistível impulso de evitar as poças.

Estou farta disso.

Na segunda-feira, não queria comer, no café. Quase deixei de ir à cafeteria, preferindo ficar em casa na frente do aquecedor. Acabei indo, mas não queria bolo de laranja. A cobertura está escorrida pelos lados, como se tivesse passado o fim de semana lá. Precisei me forçar a engoli-lo. 15 pedaços. Nem toquei no chocolate quente. Quando cheguei em casa, assisti a um filme velho com Greer Garson na tevê e fiz 10 abdominais em uma sessão e 10 agachamentos na outra. Também não tive vontade de jantar. Cortar e fatiar pareciam uma atividade entediante, em vez de rítmica e tranqüilizante. E frango. Ah, Deus, estou tão farta de frango. Quero comer uma lasanha de legumes, recheada, tostada e cheia de queijo. Quero comer salmão assado, salpicado com raspas de limão e alcaparras, e talvez um pouco de pepino em conserva e batata gratinada. Bife e torta de rim, com uma cobertura doce de 10 centímetros de altura, que se parte quando meu garfo a toca. Quero *chilli* com carne, com uma pitada de cominho, que deixa um gosto na boca, e tacos e pão e pudim de manteiga e melancia. Não tudo junto. Separados. Tenho comido musli, iogurte, banana, atum e sanduíche de salada de ovos (alternados) e frango e legumes, todos os dias, desde que parei de trabalhar. A mesma comida há 24 meses.

Segunda-feira à noite. Nenhum telefonema.

Na terça-feira, a chuva diminui um pouco. 18 graus. Limpo os espaços entre as teclas de meu computador com um cotonete embebido em óleo de árvore de chá, depois ligo para Larry. Ela está na casa de uma amiga, diz Jill. Jill me lembra, de novo, que vai à China. Não pergunta se pode deixar na escola o número de meu telefone, como um contato de emergência. Não me pede que ligue para seus filhos, para ver como estão, nem para visitar mamãe ou regar as plantas.

Terça à noite. Nenhum telefonema.

Eu poderia ligar, não poderia? Não estamos na porcaria da década de 1950. Não sou uma daquelas mulheres que gostam de joguinhos; só que não consigo decidir quando ligar. Domingo à noite era muito cedo, óbvio. Segunda à noite parecia meio superficial, e terça ia parecer que eu tinha escolhido esse dia deliberadamente em vez de segunda para não demonstrar desespero. Mas, como ele não telefonou até terça-feira, fiquei imaginando por quê. Talvez tenha detestado tudo. Talvez eu seja horrível na cama — muito lasciva. Ou não suficientemente lasciva?

Quis sexo logo de cara? As pernas estavam muito peludas? Talvez seja porque nós não transamos de novo, de manhã. Talvez isso lhe tenha tirado o interesse. Ou talvez ele seja um daqueles homens que querem a conquista, só uma vez. Ou talvez pense que eu é que sou assim.

Quarta-feira. Arrumo minha estante, abolindo a ordem alfabética e adotando as categorias. Biografias primeiro, depois ficção, depois história, depois matemática e depois medicina. Ciências por último. Lá fora, o tempo está bom. 32. Limpo as persianas com água morna, detergente e uma esponja. 10 esfregaduras em cada persiana. Quarta à noite. Nenhum telefonema. Na quinta-feira, esfrego a pele com uma bucha, 10 vezes cada metade de cada membro. Esfolio o rosto. 7 rugas em volta de meu olho esquerdo, 8 em volta do direito. Há pouco tempo não era assim; havia apenas 6 em torno de cada um. Seria demais pedir um pouco de simetria? As miseráveis estão se procriando. Diferente de mim.

Talvez eu deva fazer outra limpeza de primavera, como minha mãe costumava fazer. Embora tenha acabado uma recentemente. Faço uma limpeza geral duas vezes por ano, em 1º de janeiro para o ano novo e 1º de setembro, no começo da primavera. Obviamente, seria melhor se esses dois dias estivessem separados em 6 meses, mas isso é inevitável.

Apesar do fato de eu fazer limpeza de modo muito diferente do de minha mãe — conscientemente —, há algo em minhas ações que me fazem lembrar dela. Quando limpo a casa, tudo, desde a parte mais alta das molduras dos quadros até debaixo das portas, se fechar os olhos, me faz voltar aos meus 9 anos de idade. Estava insuportavelmente frio, como todos os dias da infância em minha memória, e minha mãe estava enchendo o incinerador, e o calor irradiava em todas as direções. A fumaça soprava pelo quintal como ácido espirrando no rosto, em direção aos lençóis pendurados no varal, e eu sabia que, quando ela tirasse as roupas, estariam com cheiro de fumaça em vez de ar, e ela as lavaria de novo. E, no entanto, não as tirava do varal nem esperava até a incineração acabar antes de pendurá-las. Pequenos pedaços de papel — fragmentos de livros para colorir, pedaços de embrulhos do açougue — e até fios de roupas voavam em volta da mangueira. Eu cutucava as cinzas com um pauzinho e via pedaços descoloridos de plástico e metal enegrecido, pedaços de bonecas velhas e um trenzinho.

Dentro da casa, tudo mudava de sólido para líquido. Em vez de permanecerem em seus lugares e secas, todas as coisas — móveis, almofadas, cortinas — mudavam de um cômodo para outro e de lugar em lugar, enquanto ela esfregava o chão e o deixava secar, e tudo ficava molhado. Ela pedia que Jill e eu tirássemos lençóis e remédios velhos e macacões e a árvore de Natal plástica dos armários. Até o local minúsculo onde guardávamos os guardanapos de pano que nunca usávamos era evacuado; meu braço fino entrava em qualquer canto onde o braço mais rechonchudo de Jill não alcançava. Todos os lençóis e cobertores eram lavados e pendurados, respingando e pesados, no varal. Os armários do banheiro eram esvaziados, cada tubo e caixa checado. As gavetas da cozinha eram viradas de cabeça para baixo, lavadas e forradas com papel novo. Todos os tupperwares eram ensaboados e deixados para secar ao sol. Armadas com balde e esponja, Jill e eu esfregávamos as telas contra moscas que minha mãe tirava das janelas altas enquanto se equilibrava no banquinho da cozinha. Ela usava o mesmo banquinho para lavar as arandelas e soquetes com água ensaboada.

Essa rotina ia da madrugada e se estendia o dia todo, e nós só comíamos maçãs, porque para elas não era preciso usar talheres nem pratos. Tarde da noite, nuas porque nossas roupas ainda estavam secando, mamãe esfregava o chão, começando do canto mais distante e terminando perto de sua cama, sobre a qual nós três desabávamos e dormíamos, sem lençóis nem travesseiros. Meu pai pressentia quando mamãe ia ter um surto de limpeza, como um animal de fazenda que sente a chegada de uma tempestade. Um dia antes de ela começar, o carro dele ficava lotado com equipamentos de pesca e uma barraca. Se me perguntassem, eu iria dizer que ele ia acampar com os amigos. Agora, tenho certeza de que saía sozinho.

Mesmo quando criança, eu imaginava que devia haver algo que minha mãe estivesse desesperada para lavar, algo que precisasse ser queimado ou purificado ou esfregado a qualquer custo. Ela não enxergava o fato de que nada precisava de limpeza, porque aqueles ataques eram tão freqüentes; entretanto, havia ordem e uma estrutura segura no trabalho dela. Aquela energia se esvaiu de minha mãe agora, e tudo que resta é o seu jeito de falar continuamente, sem respirar ou pensar. Quando eu era criança, ficava sentada na cama à noite, fazendo presentes para ela — uma moldura de um porta-retrato enfeitada com conchas do mar, uma caneca de café branca que eu comprava para depois pintar. Certa vez, bordei a palavra "mamãe" numa fronha, com letra cursiva cor-de-rosa. Fazia essas coisas para ver em seu rosto a expressão de cuidado com a qual polia ou lavava os objetos.

Eu não limpo assim. Divido as tarefas em trabalhos menores, anotando tudo num bloquinho de papel.

1. Remover artigos da escrivaninha, 10 coisas por vez.
2. Limpar escrivaninha.
3. Passar lustra-móveis e lustrar escrivaninha.
4. Substituir artigos na escrivaninha, 10 por vez.

O melhor jeito de realizar uma atividade é dividi-la, de modo que cada passo seja bastante modesto — ler 10 páginas de um livro, uma pausa, depois outras 10. Ou limpar cômodos alternadamente. Normalmente, adoro fazer isso; mas, nesta semana, até a limpeza estava além de minhas forças, exceto as persianas. Não conseguia decidir por onde ou quando começar.

Quinta-feira à tarde, tempo bom, 36 graus. 3h40 da tarde. O telefone toca.

Por um minuto, fixo o olhar nele. Ou minha mãe morreu, ou é Seamus.

— Alô?

— Hum... alô, Grace? É Seamus.

— Seamus, Seamus... Ah, me lembrei. O Seamus do chão da cozinha.

— Que outro seria? O Seamus da entrada do prédio? O Seamus do balcão na cozinha? Assim você me faz sentir especial, Grace.

— Não é problema meu. Há um verdadeiro desfile de Seamus aqui, na comemoração de São Patrício.*

— Entendo. Bem, será que eu caibo entre seus outros Seamus?

— Vamos ver.

— Só um segundo. — A voz dele fica um pouco enrolada. —

---

* *São Patrício*, ou *St. Patrick*: padroeiro da Irlanda.

Cara, nós não exibimos esse tipo de filme aqui. Nada de peixes falantes ou carros e ratos falantes. É uma zona livre de antropomorfismo. Experimente o Multiplex na rua Swanston.

— Você está no trabalho?

— Estou. Está muito parado hoje. É uma pena. Pensávamos que essa retrospectiva Paul Cox seria o máximo.

— Imagine só. Os pais preferindo peixes falantes ao *voyeurismo* e à lepra.

— Pois é. Só um segundo. — Mais murmúrios. — *Cara, qualquer cinema da cidade cobra a mesma coisa. O dinheiro não vai para o meu bolso. Bem, você não tem de comprar. Traga um sanduíche de casa.*

— Diga a ele. Uma Coca-Cola deveria custar 38 dólares.

— Você seria ótima aqui. Quando estiver procurando emprego...

— Obrigada, mas estou cuidando da faxina hoje. Em meu uniforme de empregada francesa e salto alto.

— Vamos parar por aí — ele responde. — Você está livre no domingo, por volta das onze?

— Posso estar.

— Ótimo. Vou buscá-la.

— Aonde vamos?

— Comida chinesa.

10

É domingo, 24 graus. São 10h30 da manhã, mas estou pronta, porque essa é a hora em que costumo sair. Estou usando uma blusa preta de algodão e uma saia verde-oliva com cintura apertada. E sandálias de salto pretas. Em minha mente, substituí "comida chinesa" por "vamos à cafeteria". Estou até mesmo preparada para visualizar toda a experiência da cafeteria — entrar, pedir, bolo de laranja — enquanto estou no restaurante.

Quando abro a porta, Seamus Joseph O'Reilly está diante dela. Camisa havaiana, jeans azuis desbotados. Alpargatas. (Estou escolhendo um tema dos anos 1980.) Ele está lindo. Até seu cheiro é bonito. Estou tentada a esquecer a saída e a convidá-lo para entrar, embora já passe de minha hora de sair. Mas ele me beija no rosto de um jeito superficial, e, antes que eu perceba, estamos no MDS 938, e partimos.

O restaurante é de sufocar: mesas, pessoas, carrinhos. Enfeites nas paredes. Crianças correndo por toda a parte. Tantas coisas para contar. Desvio a mente disso, e começo a pensar em tudo que se relaciona à China. Adoro tudo que seja chinês. Fogos de artifício, macarrão. A Muralha. Amo o fato de eles não precisarem compartimentar seus números, e os integrarem ao cotidiano. Gosto que o zero seja o pictograma mais complexo de todos os dígitos individuais. Um grande e gordo 0 como nós usamos não soma a magnitude do conceito.

Adoro números da sorte. Na cultura chinesa, eles são 6, 8 e 9. São considerados números da sorte provavelmente pelo som que produzem. O 6 soa como a palavra que usam para "tudo transcorre bem", *lui*. O 8 soa como *fa*, que significa "grande fortuna a caminho". E o 9 tem o mesmo som de *jiu*, a palavra usada para "duradouro", principalmente empregada em referência a casamento ou a amizade. Lembro-me de ter lido que um milionário em Hong Kong pagou uma fortuna por uma placa de automóvel que começasse com 888. Essas placas têm retorno garantido: todos sabem como elas são caras, por isso tratam com mais respeito a pessoa que as tem. E, quanto mais pessoas se curvam diante dela, mais sortuda (e rica) a pessoa fica.

É verdade que Monterey Park, nos Estados Unidos, tem a mais alta concentração de chineses, porque o prefixo telefônico da área é 818? É verdade que nenhum chinês moraria numa casa de número 14, porque significaria morte instantânea?

Sentada no restaurante, olhando para o carrinho prateado coberto com pequenas caçarolas de bambu, sinto-me muito pouco sortuda. Provavelmente precisarei comprar uma blusa com o número 8 estampado. Ele teve atitude de cavalheiro a manhã toda, e agora está esperando que eu escolha. Sei que devo escolher. Preciso de um método. Um padrão. Comerei até pés de galinha, se for preciso.

Mas me sinto derrotada. Muitos carrinhos com opções. Muitas caçarolas.

— O que eu deveria experimentar?

Ele se curva um pouco para a frente e aponta alguns pratos com pauzinhos. A garçonete sorridente põe as três caçarolas sobre nossa mesa. Ele não sorri para ela. Olha para os pratos e espeta um bolinho verde. Lagostim com cebolinha, acho. Ele come. 2 bocados.

Uma garçonete se aproxima com uma panela branca em cada mão.

— Chá?

Como assim? Não há cardápio de bebidas? Que outras escolhas temos aqui? Como posso decidir assim?

— Grace? Você quer chá?

— Eu quero?

— Sim — ele diz, um pouco firme demais. — Sim, chá. Para nós dois.

A garçonete serve o chá. Quando eu provo? Agora? Ou devo alternar entre um bocado e outro do bolinho? Na verdade, com quantos bocados se come um bolinho? 10? Mas daí seria ridiculamente pequeno cada bocado. Mesmo 5 não parece certo. Seamus comeu em 2 vezes, mas sua boca deve ser maior que a minha.

— Bem... eu espero não ter interrompido nada de importante quando lhe telefonei na quinta-feira.

— Não, não. Só havia um ponto de fissão nuclear na cozinha, nada mais.

— Você não está... trabalhando no momento?

— Não. No momento, não.

— Não encontrou o emprego certo? Ou está dando um tempo?

Não respondo. Não posso responder. Vejo onde isso vai dar. Ah, Deus. Eu não deveria ter vindo.

— Você não gosta de comida chinesa?

— Hum... sim. Parece muito boa. Só não consigo decidir o que comer primeiro.

Permaneço em silêncio por mais um momento, enquanto ele espeta outro bolinho. Mas não come. Coloca o bolinho perfurado no prato.

— Grace, precisamos conversar.

Por que é que os homens, quando têm algo em mente, recorrem a clichês?

— Espere um pouco. Eu sou a mulher. Essa é a minha fala. — Ele coloca o pauzinho chinês na mesa. Suas narinas se dilatam; ele inspira profundamente, e expira.

Debaixo da mesa, cerro os punhos.

— Eu gosto muito de você, Grace. De verdade. Você é engraçada e sexy e... fantástica. Você é fantástica. — Ele faz uma pausa e bebe o chá.

Ah, Deus. Eu deveria saber. Os homens adoram romper o relacionamento em lugares públicos para que a gente não faça escândalo, e nenhum lugar é mais público que este.

— Posso lhe fazer uma pergunta pessoal?

— Sim, sempre fui mulher. Eu deveria me depilar melhor. — Recuso-me terminantemente a me aborrecer. Recuso-me a deixar que um homem que eu só conheço há 22 dias tenha esse poder sobre mim.

Ele não sorri. Tento de novo.

— Nunca, eu juro. Você foi o primeiro.

Nada.

— Só uma vez, mas não traguei.

Público exigente.

— Grace, você pode parar com as piadas por um minuto? Eu quero saber qual é o lance com você. — As pequenas rugas em volta de seus olhos se aprofundam. Ele aperta o lábio inferior.

Sinto-me corar do rosto ao pescoço.

— Não sei do que você está falando.

Olho para baixo. Ele escolheu uma caçarola de bolinhos de lagostim, outra de *wontons* e uma com bolo de rabanete. As caçarolas de bambu estão dispostas em um círculo, e, como não há começo nem fim, não sei por onde começar. Geralmente, numa situação assim, eu tento visualizar um relógio e escolho o que já passou do meio-dia, mas o bolo de rabanete está mais ou menos no meio, e não posso incluí-lo nesse esquema. Então, bebo o chá.

— Olhe, eu sei que não é da minha conta, Grace, mas... Por que você pegou aquela banana no supermercado? Já tinha muitas na cesta.

Não digo nada. Não posso dizer.

— Grace, quando damos as mãos, seus dedos se contorcem. Quando andamos, seus lábios se movem sem dizer nada.

— Não tinha percebido o lance dos dedos. É só um hábito. Se você tivesse me dito, eu poderia ter parado.

A voz dele agora é quase um sussurro, enquanto ele se inclina para a frente.

— Não é só isso. Por que você não pede a comida que quer? Agora, por exemplo, você não comeu nada... nem sequer sabia se queria chá. E por que não tem um emprego? É óbvio que você é inteligente e capaz. Qual é o lance?

Eu fecho os olhos por um momento. Não estou preocupada. Recuso-me a me preocupar.

Ele se reclina um pouco.

— Deus...! Olhe, você não precisa responder, certo? Esqueça.

Toda a conversa das pessoas no restaurante se amalgama num ruído de fundo. À mesa ao nosso lado sentam-se 5 pessoas com 10 pauzinhos em suas 5 mãos. Elas têm 14 caçarolas de bambu, o que é ridículo, pois isso significa 2,8 caçarolas cada, e, quando estiverem terminando, alguns dos bolinhos estarão frios. Por que as pessoas pedem tanta comida assim? Há 4 carrinhos, e eles passam de 2 em 2 minutos — aliás, com muita freqüência. Como esperam comer quando precisam dizer "não, obrigado" a cada 2 minutos? Cada carrinho tem 7 fileiras de caçarolas; no carrinho mais perto de nós, as 4 primeiras fileiras da frente têm 4 caçarolas, a quinta tem 3 e as duas últimas têm 4. Alguns têm 3 andares; outros, 5; e outros, só um. O mais próximo tem 87 caçarolas; os outros estão escondidos atrás das pessoas e eu não tenho certeza do número de caçarolas. Mesmo assim, não há desculpa para 14 caçarolas numa mesa. Mesmo que só haja 1 com algo que você realmente quer, talvez ostras com molho de queijo, você pode pedi-las depois se quiser mais.

— Isso é tão importante? — eu pergunto. — É tão importante o fato de eu não ter emprego?

— Talvez não. Talvez não seja importante. Mas, que diabo, Grace, eu abri a sua geladeira no domingo de manhã. Pra que todos aqueles sacos plásticos de sei-lá-o-quê? Eu nunca vi uma geladeira onde nada — eu quero dizer nada — está na embalagem original. Uma geladeira cheia de sacos de cebola e vagens de feijão e Deus sabe o que mais, tudo em plásticos individuais, bem fechados. Até o iogurte. E todos os seus copos têm linhas, como os copos nos bares que servem vinho.

Penso que ele terminou, mas está apenas se aquecendo.

— Você nem tem rolos de papel higiênico no banheiro, só uma pilha de pedaços já separados do rolo. Há uma régua ao lado de seu fio dental e uma caneca medidora no box, ao lado do xampu. E, meu Deus, nunca vi tantos relógios na vida. Parece uma relojoaria. Sem falar das escovas de dente. Pra que, afinal, alguém compra dezessete escovas de dente?

De repente, o ambiente ficou em silêncio. O chá derramou por causa da maneira desajeitada que o despejam nos restaurantes chineses, e há 3 manchas na toalha: a primeira muito pequena, a segunda maior e a terceira irregular, tamanho médio, com o formato do mapa da Tasmânia. Há 3 bolinhos de lagostim esfriando. Por que servem em 3? Provavelmente, 3 é a porção mais conveniente para servir. Quando é que 3 pessoas saem juntas para um *brunch*?* Duas, sim. Quatro, sim. Mas três? Talvez eles saibam que não dá para dividir, então as pessoas se vêem obrigadas a pedir outra caçarola, assim como uma porção pequena de batatinhas é pouco para satisfazer, mas a porção grande é grande demais. Mais um dos pequenos males do sistema capitalista. Os bolinhos de lagostim têm 12 voltinhas em cima da massa, provavelmente feitas à mão.

— Grace? Droga, desculpe-me. Desculpe mesmo. Olhe, nós não precisamos falar disso.

— 14 — eu digo.

Ele me olha, sem entender.

— Eu comprei 14 escovas de dente. — Tomo um segundo gole do chá.

Sinto uma forte torcida no estômago. Não pode ser a comida porque ainda não comi nada. Não tenho medo de conversas sérias. Pouco tempo antes da execução de Kemmler, Nikola e Westinghouse tiveram uma conversa muito importante sobre uma negociação. Era o tipo de conversa que já vinha se insinuando havia algum tempo, e foi dolorosa, porém necessária.

A náusea me invade agora, percorrendo-me como uma onda, começando na boca e se espalhando pelo corpo. Estou enjoada, muito enjoada.

— Grace? Você está bem?

Devo estar um pouco pálida.

— Eu... não me sinto muito bem. — É possível que eu vomite por cima das caçarolas bonitinhas de bambu.

— Precisa de um pouco de ar fresco?

Não respondo.

— Quer ir lá fora?

Com um movimento de cabeça, respondo que sim, apertando o estômago. Sinto um gosto de ácido na boca.

---

* *Brunch*: refeição mista entre os horários do café da manhã e do almoço que substitui os dois (contração dos dois termos em inglês: *breakfast* e *lunch*). (N. do T.)

Seamus olha a conta, e deixa algumas notas na mesa. Pega-me pelo braço. Mal consigo me apoiar sobre os pés enquanto nos dirigimos até a porta. O problema da negociação dos dois era o seguinte: Westinghouse ofereceu a Nikola um pagamento pelos *royalties* de 2,50 dólares por cavalo-de-força de eletricidade vendido. Nem o grande Westinghouse previu quão generoso era tal gesto e quantos cavalos-de-força ele iria vender.

Do outro lado da rua, há um parque; nós nos sentamos em balanços. Dobro o corpo de tanta dor. É improvável que seja apendicite porque começaria com prisão de ventre e uma dorzinha generalizada, baixa, no intestino. Pode ser algum tipo de doença intestinal inflamatória, mas nesse caso eu teria diarréia. Não deve ser um aneurisma da aorta. Embora possa ser. Talvez seja o frango de ontem à noite, ou uma virose, daquelas que passam em um ou dois dias.

Seamus se ajoelha ao lado da balança, franzindo a testa. Ele quer me conhecer. Quer saber quem eu sou.

No fim, Westinghouse estava atolado em dívidas. Foi procurar Nikola e disse, simples e objetivamente:

— Nik, meu chapa. Estamos numa encrenca. Você se importa se, em vez de 2,50 dólares por cavalo-de-força, eu não lhe pagar nada?

Inventei essa parte.

Se isso acontecesse hoje, com qualquer homem comum, é fácil saber o que sucederia. Advogados. Litígio. Você lê sobre a pequenez das pessoas todos os dias: aqueles que culpam a prefeitura quando seu carro bate num poste porque estavam dirigindo embriagados. Pessoas que processam restaurantes por não alertar que o café estava quente. O pacote de nozes que pode conter vestígios de nozes. As pessoas que não aceitam a própria responsabilidade.

A culpa é sempre sua, sabe? É tudo culpa sua, tudo, tudo, tudo.

Nikola não era um homem comum. Sua resposta passou para a posteridade, e consiste provavelmente no discurso mais bonito já feito. Mostra, acima de tudo, a bondade intrínseca do homem.

— Senhor Westinghouse — Nikola falou —, o senhor foi meu amigo, acreditou em mim quando ninguém mais acreditava; teve a bravura de ir em frente, quando ninguém mais tinha coragem; o senhor me apoiou enquanto seus próprios engenheiros não tiveram visão suficiente para antever as coisas grandiosas que o senhor e eu víamos;

ficou do meu lado como amigo; o senhor salvará a empresa para poder desenvolver minhas invenções. Aqui está o seu contrato e aqui está o meu. Rasgarei as duas cópias, e o senhor não terá mais esse problema com os *royalties*. É suficiente?

— Quero ajudá-la, Grace. Quero mesmo. Se for uma questão religiosa, que impeça você de dirigir ou usar celular, ou se for alguma alergia alimentar... Eu preciso saber onde estou entrando.

Este homem que eu só vi 4 vezes está ajoelhado a meus pés. Colocou a mão em meu joelho. Não falou do tempo. Não falou de futebol. Contra todos os instintos sociais, ele fala sobre o coração. A maioria das pessoas diz: "Informação demais". Seamus, não.

— Grace? — Ele se senta no balanço a meu lado. Está esperando.

Se eu dissesse a Nikola, sei o que ele diria. Diria: "Grace, você é minha namorada. Diga-me seus problemas, e eu os rasgarei em pedacinhos, e você não os terá mais. É suficiente?".

Respiro fundo.

— Não é uma questão religiosa. Não é nada do gênero. É que eu gosto de contar as coisas. Preciso contar coisas — respondo, enquanto afundo as pontas dos sapatos na borracha embaixo das balanças.

— Contar coisas? O que, por exemplo?

— Passos e sílabas e garfadas e coisas. Comida. O número de vezes que eu escovo os cabelos. Ou que escovo os dentes.

Ele franze a testa. Pro diabo. Continuei falando.

— Vidros de xampu. Número de vagens de feijão para o jantar. Bananas. Número de roupas num cesto para lavar. Faço listas do número de louças que eu lavo e das superfícies que limpei para não perder a conta. Olho sempre para o relógio. Coisas em geral, entende?

— Como aquelas pessoas que lavam as mãos o dia todo? Obsessivo-compulsivas, como dizem?

Eu bufo.

— Ah, Deus, não. Não como aqueles maníacos que lavam as mãos. Há 182 espécies de bactérias na pele humana. Todas existem por uma razão. Tentar removê-las é ilógico.

— E contar é... lógico?

— Claro. Contar é o que nos define. Entenda, Seamus, a única coisa que dá significado à nossa vida é o conhecimento de que um dia morreremos. Todos nós. Isso é o que torna cada minuto importante. Sem a habilidade para contar nossos dias, nossas horas, as pessoas que nós amamos... não há significado algum. Nossa vida não seria nada. Sem contar, nossa vida não é examinada, valorizada. Não é preciosa. Essa consciência, essa habilidade para a alegria quando ganhamos algo e para a tristeza quando perdemos. É isso que nos separa dos outros animais. Contar, adicionar, medir, cronometrar. É isso que nos torna humanos.

— Entendo. Eu... não tinha pensado por esse ângulo. Isso explica as varetas.

As varetas. Gostaria de tê-las comigo agora, só para senti-las no bolso. Tento sorrir.

— Meu bem mais valioso. Se meu apartamento pegasse fogo, as varetas seriam as únicas coisas que eu pegaria. Passo horas brincando com elas.

Daqui a 10 minutos ele irá embora e eu nunca mais o verei. Observo onde ele está sentado e me concentro. Preciso memorizar tudo — o modo como seus braços e pernas se acomodam na balança. A silhueta de sua cabeça contra as árvores. A camisa havaiana de flores amarelas brilhantes com um fundo preto; posso contar 8 flores inteiras de onde estou, mais 15 partes de flores. Os jeans são desbotados, brancos no joelho esquerdo. O timbre exato de sua voz. Fecho os olhos por um segundo para ver se consigo recriá-los.

— Mas por que você não tem um emprego?

— A escola tinha uma idéia estranha de que eu era paga para ensinar as crianças, não para contá-las. Um empregador não aprova o fato de você ficar contando em vez de trabalhar. Passar o tempo todo olhando para o velocímetro, para ter certeza de não exceder o limite de velocidade, é meio perigoso.

— O que a sua família acha disso?

— Minha mãe e Jill? Elas sabem, é claro. Sabem que eu não posso trabalhar, e certa vez... bem, passei um tempo no hospital e elas foram me visitar. Jill é irritantemente compreensiva. Mamãe tem medo que tenha sido por alguma coisa que ela fez; por isso, nem quer saber. Larry, a filha do meio de Jill... ela simplesmente aceita. Como se eu tivesse cotovelos com duas juntas ou pudesse dobrar o polegar para tocar o punho. Eu não ligo para o que os outros pensam.

— Você já consultou alguém? Um profissional, quero dizer. — Ele se vira e olha para mim. O sol está atrás de mim e ele aperta os olhos, fechando um, porque não pode protegê-los enquanto está balançando.

— Uma terapeuta. Tive uma crise; foi quando parei de trabalhar. Tinha duas sessões por semana. Ela queria que eu tomasse antidepressivos. Fizemos hipnotismo e tudo mais. Ela era mais nova que eu — devia ter 12 anos. Cada consulta a deixava mais irritada, como se eu estivesse contando só por birra. Eu tinha vontade de levá-la para tomar sorvete e me desculpar.

— O que ela dizia para você ter chegado a essa conclusão? — Ele pára de balançar agora. Levanta-se e se ajoelha no balanço.

— Não importa. O que ela dizia não importa. Ela se apegou a um pequeno evento em minha infância e o ampliou exageradamente, por causa de alguma perspectiva freudiana que diz que tudo tem uma causa simples.

Ele sai do balanço dele e se aproxima do meu. Por um momento, sinto pânico. O que ele está fazendo? Não serei capaz de agüentar se ele segurar minha mão e me olhar nos olhos, cheio de condolência. Se tentar me desvendar. Se ele se ajoelhar a meu lado e me tocar no joelho, como se eu tivesse câncer, vou gritar. Se olhar para mim com aquele misto de preocupação e alívio — a testa franzida indicaria compaixão, mas na verdade transmite triunfo porque, por mais atrapalhada que seja sua vida, não é tão ruim quanto a minha —, bem, se ele fizer isso, eu não agüentarei. Se ele me olhar como se quisesse me ajudar, eu lhe darei um murro.

Mas ele não faz isso. Não me toca. Fica em pé, atrás do meu balanço, e o empurra. Eu fecho os olhos, sentindo a brisa no rosto e no cabelo.

— Satisfaça minha curiosidade — ele pede.

Não de novo. Jesus. Vá em frente. Vá em frente.

— Quando eu era pequena, aconteceu uma coisa. Um incidente pequeno, com o qual já tive de lidar tantas vezes. Foi muito perturbador. Eu admito, mas criança é assim mesmo, e eu me recuso a assumir a culpa; recuso-me a me culpar pelo que eu sou e, aliás, eu gosto de quem eu sou, em um incidente, um minuto de uma vida cheia de minutos. Além do mais, não acho que isso é um problema. Posso falar do assunto a qualquer momento. O fato é que eles não sabem por que eu sou como sou; não têm a menor idéia. É mais fácil atribuir tudo a uma única coisa do que pensar na complexidade de uma pessoa.

— Então me diga.

Não o vejo. Apenas sinto suas mãos me empurrando no balanço.

Fecho os olhos. Mesmo neste dia quente, a corrente é fria; deve deixar bolhas em mãos menores, mais delicadas. Conte a verdade a ele. Seja grande, como Nikola. Assim, ele conhecerá o seu coração, e, se resolver ir embora, você terá certeza, clara como diamante, de que, pelo menos por um momento, ele a conheceu.

11

O balanço range, uma vez quando vai para a frente e outra vez quando volta. Tábua de madeira, desgastada, presa a uma corrente. A pintura azul-celeste da corrente descascou após anos exposta ao sol e à chuva, e, a cada movimento da balança, uma fina poeira vermelha flutua até o chão.

— Meus pais tinham muito orgulho de mim — eu me ouço dizer. — Eu era brilhante na escola. Tão mocinha! Eles se gabavam de mim constantemente para os amigos e os parentes. Mostravam a todos o boletim com minhas notas. Quando eu tinha 8 anos, e por ser tão madura, ganhei um presente especial, um cachorrinho ainda filhote, no Natal. Era uma bolinha de pura travessura. Naquela época, as pessoas não treinavam tanto os cachorros. Os filhotes eram filhotes até crescerem e aprenderem as coisas por si. Enfim, o cachorrinho chegava a irritar. Por algum motivo, ele não gostava de Jill como gostava de mim. Seguia-me por toda a parte. Eu tinha de cuidar dele. Eu era a mais velha.

De meu quarto, eu via o quintal. Nossa casa era comprida e estreita, e tinha um terraço de dois andares, com uma única frente. Bem no meio, no fim do caminho de concreto, ficava o incinerador. No canto direito havia uma árvore que dava goma, enorme e florida, e na frente dela ficava o varal. Vejo-o agora, com clareza, sem sequer fechar os olhos, porque toda a minha mente, na época, se concentrava em escapar.

— Mamãe e papai trabalharam muito para comprar a propriedade; uma casa boa, num bairro bom, para que suas filhas tivessem um começo de vida melhor que o deles. Na parte de trás da casa, havia uma escada íngreme. O cachorrinho era tão pequeno... Não conseguia andar por todos aqueles degraus sozinho. Minha mãe me dizia, tantas vezes: "Se você sair pelos fundos, feche a porta para ele não cair da escada".

— Ah, meu Deus — diz Seamus.

— Um dia eu esqueci. Ele caiu da escada. — Olho para o céu, em um momento de oração silenciosa, mas não tenho certeza se ele percebe. — O cachorrinho morreu.

— Pobre de você. Deve ter ficado arrasada.

Pobre de mim. Conte a ele. Conte tudo. Tudo.

Com os olhos fechados, eu consigo calcular o movimento do balanço quando ele volta e lhe toca as mãos. Sinto suas mãos se moverem para trás com o balanço, só um pouco, antes de ele se mover para a frente e o empurrar. Imagino suas pernas abertas, a esquerda um pouco mais à frente da direita. Qualquer desvio no ritmo ou no esforço ou na velocidade refletirá uma hesitação por parte dele, e o terei perdido. Fico alerta ao movimento do balanço, para detectar qualquer mudança; mas não há. O balanço continua, para cima e para baixo, como se estivéssemos falando da possibilidade de chuva.

— Ele caiu e rolou. Bateu a cabeça. Morreu instantaneamente, sem um gemido. Estava estirado depois do último degrau, lá embaixo, como se estivesse dormindo. Essa é a pior parte: vê-lo ali, estirado e morto, e só pensando em mim mesma. Pensando que meus pais não me achariam mais maravilhosa.

— Qual era o nome dele?

— Ferrugem — eu digo. — O nome dele era Ferrugem.

Chega. Não posso continuar. Paro por aqui.

Seamus empurra o balanço mais uma vez.

— Como seus pais reagiram?

— Ficaram arrasados. Não me culparam; não mesmo. E já tinham tido outros cachorros antes. Filhotes às vezes morrem, você sabe, são atropelados e Deus sabe o que mais. Acho que foi o choque de pensar que poderia ter sido uma de nós, Jill ou eu, caindo da escada. E, como foi um acidente, eles o viram com uma espécie de repúdio; como se não fossem bons pais.

A rua está quieta. Ninguém mais chegava, e os primeiros fregueses já estão saindo do restaurante. Eu alongo a perna; mantenho-a reta, contra a pressão do ar que voa na minha direção.

— E o sujeito velho, o da foto?

— Nikola Tesla, inventor. Nasceu em 1856. Louco por contar. Contava tudo.

— Tesla? Da bobina Tesla?

Relaxo os ombros. Não tinha percebido que estavam tão tensos. Seamus ouviu falar de Nikola. Bilhões de pessoas não ouviram, mas Seamus sim. Meu estômago está melhor. Eu deveria levar sempre antiácido comigo, mas há 14 comprimidos em uma cartela, o que me dá arrepios.

— Na escola, todos nós tivemos de fazer um trabalho sobre inventores famosos. Alexander Graham Bell, Fleming. Eu nunca tinha ouvido falar de Nik... de Tesla antes. Achava que eu era a única pessoa no mundo que tinha essa mania de contar. Uma aberração, talvez. Quando era adolescente, poderia facilmente ter... às vezes eu sentia que seria melhor para todos se eu não estivesse por perto. Quando li a respeito dele, descobri que um indivíduo tão grandioso quanto Tesla também era um contador compulsivo... Aquilo salvou minha vida.

— Então... esse acidente... você acha que foi o motivo de sua...

Ele hesita por um segundo, e por um instante acho que vai dizer "doença".

Balanço o pé e o pressiono contra a borracha. Ele pára de empurrar e o balanço se estabiliza.

— Não. Acho que não. Não tenho chiliques quando vejo um filhote de cachorro. Não me encolho toda diante de uma escada. Consigo falar do assunto com muita facilidade. Há pessoas com traumas muito piores. Além disso, estou cumprindo minha pena.

Sinto o calor do sol no rosto. Ando em volta do balanço e paro diante dele. Ergo os braços e os deslizo por sua camisa, chegando ao pescoço, e descanso os dedos nos cabelos curtos de sua nuca. Ele põe as mãos em meus quadris, e engancha os polegares em meu cós.

— E que pena é essa?
— Fiz um voto de ser muito, muito bondosa com os animais. — Roço com os lábios seu pomo-de-adão.
Ele me puxa para mais perto, e faz um gesto apontando o restaurante.
— Você não comeu nada lá. De novo, não a alimentei direito.
— Não tem importância — respondo. — Você pode compensar, de alguma maneira.

O caminho de volta é longo demais. Farol vermelho. Um Volvo na nossa frente. O prédio tem escadas demais, 10 vezes mais do que tinha hoje pela manhã. Tenho dificuldade com as chaves, embora já tenha aberto essa porta 10 mil vezes. A porta demora muito para abrir porque as dobradiças se movem em câmera lenta. Lá dentro, não há esperança de chegar ao quarto. Está a quilômetros de distância.

Com uma perna, Seamus chuta e a fecha e me empurra contra a parede do corredor. Com a boca aberta em minha garganta, ele só consegue beijar uma área côncava por vez. Não consigo desabotoar-lhe o cinto com rapidez. Não posso puxar sua camisa pela cabeça porque as mãos dele estão levantando minha saia.

Um dos braços me aperta pela cintura, o outro solta-me as calças e as deixa cair no chão. As calças dele já estão no chão, em volta dos tornozelos. Ele me ergue e ataca as partes internas das minhas coxas — o ângulo está totalmente errado. A calcinha fica presa nos joelhos, sem me deixar abrir as pernas.

— Merda — ele resmunga. Desta vez, arranca minha calcinha, rasgando-a até que saia, e a joga no chão.

Mais tarde, eu irei devagar. Sentirei a pele retesada de seu pênis em minha mão e em minha boca. Ele sentirá minha língua, meus dentes duros e meus lábios macios, e eu o sugarei, ao mesmo tempo com força e delicadeza, só para ouvi-lo gemer. Mais tarde, eu ficarei por cima dele, e se nosso ato será profundo, rápido, demorado, dependerá só de mim.

Mas agora, não. Agora eu não posso esperar, nem mais um segundo. Suas mãos grandes e largas estão em minhas nádegas. Ele as puxa e me ergue novamente. Sinto a parede dura contra as costas, e meus cabelos ficam presos.

Por um instante, nós não nos movemos. Enfim, eu deslizo sobre ele e coloco as pernas em volta de sua cintura. Agarro-o pelas costas. Ele arreganha os dentes e põe uma mão na parede para se escorar. Está dentro de mim. É maravilhoso... se eu me jogar para a frente...

Mas ele pára, e estremece. Sinto os espasmos dentro de mim. Sua força parece drenada, e ele se apóia no meu corpo. Solto-lhe a cintura, afastando as pernas; elas sustentam meu peso apenas com uma leve oscilação. Descansamos, de pé e juntos, ambos suados.

— Merda... desculpe-me. — Sua respiração está pesada. — Foi...

— Tudo bem. — Espero parecer convincente.

— Talvez devêssemos tentar numa cama, para variar.

— Boa idéia — digo. — Que tal agora?

À tarde, nós dormimos juntos, em minha cama de solteiro. Pelo menos Seamus dorme. Eu não consigo. Só consigo olhar para ele. Assim que Seamus fechou os olhos, virei Nikola para baixo.

Como todos os indivíduos verdadeiramente grandiosos, Nikola tinha uma obsessão verdadeiramente grande. As pessoas não entendem as obsessões. Uma obsessão não é uma fraqueza. Uma obsessão é o que anima as pessoas; o que as faz diferentes da massa sem cor. Você acha que ainda estaríamos falando de *Romeu e Julieta* hoje, mais de 400 anos desde a primeira apresentação, se os dois pombinhos tivessem seguido o conselho dos pais e aceitado parceiros mais apropriados em suas casas neogeorgianas com 4 quartos e 2 banheiros e meio, num tipo de subdivisão nova na periferia de Verona?

Nikola certa vez se equivocou quanto à eletricidade que vinha de uma de suas máquinas e recebeu 3,5 milhões de volts, que lhe atravessaram o corpo, deixando uma marca no peito ao entrar e uma queimadura no calcanhar ao sair. Em outra ocasião, ele fazia um experimento com um oscilador, um dispositivo usado para amplificar vibrações mecânicas. Causou um miniterremoto, quebrando as janelas de toda a Manhattan, e confirmando sua crença de que, com pouca experimentação para achar a freqüência exata, ele seria capaz de dividir a Terra pela metade, como uma maçã. Ele adorava falar sobre marcianos. Não era um sujeito muito popular. Saiu de Nova York com pressa e se mudou para Colorado Springs, e foi aí que começou sua obsessão.

Minha obsessão vai embora às 5h12 da tarde, após me beijar por 8 minutos no alto da escada.

Não consigo tirar Seamus Joseph O'Reilly da cabeça. Minha rotina fica mecânica, a contagem não traz mais prazer nem tem propósito. Falo com ele todas as noites; não importa mais quem telefona para quem. Às terças e quartas-feiras ele me visita tarde da noite e fica até de madrugada.

Penso nele a cada segundo. Cozinho, mas não consigo comer. Não consigo dormir muito, e, quando durmo, sonho com braços em volta de meus seios; sonhos tão reais que, só depois de alguns momentos acordada, percebo que se trata de um sonho.

Na quinta-feira à noite, quando o telefone toca, eu pulo.

— Sinto muito que não é domingo — diz Jill.

— Tudo bem. — A nova Grace, *sexy*, é quase adaptável.

— Harry e eu partimos para a China amanhã...

— Acho que você já mencionou isso.

— Hilly tem um recital de violino no sábado. Conversei com ela semanas atrás, e ela disse que não se incomodava se estivéssemos fora. Mas, hoje de manhã, fez um escândalo. Acho que está chateada porque ninguém da família a verá.

— Alguma relevância para mim?

— Olhe, Grace. Eu sei que é difícil para você. Mas será que há alguma possibilidade de você ir?

Ela interpreta meu silêncio como relutância.

— É a feira da escola, vai ter barracas e outras coisas. Estou fazendo geléia há semanas. Hilly pode ir sozinha, claro. Ela vai ficar na casa de Stephanie. Stephanie toca violoncelo. Você poderia se encontrar com ela lá. Eu não gostaria que ela fosse a única menina sem ninguém da família na platéia.

Distraio-me por um instante, imaginando Seamus como garotinho em idade escolar. Duvido que fosse do tipo que tocava violino.

Nem do tipo que jogava xadrez. Penso em tênis. Ou críquete. Imagine um menininho com os olhos de Seamus, com o taco na mão, se concentrando. Meu coração se aperta. Eu gostaria de ver Larry tocando violino, mas como? Antes que eu me controle, já estou falando.

— Vou pedir a Seamus que me leve.

Silêncio por um momento, e penso que estou a salvo; ela se distraiu com a entrada de um ladrão, ou talvez um incêndio tivesse começado na cozinha.

— Quem é Seamus?

— É um amigo.

— Um amigo? Você quer dizer namorado? Está namorando?

— Um pouco menos de espanto seria educado, Jill.

— Gracie, querida... não é isso. Você é linda, e tão inteligente. É que... você acha que está preparada?

— Nós saímos algumas vezes, só isso. Não fizemos nenhum voto.

— Vamos conhecê-lo?

— Sim... Talvez... Não sei. Vamos ver o que acontece no recital.

— Hilly adoraria ser a primeira a conhecê-lo. Você acha...? Acha que vai ficar bem?

Sou uma nova mulher com um novo namorado. Tudo está perfeito.

— Sim.

Quando desligo, começo a teclar o número de Seamus. E logo desisto. Não deve ser uma boa idéia. Talvez seja cedo demais para convidá-lo para o recital de minha sobrinha; uma ocasião muito familiar, muito íntima. Mas as novas mulheres são corajosas; por isso, eu ligo e pergunto. Ele fica surpreso e animado. Diz que vai.

No sábado de manhã, eu acordo quando o despertador toca às 5h55, sozinha, ofegante e suada. Olho fixamente para o despertador. A palavra "digital" vem de *dígito* — dedo. Como eu poderia ter me esquecido disso? Estou contando coisas mentalmente, mas não com as mãos. Não sei bem quantos livros eu tenho, ou colheres ou alfinetes de cabelo. Fico tonta e sinto uma dor no peito que se irradia pelo braço esquerdo. Os 5 dedos de minha mão esquerda estão formigando. Todo esse tempo, nunca pensei nisso. E se as respostas forem diferentes? E se os números que vêm da mente divergirem dos números que vêm das mãos? São os nossos dedos que ditam os números, não os processos obscuros em nossa mente que nem sequer podem ser vistos. Meu coração tem 4 câmaras e uma miríade de minúsculos vasos sangüíneos servindo a cada uma. E se um desses vasos sangüíneos não estiver bem? Lembro-me de ter lido em algum lugar sobre um homem que tinha só 36 anos; teve uma espécie de entupimento em uma de suas artérias coronárias. Ele não estava acima do peso. Era magro. Se eu me lembro bem, não fumava nem bebia. Um dia, estava cortando madeira no quintal e se sentiu mal. Disse à esposa que não estava muito bem e foi dormir cedo. Ela correu com o marido para o hospital no meio da noite, e ele precisou de uma ponte de safena. Ninguém teria imaginado. Não houve sinais de alerta. Quantas toras de madeira ele cortou? E se tivesse cortado menos, teria feito alguma diferença?

Se eu não descobrir quantas coisas tenho, vou morrer.

Saio da cama, cambaleando. À minha esquerda está o criado-mudo, e em cima dele está meu bloco de notas e uma caneta. É suficiente para eu criar categorias agora. Mais tarde, coloco tudo em ordem alfabética e digito no computador. Mas preciso contar tudo com as mãos. Agora. É o único jeito de eu me salvar. Frascos pela metade de vitamina, 1, 2. Meus dedos se encolhem, tocando a palma. Artigos cortados de revistas sobre contas, 1, 2, 3, 4. Cartões de Natal do ano passado, incluindo aqueles da agência imobiliária e da pizzaria local, nenhuma das quais eu freqüento. 1, 2, 3, 4, 5, 6, 7.

Ajoelho-me e começo a contar as gavetas da cômoda; depois, volto correndo para o criado-mudo como se alguém tivesse me dado um tapa. 2 frascos pela metade de vitaminas, mas quantos comprimidos em cada um? 8 em um, 14 em outro. De volta à cômoda. Começo da gaveta superior esquerda e vou descendo, como se estivesse lendo. As etiquetas dentro de cada gaveta que definem os conteúdos são outro tapa na cara. Deveriam incluir o número de itens. Garota burra, burra. Calcinhas, pijamas, maiôs, meias, camisetas, bermudas, moletons, calças, macacões, sarongues, cardigãs. Fazer pilhas. Contar cada uma com as mãos. Escrever o número no bloco e na etiqueta. Colocar tudo de volta. Passar para o guarda-roupa. Quando vou mais rápido, sinto a dor no peito diminuir. Se parar para respirar, ela fica pior. Vejo um vaso entupido, tão estreito que cada glóbulo vermelho tem de se espremer para passar. Mais rápido, mais rápido.

Por fim, terminei o quarto, e o banheiro também. Tudo contado com as mãos, tudo anotado em meu bloco. Estou na metade da cozinha quando a campainha toca. A princípio, ignoro. Devem ser testemunhas de Jeová, ou algo assim. Quem mais tocaria a campainha de alguém a esta hora da manhã? Estou com vontade de dizer-lhes que me deixem em paz para rezar aos pés de Satanás e, a propósito, lembra-se de Samuel 22, 28: *Tu salvas o povo humilde, mas, com um lance de vista, abates os altivos?*

Olho, então, para o relógio: 11h52. Está quase na hora de ir ao recital. É Seamus à porta.

Ainda estou de pijama. Não tomei banho nem escovei os dentes, não comi nada nem fui à cafeteria. Os objetos dos armários da cozinha estão todos espalhados no chão. Meu bloco de notas está cheio de páginas de tabelas, linhas desenhadas e cruzadas, e números. Minha mão direita dói e está dura.

Terei de explicar isso a ele. Estou ocupada e não posso ir. Tenho de fazer isso; simplesmente não posso viver num mundo do qual não conheço as dimensões. A cada vez que respiro, meu peito dói e a dor irradia pelo braço e pelas costas. Explicarei a ele que, embora eu obviamente já tenha contado tudo antes, a palavra "digital" vem de *dígito*, ou de dedos. Fica incompleto se eu não contar com os dedos. Só isso. Abro a porta.

— Você não está pronta — ele diz. E não parece surpreso.

Encosto-me contra a porta, atrás de mim, para que o caos da cozinha não apareça.

— Não estou me sentindo muito bem. Vou ligar para Larry e explicar.

Delicadamente, ele me afasta e entra. Todo prato e xícara e esponja e descascador de legumes de todos os armários estão empilhados sobre os bancos e no chão. Duas frigideiras estão equilibradas em cima de três panelas, e as cinco xícaras de plástico medidoras estão no corredor. Em uma saladeira estão 10 facas; na outra, 10 garfos. As 10 colheres estão no escorredor. Os cálices de vinho, 2 tamanhos, 10 cada, estão sobre o balcão da cozinha, junto às 9 taças de champanhe. A taça que falta eu coloquei sobre a balança, pois, enquanto estou contando, também verifico o peso de cada coisa. Posso ganhar tempo com isso, mais tarde. Todas as portas do armário estão abertas, as etiquetas no lado de dentro de cada porta são claramente visíveis. Ao lado de cada etiqueta, eu colei um pedaço de barbante preso a uma caneta com fita adesiva, como fazem nos bancos. (Compro canetas em caixa de 100 unidades.) Se eu tirar um prato para fazer um sanduíche para o almoço, posso facilmente atualizar o número de pratos restantes. E, quando o coloco de volta depois de lavado, posso facilmente atualizar o número total.

Não é tão ruim quanto parece.

Ele fica parado por um instante. Vira-se, pega minha mão e me leva até o sofá. Sentamos.

— Grace, isso nunca vai ficar mais fácil. Nós vamos ao recital.

— Olhe, Seamus. Larry vai entender. Não é tão importante, e, como você pode ver, estou muito ocupada...

— Você precisa me ajudar com isso, Grace. Eu quero uma caneta e papel.

Eu cruzo as mãos sobre o colo.

— Por favor, Grace. O bloco em que você anota essas coisas — com um movimento do braço, ele indica a sala toda — será perfeito.

Meu bloco de notas e a caneta estão sobre o balcão. Eu os pego. Viro uma página limpa, e os dou a Seamus. Fico de pé, diante dele.

— É cedo ainda, nós vamos chegar a tempo. Agora, dois minutos para os seus dentes. Cinco para o banho e dez para os cabelos. — Ele está anotando enquanto fala. — Dê-me um relógio.

Eu lhe dou o relógio digital do alto da estante. Não possuo muitos relógios digitais; eles são inúteis para a maioria das coisas porque não mostram os segundos. Tenho alguns espalhados porque são mais fáceis de ver a distância. Ele se senta no balcão da cozinha.

— Grace, daqui a dois minutos, será meio-dia. É quando vamos começar. Então, você precisa se arrumar, mas deve se cronometrar de acordo com os números que escrevi nesta lista. Nada a mais, nada a menos. Exatamente como aqui.

Ele me dá o bloco de notas. Com uma caligrafia clara, ele fez quatro colunas. A primeira: tarefas, como arrumar a cozinha, e se vestir. A segunda: minutos. A terceira: hora de começar a tarefa. A quarta: hora de completar a tarefa.

Minha mão vai caindo para o lado, mas não solto a caneta.

— Não consigo. Acho que não posso...

— O tempo está passando, Grace. Você precisa começar às 12 horas.

A dor no peito passou. Olho para o piso da cozinha e, por um segundo, não me lembro de como ele ficou daquele jeito. Fixo o olhar no relógio e, quando o faço, quase vejo cada luzinha passar de *11:59* para *12:00*, como em câmera lenta. E, quando menos espero, estou indo à cozinha.

Seamus dirige com uma mão na direção e o outro braço livre. Apaixono-me por sua destreza, a caminho do recital. Ele sempre verifica os espelhos, como se deve fazer. Nunca achei que dirigir era *sexy*, mas devo ser a única porque as pessoas consideram até mesmo aqueles anões efeminados da Fórmula 1 atraentes. Os outros carros na rua fazem sua parte: param no sinal vermelho, obedecem ao limite de velocidade, indicam quando vão passar. Há um complexo sistema de regras que mantém tudo operando harmoniosamente. Alguém elaborou essas regras, cada uma delas, e, no fim, todos chegam aonde querem ir.

— Grace — ele diz —, quero que você me fale... da sua mania de contar. Quando fez o tratamento antes, eles deviam ter alguma teoria. O que provoca isso?

— Alguns acham que é biológico. Um desequilíbrio nas substâncias do cérebro, assim como os diabéticos não conseguem produzir insulina. Parece que ninguém sabe a razão exata; talvez seja algo genético. — Olho pela janela. — A outra teoria é que talvez seja um distúrbio comportamental ou ambiental, causado por um trauma. Eu voto pelo biológico com causa genética, pois assim posso culpar minha mãe.

— E como se trata o problema?

— Abordagens comportamentais, como exercícios de relaxamento e forçar a pessoa a não contar. O índice de sucesso do tratamento parece alto. Também se usam medicamentos ansiolíticos e antidepressivos.

Ele estaciona de ré, na frente da escola, com uma confiança insolente. Eu teria batido numa árvore. Desliga o motor e se vira, me olhando.

— A mulher de meu irmão Declan, Megan... é médica. Perguntei a ela a respeito do seu caso. Ela me disse que conhece um psiquiatra fantástico e uma clínica que fazem um trabalho magnífico. Você pode consultar seu convênio médico e pedir uma guia.

Abro a boca, mas ele fala de novo.

— Não diga nada agora. Talvez eu nem devesse falar disso, mas quero que você saiba que tem opções e que vou apoiá-la a cada passo. Prometa-me que pensará no assunto.

Vejo a feira montada no pátio; há crianças correndo por toda a parte, barracas em todo lugar. Um castelo pula-pula. Famílias normais, um sábado normal. Cadeiras brancas dobráveis na frente de um palco para o recital. Estou aqui hoje. Consegui. Vou ouvir minha sobrinha tocar violino, graças a Seamus.

— Vou pensar.

Entramos na área da escola, passamos por crianças com fadinhas em fios presas em bastões, correndo atrás umas das outras. Estão usando suas melhores roupas, jeans de marca e vestidos em tons pastel. Sinto-me um pouco nervosa: estou usando uma saia branca e blusinha branca. Não é a roupa apropriada para hoje, mas Seamus a escolheu para mim, enquanto eu tomava banho. Ficou boa, exceto pelo sutiã (também escolhido por Seamus), que é preto e visível por baixo da roupa branca. A camisa branca por cima da blusinha também faz meus seios parecerem maiores. É assim que as mulheres se vestiriam sempre, se os homens escolhessem suas roupas. Meu cabelo parece desgrenhado porque os 10 minutos que ele me deu para arrumá-lo não foram suficientes.

Ao lado do palco há um grupo de garotas risonhas que seguram instrumentos musicais. Perto do grupo, nada risonha, está Larry. Aceno para ela, e nós andamos mais devagar, enquanto aponto para Seamus sem ele ver. Larry bate a palma da mão contra a testa.

Nós nos sentamos e quase imediatamente 35 crianças em uniforme se perfilam no palco com seus instrumentos. Nikola não tinha filhos. Seus amigos queriam que ele tivesse, sabendo que o mundo seria um lugar melhor se ele transmitisse seus genes. Se fosse vivo hoje, Nikola poderia ter vendido seu esperma pela internet, aprimorando a humanidade sem a estranha realidade dos bebês reais. Na virada do século, a tentativa de melhorar a humanidade não era vista como um estigma.

Nikola sabia que as exigências de seu trabalho eram pesadas demais para permitir que ele tivesse uma esposa e filhos. Um trabalho puxado, porém, não é o único motivo para alguém não ter filhos. Há o problema da superpopulação. Aquecimento global. Pense no impacto ambiental das fraldas descartáveis — 8.000 por bebê e 500 anos para cada uma se decompor; na Austrália, nasce 1 bebê a cada 2 minutos, ou seja, 262.800 por ano. Multiplicado por 8.000 fraldas, temos $2,1 \times 10^9$. E isso não é o pior. Alimentação. Roupas. Ser responsável pela vida de outra pessoa. Pela existência dela. Pense nisso. Há um milhão de ótimos motivos para você não ter filhos.

Mas sentada aqui, no recital, segurando na mão de Seamus e vendo Larry tocar violino, é fácil esquecer todos eles. Ela está no fundo do palco, e agora, ao lado de suas colegas de orquestra, é evidente que não gosta das outras meninas. Seus cabelos estão mal-arrumados e ainda em sua cor natural, um tom de palha e areia. Ela não usa maquiagem para os olhos nem batom. Não está sorrindo para os pais na primeira fileira. Segura a língua entre os dentes. Cada movimento de seu arco é deliberado, preciso. Ela é maravilhosa.

O recital termina e faixas pretas em miniatura invadem o palco para uma demonstração de kung fu. Levantamo-nos e nos dirigimos até a lateral do palco. Dali a pouco, ela nos vê e corre em nossa direção, com o estojo do violino em uma das mãos. Agora os dois estão de pé, ao lado um do outro. Seamus e Larry. Ela é uns 7 centímetros mais baixa que eu, mas Seamus é mais alto que nós duas.

— Larry, este é meu amigo Seamus. Seamus, a famosa Larry.

— Larry, que prazer ouvir você tocar. Você é, sem dúvida, a melhor violinista. Que embaraçoso para todos os outros pais.

Ela ri, abaixa a cabeça e olha para o lado, mas não diz nada.

— Agora vamos almoçar. Pode escolher entre cachorro-quente, pãozinho em fatias ou hambúrguer de presunto com molho de tomate — Seamus diz, com um horrível sotaque francês. Larry ri. Ele me oferece o braço. Eu seguro a mão de minha sobrinha.

Enquanto caminhamos, nós três, penso em todas as vezes que estive doente e ninguém acreditou em mim. Como daquela vez em que tomei um trem (nunca mais fiz isso) e alguém na cabine estava espirrando, e eu pensei que estava com meningite meningocócica porque fiquei com uma terrível dor de cabeça e podia jurar que estava cheia de manchas roxas, e a enfermeira no pronto-socorro mal olhava para mim. É muito difícil convencer alguém de que você está doente.

É igualmente difícil convencer uma pessoa de que você está bem. Mas quando saímos para torrar os 50 dólares que Jill me deu em 3 pacotes de calda de chocolate, 3 cachorros-quentes com mostarda e 15 bilhetes (C17 rosa para C31 rosa — todo mundo sabe que os bilhetes de números consecutivos têm maior probabilidade de ser sorteados) em uma rifa de uma colcha de retalhos vistosa, que parece a criação de uma pessoa que nasceu daltônica ou o trabalho de alguém que só tem três dedos, eu fico imaginando como seria um bebê com os olhos de Seamus.

12

Fico calada no caminho para casa. O lugar estranho, a comida estranha e a visão de Larry e Seamus juntos me deixaram com a cabeça pesada e exausta. Talvez eu esteja pegando gripe ou alguma coisa. Seamus também permanece em silêncio, até estacionar em frente ao meu prédio.

— Você se divertiu? — ele pergunta.

Recosto-me no banco.

— Foi fantástico. A melhor coisa que já fiz em anos.

— Há um mundo inteiro lá fora, Grace. Um recital numa escola não deveria ser a melhor coisa que você já fez em anos.

— É complicado.

— Não é, não. Prisioneiros em segurança mínima têm mais liberdade que você. Você merece mais da vida do que isso.

Eu abro a porta do carro e curvo-me para beijá-lo no rosto.

— Obrigada pela carona.

Gostaria de ficar no carro e conversar, mas preciso ir. Tenho de começar a fazer o jantar dali a 16 minutos.

+₊+✢

Depois do jantar, sento-me na beirada da cama e pego a foto de Nikola. Ele está olhando para mim agora, mas passou muito tempo virado para baixo nas últimas 6 semanas e 1 dia desde que conheci Seamus no supermercado.

Nikola esteve doente várias vezes. Quando tinha 25 anos, ficou tão hipersensível que sequer podia sair da cama. O zumbido de uma abelha no jardim, do lado de fora de seu quarto, parecia explodir dentro de sua cabeça — era um som estrondoso, cavernoso. Quando alguém entrava na casa, as vibrações ressoavam em seu corpo até ele mal poder agüentar a tremedeira. Um trem em movimento no campo, a quilômetros de distância, fazia chacoalhar seus dentes e as raízes dos cabelos. Seus pais instalaram revestimento de borracha debaixo dos pés da cama para ele poder dormir. Sinto isso, às vezes, quando um número me atinge e a cabeça chega a recuar; parece que, se eu tentar espremer mais um número no corpo, ele vai sair pelos olhos e pelo nariz e pelos ouvidos.

Esse não era o único sintoma estranho de Nikola. Desde a infância, sempre que ficava nervoso, ele via pontos de luz estourando diante dos olhos, que o cegavam momentaneamente. Às vezes, chegava a crer que havia fogo no ambiente. Nikola também tinha visões, imagens de coisas que tinha visto e que não estavam dispostas a permanecer quietas em sua memória. Essas imagens costumavam ser invocadas com base em determinadas conversas; por exemplo, se você estivesse falando com ele e mencionasse a palavra "martelo", ele imediatamente via a imagem de um martelo, com tanta nitidez, que não enxergava mais nada além daquilo, e levava algum tempo para perceber se era real ou não. Se estendesse a mão, a imagem parecia tocá-la e permanecia no lugar. Ele sabia que era incomum. Ficava preocupado. Consultou vários médicos, mas nenhum tinha a menor idéia de por que sua mente era tão peculiar.

Ele pode ter ficado aborrecido com isso, mas, em seu estilo típico, Nikola se aproveitava da situação. Toda invenção que fez na vida, visualizava-a antes. Raramente fazia modelos porque as imagens em sua cabeça eram completas em todos os aspectos. Era capaz de mentalmente acionar motores e geradores, e observá-los em operação. Podia manipulá-los, virá-los de um lado para o outro e testá-los. Esse era um dos motivos por que ele não tinha sócio nem colegas — outros engenheiros queriam plantas e desenhos em escala. Nikola não precisava de nada disso.

As próprias imagens lhe davam a idéia para outra invenção, para algo que ele nunca tinha feito. Ele acreditava que suas visões eram algum tipo de projeção do cérebro para a retina e, numa extensão lógica dessa crença, seria possível criar uma máquina para capturar e projetar essas imagens em uma tela. No fim dos anos 1800, antes do advento do cinema e décadas antes da televisão, Nikola visualizou a demonstração de imagens da vida de uma pessoa sendo vistas por outra, como uma exibição de *slides*, sem a câmera.

Ainda bem, para Nikola, que ele não vive hoje. Imagine uma criança, atualmente, dizendo a um médico que vê imagens diante dos olhos, tão vívidas que não é capaz de diferenciá-las da realidade. Sem falar da mania de contar. É fácil ver o que aconteceria com o pobre menino. Psiquiatras. Terapeutas comportamentais. Drogas. Provavelmente diriam que ele era esquizofrênico ou psicótico, ou algo assim. Iriam tratá-lo, e todo o estranho funcionamento de seu cérebro cessaria. Ele não contaria mais, nem teria visões. Jamais se tornaria inventor. Só o que importa para os médicos hoje em dia é que nós, humanos, sejamos todos iguais. Mais próximos da média.

Conheço essa pressão para ser igual, e consigo resistir a ela. Quando fiquei no hospital 25 meses atrás, eles me receitaram todo tipo de medicação. Eu dizia aos médicos que estava tomando, mas raramente tomava. Não deixava chegar o ponto de exercerem qualquer efeito sobre minha personalidade. Algumas das enfermeiras eram conscienciosas e me observavam enquanto eu engolia o remédio, mas logo aprendi a esconder o comprimido debaixo da língua. Outras não se davam ao trabalho de verificar. Tinham muito em que pensar — quantos pacotes de luvas do hospital conseguiam surrupiar, colocando na bolsa sem que ninguém notasse; onde estavam suas filhas adolescentes; a marca do sêmen da noite passada na calcinha já manchada. Era fácil jogar as pílulas na pia do meu quarto particular, que o plano de saúde cobria.

Diziam-me que, se eu tomasse os medicamentos, pararia de contar. Talvez parasse mesmo. Mas eu não os tomava, porque a gente nunca sabe... essa é a lição. A gente nunca sabe o que é certo, o que um dia poderá nos salvar. Lembro-me de ficar sentada na cama do hospital, pensando: O que o mundo teria perdido se algum hospital tivesse "salvado" Nikola? Se eu mudar, em que estarei me diminuindo?

Mas agora, sentada na cama, não estou pensando no que o mundo teria perdido. Estou me vendo dentro de um carro por quanto tempo eu quiser, saindo para jantar, dormindo até mais tarde no domingo. Estou pensando em quanto eu tenho a ganhar.

Tudo acontece muito rápido. Em pouco mais de duas semanas, tenho uma consulta marcada com um psiquiatra e uma terapeuta comportamental. Vou primeiro ao psiquiatra. O consultório do professor Segrove é do tamanho de todo o meu apartamento, mas discretamente mobiliado apenas com uma estante austera, uma enorme mesa de carvalho com um tampo verde, duas poltronas e um sofá Chesterfield. Não vou me deitar no sofá de jeito nenhum. Seamus se ofereceu para vir comigo, mas não deixo. Ele fica esperando no carro.

O professor Segrove tem uma calva lustrosa, sobrancelhas espessas, usa uma gravata-borboleta com bolinhas e suspensórios vermelhos por cima de uma camisa branca. Suas calças cinza devem ser feitas sob encomenda, porque se encaixam perfeitamente na curva de sua barriga arredondada, mas se afinam até os tornozelos finos e terminam perfeitamente sobre seus minúsculos sapatos costurados à mão.

— Então, Grace, o que a traz aqui?

Ele mostra um sorriso cruel e ajeita a gravata. É um hábito desconcertante para um psiquiatra, principalmente porque sempre considerei as gravatas-borboleta um sinal de doença mental, um tipo de desejo subliminar de se auto-estrangular.

— Só vim saber se vocês carimbam bilhete de estacionamento.

75 livros na última prateleira.

Ele sorri.

— Muito bom, muito bom. A guia do convênio diz que você sente que é hora de tratar a sua mania de contar. — Ele aponta para uma pasta sobre a mesa. Das sobrancelhas se projeta uma quantidade extraordinária de pêlos brancos duros e longos, possivelmente fios de cabelo redirecionados que abandonaram a cabeça. Eles se movem de forma tão errática enquanto ele fala que perco a conta e preciso recomeçar. É quase impossível saber, mas penso que são 15 na esquerda e 17 na direita.

— Esse é um grande passo — ele continua. — Quantos anos você tinha quando começou a contar?

Quase digo que tinha 3 anos, como todo mundo, mas me dei ao trabalho de vir até aqui. Seamus tirou meio dia de folga para me trazer de carro. Cruzo as pernas. Depois, descruzo-as e as cruzo ao contrário.

— Em grau diferente, 8 anos.

O professor Segrove se inclina para a frente e sorri, colocando as mãos no queixo. Está entusiasmado, como um garotinho animado no McDonald's, que fica radiante quando lhe perguntam se quer batatas fritas também, e ele diz que sim. É assustador ver alguém gostar tanto do próprio trabalho.

Ele olha novamente para a pasta.

— Vejo que você já esteve hospitalizada. Foi quando contar começou a interferir na sua vida?

— Sim. 25 meses atrás.

Apenas 45 livros na segunda prateleira. Livros mais grossos.

— Vinte e cinco meses atrás. — Agora ele está anotando, escrevendo num bloco grosso de papel liso, e mantendo o mesmo sorriso discreto. Por que, afinal, fica sorrindo daquele jeito? Não deve ser tão divertido assim. Ele imagina que vou me tornar substrato para algum texto acadêmico em alguma revista mensal, chamada *O Médico de Loucos*, cujo título será "O espantoso caso de Grace V."?

— Grace, você está indo muito bem. Geralmente, a parte mais difícil para as pessoas com transtorno obsessivo-compulsivo é começar o tratamento, porque significa uma mudança em sua rotina. Elas costumam cancelar a primeira consulta.

Em geral, as pessoas são mais espertas do que eu.

— Foi difícil ontem à noite. Eu... — afundo os dedos no couro da cadeira — medi todas as dimensões... as paredes... de meu apartamento. Depois, escrevi os números nas paredes. Seamus, meu namorado... veio me ajudar às 2 da manhã. Na verdade, 2h09. — Não menciono como me tranquilizou ver aqueles números nas paredes, hoje de manhã. Aconteça o que acontecer, vou deixá-los lá.

Ele anota tudo. Talvez o pobre homem esteja preso a um casamento sem amor, vivendo em uma casa vazia, fria, em Kew ou Canterbury, pagando as mensalidades da escola particular de um filho que ele mal vê. Se uma mulher que escreve números nas paredes é um fenômeno tão excitante para ele... bem, talvez esta seja minha boa ação da semana. Ele se levanta, caminha até a estante de livros (de onde estou sentada, não posso contar a prateleira mais baixa) e se senta novamente.

Tento não pensar em quantas outras pessoas perfeitamente saudáveis já não devem ter sentado nessa bonita poltrona Chesterfield, com 19 costuras no encosto. Quantos outros pequenos e inofensivos hábitos o professor Segrove — placa na porta sem primeiro nome, ou sequer inicial, embora, para mim, ele tenha uma fisionomia de um Julius — não tem se empenhado em tratar? Pessoa enjoada para comer? Alguém que detesta frango? "Venha, meu amiguinho que odeia as galinhas. Eu o curarei!" Pessoas que choram quando assistem a filmes antigos, ou aos comerciais da empresa telefônica que mostra o filho italiano bonito ligando para sua *mamma* na *villa*? Levante-se e ande! Logo você se livrará de sua óbvia doença depressiva com possíveis tendências para uma personalidade bipolar e terá um coração tão duro quanto todos nós, sendo capaz de ver o noticiário das 6 horas todos os dias, sem um pingo de compaixão! Nas mãos do professor Segrove, todos nós nos tornaremos normais.

— Como você se sente quando não consegue contar as coisas?

Como se tivesse todas as doenças conhecidas do ser humano, e mais algumas que ainda não foram descobertas.

— Ansiosa, acho. Às vezes.

Como se ninguém mais no mundo jamais tivesse preocupações. Nikola teve desafios enormes, coisas que pareciam impossíveis na época, sonhos ainda maiores que a eletricidade. Hoje, com televisão, rádio, telefone celular e Bluetooth em qualquer lugar para o qual se olhe, é fácil subestimar o gênio que há por trás do ideal. Mas imagine o mundo em 1900, sem essas coisas. A rainha Vitória ainda está no trono. A Austrália não é sequer um país. As mulheres não podem votar.

O professor Segrove sorri novamente, pega uma folha em branco e desenha um rosto sorridente. Levanta a folha e a vira para mim. Se o desenho tivesse sobrancelhas, seria um retrato exato dele.

— Juntos nós construiremos uma escada para um futuro mais saudável, Grace. — Ele escreve novamente, e me entrega uma receita.

+₊+✢

Minha primeira sessão com a terapeuta comportamental é logo depois da consulta com o professor Segrove. Na sala de espera há 15 cadeiras. Sento-me e aguardo. Espero que Seamus tenha encontrado uma cafeteria em algum lugar.

— Sem problemas — ele disse, quando lhe falei da consulta. — Eu a levarei, com prazer.

O que Nikola imaginou foi uma torre de comunicação de rádio, capaz de abranger a maior parte dos Estados Unidos e o outro lado do Atlântico. Imaginava boletins de notícias, atualizações da bolsa de valores, redes de telefone — tudo que temos hoje em dia. Ele estava mais de 100 anos à frente de seu tempo. Só havia um pequeno problema: para construir essa torre, precisava de dinheiro. Westinghouse não podia ajudar; então, Nikola recorreu ao homem que tinha dinheiro para isso. O empresário bilionário J. Piermont Morgan.

O próprio Morgan, ao ouvir a proposta de Nikola, ficou espantado. Imagine o senhor Capitalista monopólio mundial das estações de rádio. Já consegui transmitir para mais de 700 milhas, Nikola lhe disse. O projeto vai lhe custar 350 mil dólares: 100 mil dólares para o primeiro transmissor, que abrangerá o Atlântico, e mais 250 mil dólares para cobrir o Pacífico. Morgan adiantou 150 mil dólares; uma boa quantia para começar. Nikola se animou e prometeu um retorno do investimento multiplicado por 100. Agora, para começar a construir seu sonho, Nikola precisava de um terreno.

— Grace Vandenburg? Sim? — De trás do balcão, aparece uma mulher. É alta e magra, com cabelos pretos tão lisos que parecem úmidos, dando a impressão de uma mancha de óleo, escorrida sobre o rosto. As roupas são retrô, da década de 1920: um terninho cinza que desce até a cintura e se encontra com uma saia branca, sapatos pretos lustrosos, com fivelas nos tornozelos.

Não. Não, mesmo. Nunca ouvi falar dessa Grace. Estou aqui apenas para consertar a máquina de xérox.

— Sou Francine. Por favor, me acompanhe.

Com os saltos dos sapatos pretos lustrosos ecoando a cada passo, Francine me conduz a uma sala de espera que está vazia, exceto por um círculo de cadeiras plásticas. Cruzo os braços e as pernas. Penso que aquela pode parecer uma postura defensiva, então os descruzo. Procuro uma janela por onde pular, mas não há.

— Bem-vinda, bem-vinda. Conduzirei tanto as suas sessões em grupo quanto as individuais. Sei que é um pouco estranho agora, mas, creia-me, seremos ótimas amigas em pouco tempo.

A testa de Francine tem uma ruga permanente de atenção e interesse por seus clientes.

Na verdade, minha lista de amigos está completa. Poderia encaixá-la, mas alguém teria de morrer, antes.

— Agora, primeiro eu quero lhe perguntar sobre sua rede de suporte pessoal.

Hã?

— Seus amigos, a família. As pessoas que compreendem que você está começando a subir a escada para um futuro mais saudável; que lhe darão a mão, eu quero dizer.

Essa maldita escada de novo.

— Bem, há o meu namorado. Ele me apóia muito. Trouxe-me de carro aqui, hoje.

A testa de Francine mostra uma ruga tão profunda que, temo, pode fundir seu cérebro. Ou talvez já tenha fundido.

— Mais ninguém? — ela pergunta. — Amigos? Familiares?

Sinto muito. Fui criada por lobos.

— Tenho minha mãe e minha irmã. Não lhes falei sobre... a escada.

— *Tsc, tsc.*

Nunca conheci ninguém que produza realmente esse som de *tsc*. Será que é preciso muita prática? Minha língua involuntariamente tateia o céu da boca, mas devo esperar até chegar em casa, para praticar.

— Nossos familiares e amigos são os corrimãos, de certa forma. É vital que comente com eles. Sei que o professor Segrove concorda.

Essa é minha oportunidade de ouro para perguntar qual é o primeiro nome do professor Segrove, mas, de repente, penso: E se Professor for seu primeiro nome, como Major Major, no filme *Ardil 22*? Seus pais talvez enxergassem longe, planejando o avanço da futura carreira do jovem Professor. Francine se aproveita de meu silêncio e me passa mais instruções.

— Você fará o seguinte, Grace. Em seu diário... você tem um diário, não tem?

Eu fungo.

— Claro. Tenho 100 exemplares antigos do *Diário da Associação Americana de Medicina*.

Francine arregala os olhos.

— Não, não, Grace. Um diário pessoal. Você precisa de um. É vital. Use o diário para descrever suas lutas do dia-a-dia, para que, quando estiver na metade da escada, possa olhar para trás e ver como progrediu. Um sentido de realização pessoal a ajudará naqueles dias mais negros. Além disso, faça uma lista das pessoas às quais você precisa falar sobre seu tratamento. Pode dar um título: "Lista de pessoas com quem compartilhar".

— Compartilhar? Você tem certeza? Não posso dizer "lista de apoio"?

Francine inclina a cabeça para um lado.

— Bem... é um pouco incomum. Vamos combinar uma coisa, Grace. Pode dar a ela o título de lista de apoio. Consultarei o professor Segrove. Se houver algum problema, eu lhe telefono. Mas o título precisa estar na primeira página. O apoio da família é vital, Grace. Repita para si mesma: honestidade e aceitação me ajudarão a construir minha escada.

Quando volto ao carro, Seamus está esperando com um café para viagem e o jornal. Ele gosta de ler cada palavra do caderno de esportes. Não me vê chegando. No lado direito da cabeça, ele tem um tufo de cabelos que crescem para o lado e não para baixo, retos. Sei qual é a sensação do toque desses fios. Já os senti nos dedos.

— Olá — eu digo.

Ele olha, e sai do carro.

— Olá. Como foi?

— Estou curada.

Ele passa pela frente do carro para abrir a porta para mim.

— Falando sério. Como foi?

— Prepare-se para o momento mais brilhante de sua existência — eu digo. — Você está no topo de minha lista de apoio. — Quando a porta abre, eu o beijo.

+₊+✝

Hoje à noite, quarta-feira, começo minha lista e ligo para minha mãe.

— Puxa, Grace. Não pulei nenhum domingo, pulei? Você está bem?

— Não, mamãe. Não é domingo ainda. E, sim, estou bem. Apenas...

— Sim?

Respiro.

— Decidi... experimentar terapia. Estou me consultando com um psiquiatra... por causa... da mania de contar.

— É mesmo, querida? De novo? Depois de tanto tempo? Pensei que você estivesse feliz. Você insistia em dizer que estava feliz.

— Estou. — Respiro novamente. — Mas acho que poderia ser mais feliz.

— Acho que mal não faz, mas quero que você tome cuidado. Os psiquiatras não são bons da cabeça, sabe, querida? Você sabe o que diz Tom Cruise. Lembro-me de ter lido que os psiquiatras têm o índice mais alto de suicídio entre todas as profissões. Ou seriam os dentistas? Se fossem os dentistas, eu entenderia. Quem gostaria de passar o dia todo com a mão na boca de outras pessoas? Revoltante. Antigamente, era pior ainda, quando não havia luvas. Lembro-me de um dentista que fumava. O cheiro ficava em suas mãos. Nojento. Uma amiga minha teve todas as obturações de mercúrio extraídas e tem a saúde perfeita hoje. A propósito, como está seu intestino?

Minha mãe é doce, meiga e compreensiva. Sinto milhões de minhas células cerebrais atrofiando enquanto ela fala. Não vou lhe falar de meu intestino, pois ela pode falar do dela, também.

Em seguida, ligo para Jill.

— Grace? Hoje é quarta-feira. Está tudo bem?

— Jill... eu decidi... tentar terapia. Estou me consultando com... um psiquiatra... por causa da mania de contar... Alô? Jill? Está me ouvindo?

— Sim... estou ouvindo. Você tem certeza de que quer isso? Lembra-se do que disse da última vez? "Por que eu devo ir ao médico?", você disse. "Não estou doente. Minha mente é uma expressão da variedade da experiência humana", você disse. Na verdade, lembro-me de que quase me arrancou a cabeça quando sugeri que experimentasse outro psicólogo.

— Eu me lembro. Lembro-me do que disse.

— Você disse que a terapia é uma tentativa de encaixar pinos redondos em buracos quadrados. Que a individualidade é uma bênção, não uma maldição.

— Eu sei, eu sei.

— "Curar com remédios a diversidade só beneficia as empresas farmacêuticas multinacionais, que têm interesse em ampliar a definição de doença", você disse.

O comentário vem de uma mulher que leva 30 minutos para encontrar o carro no estacionamento de Southland. De repente, ela elencava em modo digital todas as minhas frases do ano passado.

— Jill, eu sei. Sei o que disse. Mas o passado é passado. Estou experimentando terapia agora.

— Bem, se você tem certeza... Se isso a deixa feliz... Lembre-se do que lhe dissemos da última vez. Harry e eu temos prazer em ajudar. Financeiramente, quero dizer.

Uau! E nem sequer sou uma instituição de caridade dedutível do imposto de renda. Só por isso, Jill deve se sentir radiante.

— Obrigada, de qualquer maneira.

— É por causa do seu novo namorado, não é? Seamus. Quando iremos conhecê-lo? Hilly diz que ele é muito simpático. Deve valer a pena.

A caminho de casa, quando saio do café hoje de manhã, faço dois desvios: paro numa papelaria para comprar um diário, e na farmácia para aviar a receita. Escolho um caderno de escola simples: páginas brancas, linhas azuis. Aqueles que têm gatinhos na capa não são para mim. Na farmácia, tento não calcular quanto dinheiro o laboratório farmacêutico está ganhando de mim.

Tento, também, não pensar se esse remédio é o mesmo que prescrevem para as pessoas que compram compulsivamente. Ou o mesmo remédio ao qual acrescentaram sabor e cor para receitar às crianças deprimidas. Enquanto a eficiente mulher de branco escreve meu nome numa etiqueta e a cola na caixa (deve ser uma carreira recompensadora depois de seis anos numa universidade), sinto-me tentada a perguntar-lhe se ela também poderia me vender o remédio que faz emagrecer. Ela saberia qual — aquele que impede a pessoa de absorver a gordura ingerida, fazendo-a escoar pelo ânus, depois. Também estou tentada a perguntar a respeito de algum medicamento que me torne bronzeada, e outro para diminuir a quantidade de horas de sono de que preciso. E, por fim, quando for uma supermulher magrinha, que dorme só quatro horas por noite, ela poderia recomendar um cirurgião plástico, para que eu pague mais dinheiro a fim de parecer tão normal quanto estiver me sentindo.

Na segunda-feira seguinte, 24 graus. Começo as sessões de terapia de grupo na mesma sala em que conheci Francine. Quando chego, precisamente às 4 da tarde, ela está aguardando, desta vez usando um avental abotoado até o pescoço, cor de toupeira. Os mesmos sapatos — deste ângulo, posso vê-los melhor. Sapatos de sapateado. Isso explica o som dos saltos, na semana passada. Sentamo-nos uma diante da outra, em nosso embaraçoso círculo feito de cadeiras plásticas. Há cinco cadeiras vazias.

— É bom ver você, Grace. Para a maioria das pessoas, as sessões em grupo são uma parte recompensadora, esclarecedora, do processo.

— Aposto que sim.

— Você já tem um diário?

Sou tentada a lhe dizer que o cachorro comeu minha lição de casa, mas, em vez disso, tiro o caderno de escola do saco plástico e o mostro.

Francine o examina brevemente, e assente com a cabeça;

— Grace, nós tivemos um pouco de dificuldade para encontrar pessoas com... desafios semelhantes ao seu. Talvez você não perceba, mas o seu caso tem uma variação muito incomum.

— "Incomum" tem tudo a ver comigo.

— Então, em vez de protelar sua terapia, nós decidimos incluí-la no nosso grupo padrão de obsessivos. Ah, aí vêm eles. Edith, Daria, Gemma, Carla, Gary. Esta é Grace. Estamos todos aqui. Bem-vindos. Por favor, sentem-se.

Mais fácil falar que fazer. Edith, 20 e poucos anos, com cabelos loiros e cacheados, camiseta branca e jeans apertados, usa luvas e escolhe a cadeira ao meu lado, mas não se senta ainda. Ela tira um pacote da sacola verde de compras: uma fronha floral, envolta em celofane. Usando só uma das mãos, desenrola-a e a estende sobre a cadeira, ajeitando as pontas com uma precisão digna de uma operação da Nasa. Com cuidado, recoloca o celofane na sacola e desembrulha outro par de luvas: pretas e de algodão, como as que tinha nas mãos. Ela tira as primeiras luvas e coloca as novas, em movimentos coreografados, de modo que sua pele apenas roça a luva. Senta-se.

Tanto Daria quanto Gemma têm pele cor de oliva, perfeita, e cabelos escuros brilhantes; poderiam ser irmãs. Daria deve ter 40 e poucos anos; Gemma, quase 50. Até se vestem de um modo parecido: calças feitas sob encomenda, uma azul-marinho e uma chocolate, e blusas leves, estilo *peasant*, uma branca e outra floral, com mangas que se estendem para além dos dedos. Escolhem cadeiras em pontos opostos em nosso pequeno círculo; e cada uma, então, tira da bolsa um jornal recém-dobrado, abre-o com as páginas centrais sobre o assento da cadeira e senta-se sobre elas.

Gemma exibe um sorriso artificial.

— Tinta de jornal ainda não lido, "quentinha", sabe? Dificilmente estaria contaminada.

Carla, uma matrona que veste um conjunto rosa, tem óculos retangulares pequenos e cabelos loiros armados. Suas mãos são rosadas, limpas e reluzentes. Um aceno com a cabeça para cada um de nós é o seu cumprimento, e ela pega um plástico com desinfetante e um punhado de chumaços de algodão. Começa a limpar a cadeira.

Falta agora Gary. Compleição escura, alto, cabelos ralos. Óculos redondos demais para o rosto rechonchudo. Jeans, camiseta amassada e tênis. 30 e poucos, quase 40 anos, mas fora de forma. Talvez seja do tipo distraído, pois não trouxe suprimentos. Senta-se em cima das mãos.

Ótimo. Lavadores compulsivos de mãos. Eu em uma sala cheia de loucos.

— Sejam todos bem-vindos. Esta sessão é apenas uma ocasião para "nos conhecermos". Um momento para nos sentirmos à vontade uns com os outros. Para compartilharmos as dificuldades que enfrentamos e trocar idéias e dicas.

Carla, que terminou de faxinar sua cadeira, senta-se e imediatamente levanta a mão.

— Pois não, Carla?

Ela se vira para Gary.

— Tocar a cadeira com a pele das mãos é muito perigoso. Os germes sobem para as mãos, correm pelos braços e acabam chegando à cabeça.

Gary pula, como se a cadeira tivesse sofrido uma combustão espontânea, balançando as mãos até os punhos se tingirem de azul. Faz um gesto afirmativo com a cabeça e o repete várias vezes para Carla; mas, se é por respeito ao grau superior de loucura ou por ressentimento, não sei dizer. Ele inclina a cabeça e se posiciona atrás da cadeira. As mulheres se mexem nas cadeiras, pouco à vontade. Diferentes idades, sexos, hábitos e a mesma psicose. Parecem ter uma afinidade natural, como membros de uma banda de rock. Os Germefóbicos, talvez.

Daria levanta a mão. Francine assente.

— Daria. Obrigada por quebrar o gelo.

— Vi uma loja fantástica em Preston que vende pequenas pinças de aço com pontas de borracha. Aquelas, vocês sabem... Você pode embrulhá-las em celofane logo que saem da lava-louças e carregá-las o tempo todo. Eu uso para comer batatinhas, abrir a porta e dar a mão às pessoas. Sempre carrego pelo menos três. — Ela tira da bolsa as pinças, asfixiadas no celofane fechado.

— Obrigada pela informação, Daria — agradece Francine. — Eu respeito sua coragem de ser a primeira a falar. Mas o que estamos procurando, na verdade, são dicas e idéias que nos ajudem a combater nossas obsessões. Mesmo assim, todos lhe agradecemos pela informação.

Gemma levanta a mão.

— Li recentemente que você pode passar uma linha por uma maçã, usando uma agulha grande, colocá-la em água fervente presa pela linha e deixá-la, então, suspensa na entrada da porta até ter vontade de comê-la, e tudo sem usar as mãos.

Quase antes de Gemma terminar, Daria levanta a mão de novo. Sua blusa florida esvoaça.

— Eu uso o tecido da manga para abrir as portas. Também sei abrir torneiras com o cotovelo.

— Novamente, agradeço a Gemma e a Daria por essas dicas. Eu conheço uma muito boa: todos podem colocar um elástico apertado em volta do punho. Sempre que tiverem um pensamento obsessivo, puxem e soltem o elástico. Reforço negativo.

Daria contorce o rosto e olha para Gemma.

— Eu consigo acionar a descarga com o pé.

Até Francine arregala os olhos.

— Não é tão difícil — comenta Daria. — Andei praticando.

Quando chego em casa, estou exausta. Seamus faz espaguete com muita pimenta e me diz que sou maravilhosa, corajosa. Consigo comer 30 fios. Depois do jantar, fazemos amor e, como em todas as coisas, quanto mais praticamos, melhor ficamos. Meu corpo é como um barquinho em suas mãos e, por conta própria, minha pele responde. Quando ele suga meus mamilos, sinto os seios mais cheios e mais pesados, com uma doce dor que me deixa ofegante. Quando fazemos amor, meu útero se contrai, perfeitamente ciente de seu vazio.

Depois, ele repousa a cabeça na parte côncava de meu ombro, um espaço criado justamente para isso.

— Conte-me uma história — peço.

— Sobre o quê?

— Você sempre quis trabalhar num cinema?

Ele ri.

— Não era meu sonho de infância. Mas, na adolescência, eu sempre me interessei mais por futebol e surfe, e vivia saindo com meus colegas.* Ainda sou assim. Adoro filmes. O emprego é bom. As pessoas com quem trabalho são ótimas. E, no fim do expediente, vou para casa.

— Crescer ao lado de uma irmã e três irmãos, como foi isso?

— Barulhento. Louco. Quatro rapazes selvagens e uma garotinha doente, pai e mãe impossivelmente ocupados.

— Parece divertido.

---

* Provavelmente, Seamus quer dizer que se interessava mais por essas coisas que pelos estudos. (N. do T.)

— Fora de controle. Eu lhe dou um exemplo: costumávamos brincar de um jogo chamado cartas e tapas. Era um jogo de cartas normal, mas o vencedor tinha o direito de bater no irmão perdedor com toda a força.

— Nossa! Lei da máfia.

— Totalmente. A lei número 1 na casa era cuidar sempre de seu prato. Se seu irmão comesse seu jantar, você ficaria com fome até a manhã seguinte.

— E você, levou muitos tapas e passou noites com fome?

Ele ri de novo, e eu sinto o riso na cavidade de meu peito.

— Até o dia do golpe de sorte. Minha maior paixão na infância eram as revistas em quadrinhos do Super-Homem. Um dia, saltei do telhado do galpão de ferramentas com um lençol, como se fosse uma capa.

Aperto os dedos em seus cabelos.

— E se machucou?

— Tive uma concussão leve, e quebrei um braço. Mas foi um evento que mudou minha vida. O gesso era como uma armadura. De repente, eu era o rei da rua. Alguns dos garotos costumavam aborrecer Kyles. Depois que quebrei o braço, pararam.

É como se o Seamus criança estivesse ali, à minha frente, de pé ao lado da cama. Posso vê-lo agora. É um menino com 4 anos de idade. Tem cabelos castanhos e olhar cheio de vida. Vejo-o com o gesso no braço direito, e a marca de briga, que é um olho roxo. Esse menino arrisca tudo para defender a irmã. Era um verdadeiro herói antes de me conhecer.

Seamus dorme, repousando em meu ombro. Estou com o braço em volta dele, e o seguro um pouco mais apertado depois de ouvir a história da queda. Quando era ainda criança, o irmão de Nikola, Dane, morreu em um acidente. Caiu de um cavalo. Nikola sempre se culpou, e talvez tenha sido mesmo sua culpa. Talvez tenha perturbado o cavalo, assustando-o e fazendo-o empinar. Nikola nunca superou a morte do irmão. Sempre dizia que Dane era o talentoso, o excepcional; e passou a vida toda empenhando-se em compensar os pais pela perda.

O novo projeto de Nikola se tornaria o pináculo de sua vida. Ele comprou uma gleba em Long Island e lhe deu o nome de Wardenclyffe. Contratou um arquiteto para desenhar uma enorme torre octogonal de madeira e tijolos, com quase 60 metros de altura, com um telhado que era, na verdade, uma cobertura de cobre com 30 metros de diâmetro. O custo previsto era astronômico, mas Nikola não se deixou intimidar. Tinha o dinheiro de Morgan e seu patrocínio. Nada poderia dar errado.

Quando sinto as pálpebras pesadas, viro delicadamente Seamus para o outro lado, e me aconchego atrás dele. Adormeço, e sonho com todas as partes vazias de meu corpo. Sonho com as câmaras de meu coração entre as pulsações e a bexiga e a garganta e as cavidades dos ouvidos e o nariz. As minúsculas bolhas vazias dos pulmões. Sonho que todas elas se juntam ao útero vazio e preenchem tudo em mim, de modo que, a 4 milímetros debaixo da pele, fico inteiramente oca. Nos sonhos, sempre fui oca, mas só agora me dou conta disso.

Nada pode dar errado com minha terapia. O professor e Francine estão se empenhando tanto, que seria rude de minha parte não mudar.

Alguns dias após começar a medicação, desenvolveu-se em mim a estranha sensação de ter dois cérebros: um que se encarrega de pensamentos e conceitos abstratos e o outro que pertence ao corpo. Se quero andar ou coçar o nariz, ambos precisam se reunir na sala estofada de carmesim, que é meu cérebro verdadeiro, e discutir o assunto. Sentam-se de frente um para o outro, cada um de um lado de uma grande mesa de nogueira. O cérebro abstrato, que é muito educado, pergunta ao cérebro prático se ele poderia mover a perna. E o cérebro físico, também encantador e disposto a agradar, tem prazer em ajudar. Felizmente, os dois falam rápido, e minha perna, numa fração de segundos, se move. Ninguém jamais percebe a demora, exceto nós três.

E a medicação está funcionando. Não sinto vontade de contar. Mal percebo número algum na sala estofada de carmesim, seja na mesa ou nas cadeiras. A menos que haja armários ali, escondidos por trás do estofado. Se meus dois cérebros sabem onde estão os números, não me dizem.

13

Francine trabalha com terapia cognitiva comportamental também. No dia de minha primeira sessão, estou com uma terrível dor de cabeça, como se meus dois cérebros decidissem que não gostam um do outro e se esquecessem de todas as regras de cordialidade, começando a atacar um ao outro e à sala estofada em carmesim com serras elétricas. Penso que a disputa seja em torno de quem é mais abstrato e quem é mais prático. Que par de metades cerebrais joviais.

Francine fala como uma apresentadora de um programa infantil na televisão, seus cabelos fartos esvoaçando enquanto ela se derrete em comiseração. Quase espero a presença de uma marionete ao lado dela, chamando-a de senhorita Francine e sugerindo que nos leia uma história. Alguns dias antes, Gemma tinha me chamado à parte, falando-me de sua primeira sessão individual, em tom de segredo; tinha sido forçada a ir ao banheiro da clínica e teve de observar Francine mergulhar uma maçã no vaso sanitário e, depois, comê-la.

Os Germefóbicos têm duas teorias acerca de Francine. A primeira é que qualquer pessoa que vá a um jantar na casa dela estará cometendo um grave erro. A segunda é que, como ela já deve ter feito esse tipo de trabalho com grupos semelhantes de pessoas de hábitos higiênicos compulsivos, como eles, deve ter desenvolvido uma imunidade contra os germes do vaso sanitário com o passar do tempo. Francine teria feito a experiência da maçã no banheiro à toa; os Germefóbicos continuavam convencidos de que uma pessoa normal teria morrido.

Minha terapia comportamental é mais desafiadora. No meu equivalente pessoal à maçã no vaso sanitário, Francine me coloca em circunstâncias nas quais seria quase impossível não contar. Ela espalha cartas de um baralho à minha frente, com as figuras para cima. Faz pilhas e pirâmides de moedas, botões e palitos de fósforos. Pede-me para trazer minhas varetas Cuisenaire e as espalha à minha frente; juntas, criamos figuras com elas. Francine permanece vigilante, verificando se começo a contar batendo o pé, mexendo a língua ou os lábios; mas, com toda franqueza, não tenho vontade.

Ela diz que, quando eu estiver pronta, devo jogar fora as varetas. Os dois elaboraram isso, Francine e o professor Segrove, juntos, como símbolo de meu novo estado de não mais contar, porque é muito mais difícil controlar meus pensamentos do que o comportamento dos Germefóbicos.

Sem mais nem menos, então, numa quarta-feira, algumas semanas depois do início de minhas sessões, estou em pé, atrás da mesa de Francine, e caminho até o cesto de lixo no canto. Solto as varetas lá. Podia ter feito algo mais extravagante. Tenho certeza de que, da maneira como pensava antes, poderia ter organizado um cerimonial de cremação, ou jogado fora uma vareta por dia, que significaria a escalada pelos degraus da saúde. Mas, afinal, pareceria infantil apegar-me àquela caixa plástica desgastada, com suas varetas de madeira. Eram tão velhas; a caixa tinha até uma rachadura em um dos lados. As varetas estavam desbotadas e a tinta começava a sair das pontas. Depois de jogá-las fora, vou para casa e ligo a televisão.

Dizem que um dia tudo terá de ser descartado: os números escritos nos armários e gavetas, meu caderno, os relógios. A remoção de todas essas coisas provará que eu finalmente compreendo o mal que os números me causavam. Eles são a fonte de meu distúrbio. E, então, Francine me ajudará a encontrar um emprego de meio período.

Seamus passa a noite comigo, freqüentemente, e eu adoro isso. Merece aquele lugar no topo de minha lista de apoio. Ele até me lembra de tomar o remédio. Em um fim de semana, Seamus e eu colocamos nossas roupas mais velhas (embora eu não veja a diferença, porque ele ainda usa jeans desbotados e camisa pólo), tiramos os móveis de lugar, cobrimos tudo com panos e pintamos as paredes, escondendo os números. Pintamos tudo de branco. Foi ele quem escolheu a cor. Não me dei ao trabalho de escolher. Não conto as pinceladas. Enquanto pintamos, os cérebros conversam com Seamus.

> *Seamus*: Onde estão suas varetas?
> *Cérebro Um*: Minhas o quê?
> *Seamus*: Suas varetas Cuisenaire. Costumam ficar no criado-mudo.
> *Cérebro Dois*: O que aconteceu com elas?
> *Cérebro Um*: Joguei-as fora.
> *Seamus*: Verdade? Jogou-as fora? Você tinha aquilo desde os 8 anos!
> *Cérebro Dois*: Mais ou menos.
> *Cérebro Um*: 8 anos, ou perto disso.
> *Seamus*: Mas, afinal, por que você as jogou fora?
> *Cérebro Dois*: Sim, por quê?
> *Cérebro Um*: Francine me mandou jogar. Além do mais, já não precisava delas.
> *Seamus*: Deus do céu, eles a obrigaram a fazer isso? É um pouco rigoroso demais.
> *Cérebro Dois*: Não me diga. Nós vamos lamentar a falta delas até o fim da vida.
> *Cérebro Um*: Fale só por você. Sempre adiante, eu digo. Não se aprisione a nada.
> *Seamus*: Você está se esforçando de fato, Grace. Sei que, nos estágios iniciais, não é fácil. Sei que você está cansada e tem dificuldade para se concentrar, mas precisa ser paciente. Nós dois precisamos. Vou lhe dizer uma coisa. Quando você terminar a terapia, vamos tirar umas férias.
> *Cérebro Dois*: Férias? Ótima idéia.
> *Cérebro Um*: Ótima idéia. Para onde iremos?
> *Seamus*: Qualquer lugar que você queira. Ficar deitados na praia, se você quiser. Ou algum lugar mais excitante.
> *Cérebro Um*: Deitar na praia! Deitar na praia!

Cérebro Dois: Algum lugar mais excitante! Algum lugar mais excitante!
Cérebro Um: Vamos pensar nisso.
Seamus: "Vamos", quem?
Cérebro Um: Você. E eu.

Essa é exatamente a vida que eu quero. Quero tirar férias e ser como Seamus e ter uma vida normal. Não lamento a perda dessas coisas inúteis: números escritos a tinta em papel e nas paredes, pedaços de madeira... Melhorei muito e estou feliz com meus dois cérebros. É infinitamente mais sensato ter dois. Talvez, algumas semanas atrás, no começo de minha terapia, eu tenha sido um pouco dura demais com o professor e Francine e os Germefóbicos. Devo ter sido um tanto indelicada com as pessoas, de modo geral, mas agora meus cérebros e eu estamos imbuídos de uma filosofia mais gentil, do tipo viva-e-deixe-viver. Começo a ter conversas mais longas com minha mãe, e ela não consegue me irritar.

Numa noite de domingo, ela me telefona, como de costume. Não tenho certeza da hora.

Mamãe: Como você está, querida?
Cérebro Um: Você responde.
Cérebro Dois: Não, você responde.
Cérebro Um: Bem, obrigada.
Mamãe: Jill me disse que você está namorando.
Cérebro Um: Estou. Ele é irlandês.
Mamãe: Isso é maravilhoso, querida. Não é do IRA, é? Vi o IRA no noticiário. Parecem bons rapazes, mas não são. Ele é comediante?
Cérebro Um: Se ele é comediante? De quem ela está falando, afinal?
Cérebro Dois: De Seamus.
Cérebro Um: Ah! Não, não é comediante. E também não é do IRA.
Mamãe: Porque parece que um em cada dois comediantes na televisão hoje em dia é irlandês. Como eles conseguem o visto? O que você acha? Imagine como seriam mais engraçados se pudéssemos entender o que dizem. Os irlandeses são absolutamente incoerentes, mas muito engraçados. Muito engraçados mesmo. Exceto o IRA, claro. O IRA não é nada engraçado. Por que será que há tantos comediantes russos?

Agora que minha mãe fala coisas com sentido, é muito mais fácil conversar com ela. Gostaria de saber se ela está tomando algum remédio. Se estiver, é uma bênção. Logo depois que mamãe desliga, é a vez de Jill telefonar. Também ela está menos irritante. Talvez se sinta mais relaxada. Deve ser estressante ter filhos.

Jill: Alô, Gracie. Como você tem se sentido?
Cérebro Um: Muito bem.
Cérebro Dois: Bem.
Jill: Estou ligando por causa da colcha de retalhos.
Cérebro Dois: O que é uma colcha de retalhos?
Cérebro Um: Eu sei, eu sei! Deixe-me cuidar disso!
Jill: Grace? Grace, você está me ouvindo?
Cérebro Um: Estou. Eu já sei sobre a colcha.
Jill: Como poderia saber? Só descobri hoje.
Cérebro Um: Só descobriu hoje? Mas essas colchas são feitas há anos. Você pega pedaços que sobram de materiais depois de fazer um vestido, e, em vez de jogar fora...
Jill: Grace, você é muito engraçada, mas eu tenho um milhão de outras coisas para fazer hoje e... estou ligando para falar da rifa.
Cérebro Dois: Eu sei, eu sei! Deixe-me responder. Você deu a resposta da colcha.
Cérebro Um: Indelicado e injusto. Eu lhe disse que cuido disso. Quer, por favor, nos sentar? Nossas pernas estão cansadas. Bem, que rifa?
Jill: Os bilhetes de rifa que você comprou quando foi ao recital, no mês passado.
Cérebro Um: Bilhetes de rifa?
Cérebro Dois: Recital?
Cérebro Um: Não fui a nenhum *receptáculo* no mês passado.
Jill: Recital! Foi um recital, e Hillary tocou violino! Quando Harry e eu fomos à China. E você e Seamus foram ao recital e... Oh, pelo amor de Deus. Você ganhou o primeiro prêmio: uma colcha de retalhos. Quer a colcha ou não?
Cérebro Dois: Diga que sim! Diga que sim! Eu quero uma colcha! Quero uma colcha!
Cérebro Um: Sim. Obrigada.

Jill: Certo. Vou deixá-la aí a caminho de casa, quando sair do Pilates.

O que me surpreende, pois eu não sabia que ela estava fazendo aulas de vôo.* Seja como for, Jill é tão ocupada e cuida tão bem daquelas crianças adoráveis; certamente tem o direito de fazer o que quiser em seus momentos de folga. Sempre foi uma irmã adorável.

Na verdade, no dia seguinte ela vem me visitar e me dá esta fabulosa colcha feita de pedacinhos de lindos quadradinhos de diferentes materiais costurados. À mão. E nem ao menos é meu aniversário.

O único problema é que, desde que comecei a tomar os remédios, não tenho certeza de há quanto tempo Seamus e eu não fazemos amor. Com muita freqüência. Ou nunca. Não que eu não queira. É que não me sinto disposta. Ele tem sido maravilhoso, absolutamente maravilhoso. Abraça-me e diz que entende, e que é por causa da química dos remédios, que ainda estou assimilando. O Cérebro Um se sente incrivelmente aliviado; o Cérebro Dois se irrita um pouco. O que não se justifica, pois é culpa dele. Quando Seamus me toca, o Cérebro Dois demora um pouco para avisar o Cérebro Um que houve o toque. Por exemplo, quando Seamus põe a mão em meu seio esquerdo, o Cérebro Dois sente e diz ao Um: Ele pôs a mão em nosso seio esquerdo. O Cérebro Um pergunta: É mesmo? Tem certeza? O Cérebro Dois diz: Quase absoluta. O Cérebro Um diz, então: Ótimo! Gosto quando ele faz isso. No decorrer dessa conversa, há certa demora. Há muita pressão. E ocorre um pequeno problema. Não consigo mais ter orgasmo.

Meus orgasmos costumavam ser bons. Rápidos e eficientes, desde a adolescência, pois a qualquer momento minha mãe podia entrar em meu quarto sem bater. Mas, agora, é como se eu estivesse caminhando em direção a uma montanha longínqua e a visse com clareza, suas árvores, fendas e o pico coberto de neve; mas, por mais que apressasse o passo, ela parecia cada vez mais distante — ando mais rápido, mas ela se afasta ainda mais; começo a correr, mas a montanha

---

* Grace estava confusa porque começa a tomar os remédios. Como "Pilates", o exercício, e *pilots* ou *pilot*, de piloto, têm som parecido, ela conclui, numa analogia completamente *nonsense* causada pelo efeito do remédio, que a irmã está fazendo aulas de vôo. (N. do T.)

nunca se aproxima, e acabo ficando entediada e desisto. Então, como um biscoito de chocolate. Felizmente, Seamus não se importa. Nem um pouco. Na verdade, nós quase nunca vamos dormir na mesma hora. Na maioria das noites, ele fica vendo programas na tevê até tarde. Não o ouço vir para a cama.

Esse probleminha seria ideal para uma discussão em grupo, mas não tenho coragem de mencioná-lo. São aqueles Germefóbicos. Sinto-me tão mal por eles. Pobres coitados. Não gostam de sexo porque acham nojento, e, quanto mais os ouço falar, mais percebo que não estão tão errados. Quero dizer, o absurdo de ter de inserir algumas coisas em outras. E os ruídos etc.

Quando pergunto ao professor a respeito do assunto, ele diz que todos os remédios têm efeitos. Às vezes, são sérios. A maior parte do tempo, não. Se os efeitos colaterais persistirem, poderemos pensar em mudar a medicação, ou talvez eu precise de tratamento adicional. Devo me sentir à vontade para fazer qualquer pergunta a ele ou ao farmacêutico. Então, está tudo bem.

E Tesla não está mais por aqui. Ainda tenho a foto ao lado de minha cama, porque eles não me mandaram jogá-la fora. Mas, agora, é a foto de um sujeito que já morreu. E que tinha um bigode engraçado. Nunca gostei de homens com bigode. Falta algo agora; algo que não consigo mais alcançar. Não é o bigode. Algo na vida. Talvez eu devesse dividir o apartamento com alguém. Pessoas normais fazem isso, moram com outros. Embora tenha certeza de que, depois de toda essa terapia, Seamus e eu moraremos juntos e talvez nos casemos. Provavelmente teremos um bebê. Dividir o apartamento agora, então, talvez não seja uma boa idéia. Posso precisar de um cachorro. Os cães não são muito higiênicos, como descobri há pouco tempo, e podem transmitir leptospirose e raiva; mas creio que se pode treinar um cão para colocar as patinhas numa bacia com desinfetante antes de ele entrar em casa. Também se podem comprar sapatinhos apropriados para eles. Os cães não são tão limpos como os gatos, que não podem se dar ao luxo de exalar cheiro algum porque caçam sozinhos, furtivamente, e não em matilha, como os cachorros. Não garantiriam seu jantar se a presa sentisse o cheiro deles. Talvez eu precise de um peixinho dourado.

+₊+✢

Do lado de fora da cozinha há uma árvore que nunca notei antes. A casca é cinza-pálida, e ela é coberta por uma incrustação esverdeada, uma espécie de crosta. Isso significa que a árvore está doente? Suas folhas têm um tom de vinho, e são tão poucas! A cada brisa, parece que mais folhas caem.

Líquen. Chama-se líquen. Graças a Deus.

Estou sentada e olhando pela janela, e espanto-me ao perceber como as horas passaram rápido. O mesmo acontece quando assisto à tevê. Antes, a televisão me irritava, como aqueles gentis atendentes de loja ou garçons. Mas agora consigo ficar olhando para ela durante horas sem um único pensamento surgindo em meus dois cérebros. É tão relaxante, como vodca injetada nas veias. Entendo por que as pessoas fazem isso, mas preciso de um televisor maior. Minha tevê portátil e pequena não parece suficiente. Agora quero uma tela de plasma do tamanho de uma parede.

Há muitas coisas que eu nunca havia notado antes. Cumprimento meus vizinhos com um aceno da cabeça e sorrio para eles, quando nos encontramos no corredor, e às vezes falamos sobre o tempo. Obviamente sempre tive vizinhos, mas não me lembro de tê-los notado antes. São pessoas simpáticas: Len e Louise, um adorável casal com roupas e penteados parecidos; Craig e Deborah (ele é muito mais alto que ela) e uma senhora idosa muito meiga, chamada Muriel. Um grupo de estudantes da Índia que, juntos, se ofereceram para consertar meu computador, quando eu quiser. Uma garota de futuro promissor chamada Rose que parece ter saído de uma revista de moda.

O que, aliás, me lembra que preciso fazer algo a respeito de minha aparência. Nunca reparei antes, mas pareço tão velha... Gorda. Minhas roupas são como farrapos. Farrapos apertados demais. Agora, as roupas também são diferentes. Por que, afinal, as moças usam aqueles óculos escuros que as deixam com aspecto de mosca? Quero um par igual. Já faz alguns anos que não compro roupas, mas recentemente aumentei um pouco de peso. Não sei por quê — ainda caminho todos os dias e, a menos que cozinhe para Seamus, só como torrada com queijo no jantar. Tenho um apetite voraz, o tempo todo. Acho que faço lanchinhos demais.

De repente, todas as minhas roupas parecem muito apertadas; por isso, tomo um ônibus para Chadstone e compro coisas novas. Felizmente, a atendente na loja me ajuda a escolher — ela é tão gentil; pega um vestido após outro, e eu experimento todos. Não tenho certeza se minhas roupas novas estão certas; quando chego em casa, quase não me lembro de tê-las comprado. Imagine estes cintos largos, de volta à moda.

Em nossas sessões de terapia de grupo, ultimamente, estamos falando sobre a questão da volta ao trabalho. Francine quer que eu conte a história... do que aconteceu quando parei de trabalhar. Os Germefóbicos ficam fascinados. Para eles, ser professora é uma das piores profissões imagináveis porque as crianças são pequenas fábricas de germes, e, se você é professor, corre um risco maior de ter lombrigas e lêndeas. Eu adorava ser professora. Adorava aquelas pequenas mentes. Ainda que se rebelassem, estavam cheias de energia.

Francine: Compartilhar com os outros nossos pensamentos, sentimentos e experiências nos ajuda a alcançar a cura. Grace? Que tal nos contar a história de seu desalinhamento?
Cérebro Um: Desalinhamento? Mas eu nem tenho carro.
Cérebro Dois: Ela está se referindo a Daniel Deluca.
Cérebro Um: Ah! Daniel Deluca. Claro. Sem problema. É fácil. Eu estava no *playground*, certa manhã. De plantão. Estava quente. Não havia nuvens. As crianças corriam como loucas. De repente, ouvi um grito.
Francine: Está indo bem, Grace. Continue.

Continuo. É incrível. Mal conheço os Germefóbicos ou Francine; e, no entanto, estou sentada em nosso círculo de cadeiras plásticas e conto esta história, que nem a Seamus havia narrado. Mas, nestes últimos dias, muitas de minhas lembranças parecem de eventos que aconteceram com outra pessoa, ou com algo que eu tenha visto na televisão. É fácil falar deles, mas difícil encontrar palavras que descrevam exatamente o que quero dizer. Não quero parecer ridícula.

Cérebro Um: Bem, parece uma coisa ridícula agora.

Francine: Nada é ridículo. Estamos aqui para ajudar.

Cérebro Um: Um garotinho da segunda série caiu de cabeça de um brinquedo e quebrou o nariz. Só isso. O nome dele era Daniel Deluca; é um nome difícil de esquecer. Por alguma razão, aquilo foi perturbador; havia sangue escorrendo, mas todos os professores já tinham visto sangue antes.

Gemma: Sangue? Espirrou em algum de vocês?

Cérebro Um: Sim. Não. Acho que não. Enfim, o peraltinha gritava com toda a força dos pulmões; portanto, não devia ter sofrido nada grave.

Daria: Quanto sangue? Espirrou em suas roupas?

Francine: Está indo bem, Grace. Continue.

Cérebro Um: Tentei me mover, mas era difícil. Impossível. Fiquei sentada. Era difícil até mexer o braço. Os membros pareciam feitos de concreto. Era assustador. Não tinha escolha, senão ficar lá. Em choque, provavelmente.

Francine: E o que aconteceu, depois?

Cérebro Um: Uma das crianças chamou outra professora — grande tolice, porque tudo estaria bem dali a alguns minutos.

Era uma questão de tempo para me ajustar, só isso. Mas, quando Sharon Liddy, a instrutora de esportes, chegou, as coisas pioraram, porque a presença de alguém ali significava que não haveria necessidade de me recuperar. Enfim, se Sharon não tivesse feito tamanha cena, e tivesse me oferecido uma xícara de chá e talvez uma cadeira, tudo teria ficado em ordem, e eu não estaria aqui agora.

Francine: Eles chamaram uma ambulância?

Cérebro Um: Chamaram. Duas, na verdade. Uma para Daniel Deluca. Os paramédicos deveriam ser mais bem treinados, e saber quando não é preciso prender à maca uma mulher em perfeita saúde. Tiveram a melhor das intenções, claro, mas eu só precisava de um pouco mais de tempo para me recuperar. O resto é um borrão.

Gemma: Você não entrou na ambulância?! Deus do céu, eles transportam gente com todo tipo de infecção nas ambulâncias.

Daria: Eu preferiria um táxi.

Carla: Preciso ir lavar as mãos.

Francine: "Um borrão" não serve, Grace. Você precisa se esforçar.

Cérebro Um: Eu me esforcei quando cheguei ao hospital. Devo ter parecido melhor, porque me dispensaram e eu fui para casa.

Os hospitais estão mais ocupados em diagnosticar problemas palpáveis do que estados de choque moderado; por isso, não me surpreendi quando me mandaram embora. Como cheguei em casa, não me lembro muito bem; talvez tenha tomado o trem. Lembro-me de que me sentia tão cansada que não consegui seguir minha rotina da noite. Pus o pijama e fui direto para a cama.

Francine: E na manhã seguinte, as coisas pioraram?
Cérebro Um: Na manhã seguinte, a situação piorou. O despertador ia tocar às 5h55 como sempre, dando-me 5 minutos para acordar completamente. O horário de levantar era exatamente às 6 horas. Isso era muito importante.
Cérebro Dois: Podemos comer um pedaço de bolo?
Cérebro Um: Mais tarde.
Cérebro Dois: Quando? Estou faminto.
Francine: Continue, Grace, por favor. O que aconteceu depois?
Cérebro Um: Depois... quer dizer, na verdade, antes... faltou luz durante a noite...
Gary: Quais são as chances de isso acontecer?
Cérebro Dois: Eu sabia.
Cérebro Um: ... coincidência horrível, logo depois dos eventos do dia anterior. O despertador não tocou. Nada. Só piscavam os zeros.
Francine: O que você fez, então?
Cérebro Um: Nada. É impossível saber quando levantar se você não tem as informações. Fiquei deitada, inerte.

Não foi estressante. Foi tranqüilizador. Os números sempre estiveram presentes desde a minha infância, mas a vida tinha se acomodado em torno deles. Foi então que os números tomaram conta, de uma vez por todas. Foi uma libertação.

Francine: E o que aconteceu?

Cérebro Dois: Já é mais tarde? Eles têm *muffins* na cafeteria.

Cérebro Um: Eu também estou ficando com fome. Quando Jill veio me ver, eu não tinha comido já fazia 24 horas. Ela demorou um pouco para descobrir por que a escola precisou procurar em minha ficha algum telefone, quando eu não apareci para trabalhar. Devia ser fim de tarde, a julgar pela luz que entrava através das janelas. Eu já tinha molhado a cama algumas vezes...

Gemma: Molhado a cama?

Daria: E você estava deitada nela?

Não era tão ruim assim. A sensação pegajosa parecia fundir a pele com os lençóis e o colchão, o que era importante, pois levantar-me da cama estava fora de cogitação. Também me mantinha aquecida. Não havia como eu sair da cama — não faria isso por Jill, por mais que ela ponderasse e implorasse. A coitada não obteve nenhuma resposta minha. Não levantaria para a ambulância também. Eles só precisariam programar o despertador para 5h55, mas claro que não sabiam disso. Tiveram de usar sedativo, porque é difícil mover um corpo recalcitrante, mesmo para dois paramédicos grandes.

Francine: Eles a levaram de volta ao hospital?

Cérebro Dois: Quem morreu e deixou você cuidar dos *muffins*, afinal?

Cérebro Um: Por favor, fique quieto. Estou falando.

Cérebro Dois: Bem, se a Carla pode lavar as mãos a cada dois segundos, não sei por que não posso dar um pulinho na cafeteria e comer um *muffin*.

Francine: E nós estamos escutando, Grace. Você se sentiria melhor se déssemos as mãos?

Gemma: Não!

Carla: Se alguém me tocar, vai se arrepender.

Cérebro Dois: E agora? Podemos ir agora?

Cérebro Um: Acordar no hospital mudou tudo, me levando a outro nível, porque de repente as regras eram mais rígidas. Eu não podia controlar minha rotina diária, e, como o professor me explicou, os números ao menos eram uma coisa que eu conseguia controlar.

Por algum motivo, a habilidade para contar em silêncio se fora. Não podia mais esconder a mania. Sentia-me impelida a contar os números em voz alta. E, se alguém fizesse alguma coisa errada no hospital, como colocar 8 blocos em vez de 7 num jogo de montar palavras, ou se atrasassem a entrega da comida, devo admitir que eu ficava um pouco perturbada. E gritava. Um pouco. Jogava as coisas. De vez em quando.

No decorrer das semanas seguintes, enquanto contamos nossas histórias, torna-se evidente que os Germefóbicos estão melhorando. Edith, nossa pupila estrela, ainda tem dificuldade para tocar as coisas, mas não mais por causa dos germes. É porque ela treme um pouco. Daria e Gemma estão bem melhores também. Descobrimos que são irmãs e não conversavam havia anos. Uma suspeitava que a outra apenas estivesse fingindo um transtorno compulsivo por brincadeira. Logo, Daria voltará a trabalhar como podóloga. Gemma ainda chora um pouco durante as sessões, mas agora consegue dormir à noite sem cobrir toda a cama com plástico.

Carla não estava indo muito bem. Algumas sessões atrás, Francine nos diz que ela desistiu. Francine explicou que não deveríamos deixar a saída de Carla atrapalhar nossa visão mental de um futuro saudável e cheio de amor. Gary está ficando cada vez mais zangado, no decorrer das sessões. Ele defende sua posição de Germefóbico sob todos os âmbitos: intelectual, emocional e até espiritual, pois os germes são criaturas de Deus e Francine não deve negar a importância deles. Sinto pena de Gary. Não tem emprego nem namorada, mora sozinho — uma vida realmente vazia. Não é à toa que precisa dos germes para lhe fazer companhia.

De repente, uma semana depois, Francine desaparece por algum tempo. Quando se livra da penicilina e sai do hospital, totalmente recuperada da infecção gástrica, Gary também está em dúvida quanto à terapia. Nós, que sobramos, ficamos imaginando quanto tempo ele permanecerá no grupo.

+₊₊+

Seamus e eu estamos em meu apartamento assistindo à televisão. Vejo tevê o dia todo, sozinha, e à noite com Seamus. Depois do programa da manhã, há um programa de culinária cujo apresentador é um mestre-cuca bonito, com traços gregos, que parece muito interessado em falar com o câmera. Em seguida, algum show de variedades, que apresenta histórias envolvendo a mansão de alguma celebridade e o milagre de outra estrela que perdeu centímetros da cintura com uma dieta de Hollywood. Depois, vêm várias novelas internacionais (uma com um irmão malvado, que finge passar por seu gêmeo, e o irmão bom, que engana a todos, inclusive seu pai; e outra com um pai malvado que se faz passar por seu filho bom para enganar seu irmão, também mau) até o horário do programa que se passa na sala de tribunais, que é uma espécie de ritual de humilhação dos novos-ricos. Depois, outro programa de culinária, dessa vez com um mestre-cuca gorducho que sempre prova tudo. Em seguida, uma espécie de humilhação ritualista de pessoas gordas, com tortura e tudo mais, que logo percebo tratar-se de um programa sobre perda de peso. Outro ritual de humilhação, dessa vez de jovens bêbados, estúpidos e nus, ou seja, um *reality show*. Mais um ritual de humilhação, agora de pessoas gananciosas: um show de perguntas e respostas. E outra novela.

Agora estamos vendo dois rapazes que são irmãos, mas não se encontravam havia muito tempo, e descobrem que têm poderes sobrenaturais, ou algo assim. Os dois são bonitos no estilo hollywoodiano — mesmo o feio compulsório é atraente, se você o visse em carne e osso; na verdade, é a pessoa mais bonita que alguém pode conhecer na vida. Do mesmo modo como os filmes americanos sempre conseguem fazer uma garota lindíssima interpretar uma menina feia, dando-lhe uma sobrancelha grossa, cabelos desgrenhados e óculos. Esse programa dos irmãos sobrenaturais parece ser um dos preferidos de Seamus; mas, todas as noites, parece que ele tem um programa favorito; e, assim, sentamo-nos por horas em silêncio, na maioria das noites, olhando para a caixa brilhante no canto da parede. Hoje não consigo acompanhar o que está acontecendo porque meus dois cérebros estão discutindo por alguma bobagem (qual dos dois é mais bonito, o cérebro físico ou o abstrato); por isso, tento rir quando Seamus ri, ou grunhir quando ele grunhe. Nossos olhares se cruzam, mas demoro um pouco até organizar os cérebros de modo que me façam sorrir. Mas é bom sorrir para ele. Porque, às vezes, quando olha para mim, Seamus parece um pouco triste.

O telefone toca.

Larry: Alô, Grace?

Cérebro Dois: Graças a Deus saímos daquele sofá. Nosso traseiro estava começando a dormir.

Cérebro Um: Se você se calasse, eu poderia assistir ao programa. Agora, não vou entender se a ex-namorada é um zumbi.

Cérebro Dois: Com certeza você pode encontrar um colega zumbi. Vocês não têm um tipo de aperto de mão secreto?

Larry: Grace, você está me ouvindo?

Cérebro Um: Alô. Como você está?

Larry: Bem.

Cérebro Um: Como vai a família?

Cérebro Dois: Acho que ela quer conversar sobre outra coisa...

Cérebro Um: Que bom.

Larry: Eu não disse nada.

Cérebro Um: Ótimo.

Larry: Mamãe me disse que você está indo ao psiquiatra.

Cérebro Um: Estou bem, obrigada. E você?

Cérebro Dois: Por que você está indo ao psiquiatra?

Larry: E então?

Cérebro Um: E então o quê?

Larry: Você está indo ao psiquiatra?

Cérebro Dois: Para diminuir de peso não adiantou. Nosso traseiro está do tamanho do de um cavalo.

Larry: Por que você está rindo? Qual é a graça?

Cérebro Um: Nada, nada. Estou me consultando com um tal de professor Professor, altamente recomendado, que me ajudará a construir uma escada para um futuro mais saudável.

Larry: Seu jeito de falar está diferente. Não quero que você mude, Grace. Quero que seja como era antes.

Cérebro Um: Mas eu sou como era antes. Só que melhor. Como você está?

Jill pega o telefone. Ofereço-me para cuidar das crianças no fim de semana, para que ela e Harry possam sair e ter um jantar romântico. Sinto-me mais confiante para sair, agora. Já tomei ônibus algumas vezes, e estou ficando boa nisso. E Larry está sempre me pedindo que vá visitá-la. Jill diz que é uma boa idéia, mas pergunta a Larry. Ela me explica, então, que as crianças na idade de Larry sempre têm algum programinha em vista, e Larry tem de ir à casa de uma amiga; por isso não seria conveniente, mas eu não devo achar que é pessoal. E não acho.

Decidir o destino das férias que Seamus quer tirar também é difícil. Eu costumava ter uma lista de meus lugares ideais para uma viagem; uma lista que eu acompanhava desde a adolescência, e que tinha recortado de uma revista de viagem. San Sebastian, Espanha. Lago Garda, Itália. Quênia. África do Sul. Paris. Londres. Nunca estive em nenhum desses lugares. Mas, agora que é o momento de planejar uma verdadeira viagem de férias, perdi o interesse pela lista. Aliás, nem consigo encontrá-la. Cansa-me um pouco a idéia, para ser sincera. Arrumar e desarrumar as malas. Parece que não vale a pena. Uma noite dessas, vi um documentário fabuloso sobre as pirâmides, e a sensação era tão boa como se eu estivesse lá, sem o perigo de enjôo de viagem. Sem o calor. Sem turistas. Mas acho que é bom sair um pouco. Deixarei que Seamus escolha.

Hoje estou fazendo uma caminhada no parque. Está ficando mais frio e as folhas começam a mudar de cor. Há árvores de todos os tipos, uma fonte antiga e uma estufa, onde as plantas acostumadas a um calor mais constante que o típico de Melbourne vêm crescendo há mais de cem anos. Há uma mulher andando na minha frente, empurrando um carrinho de bebê. Ela pára ao lado de um banco e põe o bebê no colo. Ele está usando um macacãozinho amarelo, do tipo que cobre os pés. É de algodão macio com passarinhos azuis bordados perto do ombro. A mulher levanta o bebê, que fica nas pontas dos pés, e brinca com ele, franzindo e esfregando o nariz em sua barriguinha.

Ando até o banco seguinte e me sento, fingindo que admiro as flores. Enquanto a mulher balança o bebê no colo, vejo o futuro deles: o menino com três anos, cabelos cor de areia e um joelho arranhado, correndo até a mãe e chorando; ela o pega e o bebê sufoca as lágrimas em seu pescoço. Vejo-o agora com oito anos, indo ao jogo de futebol, dando a mão à mãe, segurando uma bandeirinha e uma caneta, na esperança de conseguir um autógrafo se tiverem paciência de esperar; e esperam, porque ela sabe como é importante para o filho, pois é uma daquelas mulheres pacientes que sempre têm tempo para as coisas importantes. Com dezesseis anos, ele passa por uma fase complicada, quando entra para um clube de xadrez e resolve estudar Direito; mas, aos vinte (depois de um ano em um programa de intercâmbio para jovens, no qual perde a virgindade com uma garota brasileira chamada Janis), abandona o curso para trabalhar meio período para o Greenpeace e fazer móveis de madeira rústicos, à mão, usando material que ele pega de prédios industriais demolidos, num misto de arte e protesto.

E, então, tudo se torna um borrão, uma miscelânea de memórias futuras — seu primeiro Natal, pescarias, os dias em que sua mãe queima as torradas e derrama o leite, risos e brincadeiras de luta na cama, lágrimas e chiliques quando ela tem de sair. Seu primeiro casamento — com aquela mulher que obviamente não serve para ele, mas a mãe não diz nada contra ela: simplesmente estará preparada para recebê-lo de braços abertos quando o inevitável acontecer. A primeira vez que os dois assistem a *Os sete samurais* juntos. A primeira vez em que ele usa o penico. O dia em que o cachorro morre e eles o enterram juntos, ambos chorando, no quintal, com a pá na mão, e ele segurando um ramo de camélias. Aquela ternura que é própria dos meninos antes que a escola e os hormônios os frustrem e os endureçam. O calor de uma criancinha, recém-saída do banho e já em seu pijama. O cheiro do pescoço de um bebê.

As sombras no parque vão aumentando e o vento fica mais frio; quando olho para o banco onde eles estavam, os dois já se foram. Estou sozinha.

Quando fui escrever sobre isso em meu diário — Francine diz que posso "escrever sobre minha escada para um futuro mais saudável" —, a melhor maneira que encontrei de descrever meus pensamentos foi esta: quando eu era criança, meu tio me deu um caleidoscópio. Ao virá-lo, os pequenos pedaços de vidro se juntavam em teias e pores-do-sol e colares. Pensar naquela criança no parque era assim; porém, com lembranças.

O pessoal ama o meu diário, na terapia, o que é muito bom, porque me sinto desesperadamente perdida para falar. Todos falam tão rápido que, quando meus cérebros decidem o que querem dizer, meus colegas já mudaram de assunto. Meu diário, porém, é, sem dúvida, o melhor. Os Germefóbicos são horríveis para escrever.

Francine: Às vezes, é bom você cumprimentar seu diário a cada novo dia, como a um amigo; assim, sua primeira linha pode ser "Bom-dia, Diário. Obrigado por aceitar minhas palavras e sentimentos hoje".
Gemma: Essa é a idéia mais idiota que já ouvi. Prefiro comer meu próprio vômito a escrever cumprimentos a um pedaço de papel.
Gary: Não há nada de errado em comer seu vômito.
Francine: O quê?
Gary: Comer o próprio vômito não é nojento, na verdade. Aliás, é bastante sensato, porque os germes presentes em seu vômito são seus e você só estará pegando-os de volta, em vez de soltá-los no ambiente para infectar outra pessoa.
Daria: Gary, você é um idiota.
Francine: Bem, estamos desviando um pouco do tema de hoje, que é o diário. Grace, você gostaria de ler algo de seu diário?
Daria: Comer o próprio vômito é absolutamente nojento, porque ele cai em algum lugar, a menos que o seu vômito seja especial e flutue; e quando cai se torna contaminado pelo toque da superfície; se você o comer de volta, vai ingerir mais germes do que os seus originais.
Francine: Grace? Alguém?
Gary: Na verdade, os cachorros comem o próprio vômito o tempo todo.
Francine: O quê?
Gary: Os cachorros comem o próprio vômito o tempo todo porque regurgitam qualquer coisa que não caia bem no estômago, mas não querem desperdiçar; por isso, comem de volta para ver se estará melhor, na segunda vez. E geralmente está.
Gemma: Geralmente está o quê?
Gary: Muito melhor. Na segunda vez.
Francine: Grace, você pode ler o seu diário, por favor? Agora?

Diário: O outono oficialmente já está na metade. A árvore em frente à minha janela perdeu a maioria das folhas. Na primavera, novos brotos trarão nova vida.

Francine: Lindo, Grace! Que bela analogia de seu processo de cura!
Cérebro Um: Eu sabia disso. Sabia, sim.
Cérebro Dois: Você é um babaca.

Diário: A terapia está indo bem, mas ainda não recebi a conta. Sei que virão contas, porque preenchi os formulários. Sei que posso pagá-las, e sei que minha irmã vai me ajudar. Mas ainda não recebi nenhuma conta.

Francine: Ah, Grace querida. Sim, talvez você não participe muito de nossas discussões em grupo, mas, com certeza, paga sua conta, a cada sessão! Quando escuta atentamente seus colegas. Quando se concentra em não contar. Fico contente que compartilhe conosco seus medos, mas, por favor, não pense assim. Todos os dias, você enfrenta suas contas. E, todos os dias, corajosa Grace, você as paga.
Cérebro Um: Huum... obrigada.
Cérebro Dois: Tenho vergonha de partilhar um crânio com você.

Diário: Antes da terapia, todas as noites eu cozinhava frango com legumes. E comia. Sozinha. Agora, embora esteja sempre com fome, perdi a vontade de cozinhar. Agora faço torradas com queijo, ou saladas ou sobremesas com biscoitos de chocolate. Ou compro um hambúrguer na cafeteria.

Daria: Não acredito que você comia frango.
Gemma: É nojento. Como você consegue viver com isso?
Cérebro Um: O que há de errado com frango?
Daria: Você não lê os jornais?
Gemma: Nunca ouviu falar da gripe aviária?
Daria: Se houver uma pomba no gramado, eu sequer saio de casa.
Francine: Senhoras, acho que perceberão que Grace está fazendo uma analogia entre as mudanças que está vivendo e o modo como se alimenta agora — seu apetite psíquico e emocional por reconhecimento e aceitação.
Cérebro Um: Com certeza.
Cérebro Dois: Não agüento mais. Vou cochilar. Acorde-me na hora do almoço.

14

Seamus e eu estamos morando juntos agora. Ele ainda tem seu quarto na casa que divide com Dermot e Brian, mas é um pardieiro de homens solteiros: louça suja na pia, roupas sujas no chão e alguém esparramado no sofá, assistindo a programas de esporte. Passamos a maior parte do tempo em meu apartamento. Seamus deixa seus tênis e escova de dente aqui, e eu compro o tipo de cereal de que ele gosta.

É muito mais fácil para mim, desse jeito, porque eu teria medo de me esquecer de tomar o remédio, se não soubesse em que casa estaria acordando. Também é muito mais fácil chegar ao consultório do professor, saindo daqui, que da casa de Seamus. Tomo o bonde sozinha. Consulto-me com o professor só uma vez por mês, para verificar como a medicação e a terapia estão indo. Sinto falta dele. Na semana passada, vi uma taturana no parque e me lembrei, com carinho, de suas sobrancelhas.

Certa manhã, tive várias tarefas para fazer: levar a roupa suja de Seamus à lavanderia, levar seus sapatos ao sapateiro, pagar a conta de luz. Depois, vi um programa fascinante na televisão sobre homens homossexuais presos em corpos de mulheres e lésbicas presas em corpos de homens. Uma psicóloga (não a minha) disse que é muito comum:

muitos homens são lésbicos por dentro. Eu nunca havia prestado atenção ao sofrimento dessas pessoas — sempre fui horrivelmente insensível em relação aos homens lésbicos.

Parei de ir à cafeteria. Com todo o peso extra que estou carregando, não posso comer bolo de laranja e tomar chocolate quente todo dia. Em vez disso, corto tiras de cenoura e como junto com uma tâmara e meia com taíne,* que é muito menos nauseante, agora que estou me acostumando. Dois dias atrás, liguei para minha mãe e tivemos um delicioso bate-papo sobre tarefas domésticas. Sempre mantive tudo limpo, mas nunca tinha percebido certos detalhes mais apurados. Falamos sobre a melhor maneira de dobrar lençóis com elástico (segurar o lençol no avesso, pelas duas pontas adjacentes sobre a extremidade mais curta, depois dobrar a ponta em uma mão por cima da ponta na outra extremidade, até envolvê-la, e repetir o processo do outro lado), e sobre o melhor modo de passar a ferro toalhas de chá e camisas. Nunca tinha percebido como ela é esperta. Por exemplo, quando passo as camisas de Seamus, sempre começo pela gola. Isso faz com que a parte da frente amasse. O certo seria passar a parte de dentro da gola, em primeiro lugar. Genial! Depois, falamos sobre nossos favoritos mestres-cucas da televisão. Concordamos que Ainsley nos causa dor de cabeça, e Delia, embora explique tudo muito bem com um sotaque encantador, é um pouco irritante. E, então, minha mãe disse que, com Jamie, ela tinha vontade de brincar de esconde-esconde de canelone. Senti-me nauseada, de repente, e me despedi.

Fico feliz por minhas conversas ao telefone estarem melhorando. É difícil para os cérebros se concentrarem no que os ouvidos ouvem. Para variar, mencionei a questão em nossas sessões de terapia, e me senti reconhecida quando dois dos Germefóbicos assentiram com a cabeça. Francine fez algumas sugestões úteis, e eu sigo seu conselho de deixar uma caixa com fichas pautadas ao lado do telefone, preenchidas com os detalhes das pessoas com quem falo. Há apenas quatro fichas, mas, quando eu começar a trabalhar, tenho certeza de que haverá mais. A ficha 1, por exemplo, diz:

---

* *Taíne*: massa de gergelim. (N. do T.)

Nome: Seamus Joseph O'Reilly
Relacionamento: Namorado
Data de nascimento: 10 de janeiro de 1969
Nomes importantes: Declan, Dermot, Brian, Kylie
Comentários: (espaço para comentários)

Em "Comentários", eu escrevo uma frase para me lembrar da nossa última conversa ao telefone, como "me pegar às 9 da manhã, no sábado". Isso tem sido tão útil, que eu me admiro por não ter visto no programa da Oprah. Também uso um caderno de escola e, quando tenho alguns minutos de folga, planejo a próxima conversa que terei com alguém. Por exemplo, na seção *Vizinhos*, escrevi: "Comentário sobre azaléias no jardim da frente". Claro que não estou com o caderno quando me encontro com a vizinha no corredor, mas, mesmo assim, ajuda. Não sei como me virei sem ele todos estes anos.

Nada de bom pode vir de um telefonema no meio da noite. Nunca, na história da humanidade, alguém ligou a essa hora sorrindo. Não há loterias que você possa ter ganhado em outro país com fuso horário diferente. Nenhum diretor administrativo de uma empresa multinacional, sofrendo de insônia, fará uma oferta de um emprego fantástico a essa hora. Homens que estejam em lugares distantes não pedem ninguém em casamento a essa hora. Não há sequer notícias neutras. Nem atendentes de telemarketing para falar da sua assinatura telefônica. Tampouco será o seu amante para pedir que você compre mais suco.

Na noite em que o telefone toca numa hora profana, parece que não consigo acordar. Ouço o tilintar distante, mas acaba entrando em meu sonho.

No sonho, estou relaxada em casa, no início da tarde, assistindo ao programa da Oprah quando a campainha toca. Fico assustada, não sei por quê. Quem é? Vieram me pegar? O que Seamus achará disso?

Em pânico, corro até a janela, que de repente está no andar térreo, e pulo para fora. Tento correr, mas minha camisola se enrosca nos tornozelos e meus chinelos quase saem do pé. Quem está tocando a campainha corre atrás de mim, se aproxima, sinto sua respiração em meu pescoço; estão chegando e, por mais que eu tente, não consigo fugir. Caio e sou pega por um policial nanico.

Para o seu tamanho, o policial nanico é forte e ágil. Tem uma barba vermelha e usa uma farda verde. "Pegamos você agora", ele fica gritando, e rindo, com uma voz estridente. Força-me a ficar de pé e torce-me os braços para trás das costas, algemando-os. Em seguida, ele põe algemas grandes em meus tornozelos também. Com pernas e braços presos, e ele me puxando pelo caminho, só posso dar passos curtos; mas o policial anda mais depressa e me puxa pelo braço, enquanto eu ando por um ângulo tão íngreme que sinto que estou caindo. Talvez seja um sonho, penso, e fecho os olhos. Agora, não consigo abri-los novamente. Parece que foram soldados. Percebo, então, que o som do riso do policial se metamorfoseou no toque do telefone.

Seamus se debruça sobre mim na cama, e atende, emitindo sons austeros enquanto ouve. Sons que não revelam nada. Ele tem a capacidade de ficar imediatamente alerta a qualquer hora do dia ou da noite; ultimamente, sinto-me sonolenta o tempo todo, e agora não consigo acordar, de fato. As pálpebras estão fundidas, e só consigo abrir uma por vez, e bem pouco. Meus cérebros não ajudam — bem que um poderia fazer um café para o outro, ou algo assim. Quando o Cérebro Um pede ao Cérebro Dois que abra o olho direito ou erga o braço esquerdo e o coloque na manga, o Cérebro Dois cai no chão do quarto forrado de vermelho e adormece. Não obtendo resposta, o Cérebro Um fica emburrado e também cai no sono, novamente.

Quando me dou conta, Seamus está de pé, vestindo os jeans e uma camiseta. Pega meu moletom e tira meu pijama (do tipo *baby-doll*; provavelmente *sexy* quando ele comprou, mas agora um bocado apertado) pelos braços, que eu deixo estendidos, e me veste. Praticamente me carrega até o carro. Quando acordo, estamos num estacionamento.

Só quando estamos na sala de espera do hospital eu compreendo o que aconteceu. Jill está lá, também em moletom, embora o dela seja de veludo, cor de framboesa, enquanto o meu é azul pastel. Seja como for, nunca imaginei que ela tivesse moletons. Com certeza, não usa essa roupa para correr. Também nunca a vi com os cabelos daquele jeito, escorridos e lisos, em vez do costumeiro penteado encaracolado. Obviamente, o resultado do contato com uma fronha de seda. Preciso comprar uma. Não está usando maquiagem e seus olhos parecem minúsculos, pálidos como olhinhos de porco, e ela tem manchas marrons ao longo do maxilar.

Harry também está aqui, usando um terno azul-marinho com listras discretas e gravata azul-turquesa, como se fosse o início da tarde. Ou talvez ele tenha vindo de uma reunião da diretoria à meia-noite. Ou talvez durma com o terno, para otimizar a eficiência. Ou talvez não seja um terno, e sim um pijama feito com aspecto de terno, vendido sob encomenda. Ou (minha explicação favorita) talvez ele não tenha opção porque o terno foi cirurgicamente costurado à pele, como parte de alguma estranha cerimônia de iniciação no banco, que envolve burros e acessórios.

Os hospitais provocam uma sensação fantasmagórica àquela hora. É um hospital público, não muito longe da casa de minha mãe, na qual crescemos e para onde nos mudamos quando eu estava no primário. A sala de espera tem cadeiras plásticas, cor de laranja, alinhadas contra a parede e formando uma ilha no meio. Estão dispostas em fileiras, presas umas às outras para impedir que as pessoas as mudem de lugar, joguem-nas ou as roubem. Sentadas nas cadeiras, inúmeras pessoas aguardam sua vez de ser atendidas, embora algumas estejam deitadas e gemendo. Os Germefóbicos estariam borrifando uns aos outros com desinfetante e rezando para conseguir levitar.

Jill e Harry ainda não conheceram Seamus e, não fossem as horríveis circunstâncias, esta seria a ocasião ideal para uma apresentação. Nenhuma desconfiança. Nenhum embaraço. Muito assunto para conversa — três pessoas do tipo que tomam iniciativa, discutindo opções e possibilidades. Sento-me ao lado de um garoto da Somália, embriagado, que não consegue mexer os dedos em forma de salsicha, cuja cor ficou como a de nuvem carregada após ter desferido um soco no caixa eletrônico que engoliu seu cartão. Tiro um rápido cochilo em seu outro ombro.

Seamus me acorda. Uma enfermeira está dizendo alguma coisa.

Ela está bem, diz. Inalou um pouco de fumaça e tem algumas queimaduras leves, e estava abalada quando chegou da ambulância, mas deram-lhe um sedativo fraco e agora ela está dormindo. Vai ficar em observação para que os médicos verifiquem suas funções pulmonares durante a noite, mas seu estado geral é muito bom. Sophie, a vizinha ao lado, viu a fumaça, e seu filho apagou o fogo com a mangueira do jardim antes que os bombeiros chegassem. O bombeiro disse à enfermeira que os estragos na casa também foram mínimos e, com um pouco de serviço especializado, já estaria funcional quando ela tivesse alta. Sophie insistiu para que disséssemos à mamãe que o senhor Parker estava bem.

Jill caminha, nervosa, até o fim da sala de espera e volta. Vasculha a bolsa atrás de chiclete e a joga na cadeira, e diz que a culpa é dela e que mamãe não devia morar sozinha naquele casarão e precisaria ter se mudado para a casa deles muito tempo atrás. Harry raspa a garganta e mexe na gravata, afastando-a um pouco daquela garganta vermelha, com pele de galinha. (Se o terno foi costurado ao corpo, os pontos obviamente não foram feitos no pescoço. Será que estão nas virilhas?)

A enfermeira diz que não é culpa de ninguém. Essas coisas acontecem com as pessoas idosas e não há muito que se possa fazer. Jill diz afinal o que aconteceu? A enfermeira diz, pelo que eu entendi, antes que sua mãe fosse sedada, parece que ela não conseguia dormir e estava com fome e resolveu fazer um lanchinho à meia-noite. De frango congelado. Leu as instruções no pacote com muita atenção. Dizia forno médio, quarenta minutos. E só programou para trinta. Mas não quis ter o trabalho de acender o forno; por isso, colocou tudo, frango, bandeja de papel-alumínio, caixa de papelão, no microondas.

Pouco depois, podemos ver mamãe. Ela está num quarto grande com quatro camas, mas a dela é a única ocupada. Não podemos ficar muito tempo. Não podemos perturbá-la. Ela está dormindo. Ficamos em volta dela, olhando para ela, sem saber muito bem o que dizer um ao outro.

O rosto dela é da mesma cor dos lençóis, de um cinza encardido; os cabelos estão penteados para trás e uma das mãos está com bandagens, acima do punho. Ela parece exaurida. Normalmente, parece um pássaro com as bochechas gordas, uma mistura de Celine Dion e uma galah:* seu corpo é um misto de cabo de vassoura e bochechas redon-

---

* *Galah*: ave psitaciforme típica da Austrália, pertencente ao grupo das cacatuas. (N. do T.)

das cheias de sementes. Agora parece que as sementes caíram, todas. É estranho ver aquele rosto tão imóvel, sem falar nem sorrir ou sugar os dentes, como ela costuma fazer quando está concentrada ou falando algo engraçado sobre morrer de forma inesperada e dolorosa.

Por algum motivo, penso nos presentes de aniversário que ela me dava, em minha infância. Ela era a mais magnífica presenteadora — parecia que, qualquer que fosse meu desejo secreto, lá estava ele, realizado, lindamente embrulhado, nos pés de minha cama no dia de meu aniversário. Uma vez, deu-me uma enorme caixa de papelão coberta com papel marrom e uma fita dourada iridescente. Era uma caixa tão grande e pesada que ela deixou no meio da sala, onde a embrulhara na noite anterior. Pela manhã, quando rasguei o papel, vi que estava cheia de livros. Mamãe não gosta muito de ler, exceto histórias verídicas de crime, horror gótico e (provavelmente o mais tétrico dos três) tablóides; mas, por recomendação de um sábio e confiante atendente da livraria, ela escolheu as que seriam minhas primeiras leituras de Jane Austen e Conan Doyle, Edgar Allan Poe e Oscar Wilde.

Num outro ano, mamãe prometeu uma colcha nova e me levou para escolhê-la na semana anterior, mas disse que a loja não tinha mais, por isso não estaria disponível para o meu aniversário. Não me lembro de ter ficado chateada; mas talvez minha memória esteja apenas sendo gentil. Acho que fiquei apenas um pouco decepcionada por ela: não era sua culpa que a loja vendera tudo e eu tivesse de esperar. Assim, naquela manhã de aniversário, não ganhei presentes de meus pais, mas só um bracelete de Jill.

Quando cheguei em casa, depois da escola, não só a colcha estava estendida em minha cama, mas também mamãe tinha tirado um dia de folga do trabalho, e, agora, o quarto e as paredes, até o teto, estavam pintados com minha cor favorita: o tom laranja que eu sempre chamava de marrom-claro, e que combinava perfeitamente com a vareta Cuisenaire número 10. Havia uma cadeira nova da mesma cor, uma cama nova e um abajur novo também laranja, que deixava o quarto iluminado em tom laranja róseo. Ainda não sei como ela encontrou aquela cor perfeita. Aquele dia, de pé no corredor ao lado de minha mãe, seus braços rechonchudos trêmulos de tanto pintar o teto e com o rosto manchado de laranja, foi provavelmente o mais feliz de minha vida.

Agora, Jill, Seamus e Harry estão murmurando, e, quanto a mim, forço-me para prestar atenção. Será muito melhor para ela, Harry diz. Esses velhos teimosos só pensam em si mesmos. Jill diz: qualquer coisa pode acontecer com ela, ela pode cair e ficar estirada o dia todo e a noite toda. Minha avó adorava, Seamus diz, e, quando se acostumou lá, fez muitos amigos novos, agora uma pessoa arruma seus cabelos e eles jogam bingo. Bom homem, Harry diz. Você tem razão, é para o bem dela e ela sempre poderá assistir à tevê, além disso ficará muito mais feliz na companhia de outros velhos.

Ele diz então quanto mais, melhor. Os números trazem segurança.

Em algum lugar, no meu íntimo, alguma coisa se mexe. Não sei explicar. Uma voz baixa se pronuncia. Não é o Cérebro Um nem o Cérebro Dois. Talvez seja eu mesma.

— Um asilo — eu digo. — Vocês estão falando de colocar mamãe num asilo.

Harry ri e Jill diz sim Grace estamos falando de colocá-la num asilo é óbvio que ela não pode mais morar sozinha.

— Ela detestaria isso.

Jill se aproxima de mim, pega-me a mão e a segura, e diz não temos muitas opções Grace pense como ficaríamos se ela continuasse em casa e tivesse um acidente pense como nos sentiríamos.

— Mas ela ama os vizinhos e a igreja e o jardim. Você sabe o que aquela casa significa para ela.

Acontece nas melhores famílias, diz Harry, acontecerá com cada um de nós também, um dia, não é Jilly além disso Grace você ouviu o que Seamus disse eles têm cabeleireiros e bingo.

Bingo. Aquelas cartelas. Aqueles marcadores engraçados.

Mamãe está deitada na cama à nossa frente, enquanto falamos dela. Formigas. Querem transformá-la numa formiga. Quando eu dava aula para aquelas pequenas mentes inflamáveis, sabia que um dia elas se enfastiariam das adversidades e das decepções da vida. Formigas. Todas se tornariam iguais a todos, pequenas formigas aglutinadas, indistinguíveis e comuns. E, quando não fossem mais úteis, viveriam numa lixeira, cheia de outras formigas. Olhando para as paredes. Seus pertences, guardados sempre com tanto zelo, seriam espalhados. Seus pertences se espalharão. Deixarão de ser. Mamãe deixará de ser.

Ela está balbuciando, diz Harry. Grace?

— Ela não gosta de bingo — digo. — Adora a casa. E quanto ao senhor Parker? E todas as suas orquídeas?

Harry diz o quê? O que você disse? Não consigo entender o que ela diz.

Jill diz Grace nossa mãe podia ter morrido e é isso que importa podemos achar outro lugar para o senhor Parker e as orquídeas nem brotam mais os asilos têm jardins também você sabe que alguns até têm gatos o mais importante é que ela estará em segurança.

Esforço-me para ficar com os olhos abertos. Forço a boca para se mover.

— Em segurança. Aquela casa é o lar de mamãe há anos — continuo. — Ela tem uma vida lá. Uma vida com o marido e as filhas. Ela é uma mulher adulta. Só ela pode decidir se quer ficar lá ou ir embora.

Jill suspira. É uma decisão difícil para todos nós Grace eu entendo você não querer vê-la internada após sua experiência dois anos atrás, mas não podemos cuidar dela e não podemos deixá-la em segurança naquela casa ela terá médicos e enfermeiras e apoio e medicação e estará em segurança achei que você entenderia logo você que passou por tanta coisa ultimamente.

Harry diz, eu espero que você não esteja sugerindo que ela fique conosco temos três crianças você sabe que ela não pode ocupar meu escritório em casa.

O chão balança e eu toco o braço de Seamus. Minha língua está adormecida e a boca parece cheia de melaço.

— Nós nem sequer lhe perguntamos. Ela é saudável. Ativa. Podemos facilitar as coisas para que ela fique onde mora.

Seamus diz, querida sua irmã tem razão é para o bem dela.

Sinto-me insuportavelmente cansada. Meu olho direito está fechando e não consigo impedi-lo.

Todos querem o que é melhor para ela, Seamus diz, isso está sendo estressante demais e já é tarde e o choque deve ter sido muito grande para você, você precisa descansar.

Ele me pega pelo braço e me leva até um canto do quarto onde há uma cadeira plástica cor de laranja, como as outras na sala de espera, porém aqui é a única. Fica de pé, à minha frente, com as mãos sobre meus antebraços, e lentamente me ajuda a sentar. Eu afundo na cadeira, a cabeça pende para um lado.

Descanse, querida, fique sentada e descanse enquanto nós conversamos.

E os três continuam falando do assunto. E de mim.

Harry diz, Deus Jill ela sempre foi um pouco estranha mas eu mal consigo entender o que ela fala. Seamus diz não é culpa dela é o remédio há alguns efeitos colaterais por isso estão experimentando outro o médico diz que é o período de transição e ela se sentirá melhor daqui a alguns dias. Deus ela é tão corajosa nunca imaginei que fosse mudar tanto. Jill diz há alguma coisa que possamos fazer para ajudá-la? Seamus diz parece que ela não quer falar disso eu faria de tudo para ajudar mas não sei como. Jill diz sei que ela nunca diria isso mas ama nossa mãe como todos nós amamos será muito melhor quando mamãe estiver internada e devidamente cuidada. Harry diz sua mãe tem dinheiro? O seguro de seu pai era grande, não era?

Provavelmente, eles têm razão. Devo deixá-los tratar disso. Abro os olhos um pouco e vejo mamãe mexer a cabeça de um lado para o outro. Talvez ela esteja nos ouvindo, afinal. Talvez ouça cada palavra quando falam de colocá-la num asilo. Não podiam parar de falar e deixá-la dormir? Deixar-me dormir? Estou tão cansada. Por favor, deixem-me me acomodar ao lado de mamãe, nessa cama de hospital, e colocar a cabeça sobre seu ombro e cochilar um pouco.

Harry, Jill e Seamus formam um triângulo, falando em sussurros. Através da fina abertura de minhas pálpebras, vejo os três, com os braços cruzados da mesma maneira — esquerdo por cima do direito. Ervilhas em suas vagens. Tento me concentrar e escutar. Fecho os olhos de novo, e fragmentos de suas palavras passam por mim. Mamãe sempre foi azarada... propensa a acidentes... ainda bem que não há escadas naquela casa.

Seamus diz Grace me falou do acidente que vocês tiveram quando eram crianças você e Grace arrumaram outro cachorrinho quero dizer quando mudaram para cá.

— Cachorrinho? — pergunta Jill. — Mamãe sempre gostou mais de gatos. Nós nunca tivemos um cachorro.

15

Está quase amanhecendo quando chegamos em casa. Mesmo no carro, não consigo ficar acordada. Caio de sono e acordo, mas Seamus não diz nada. Nem sequer uma palavra.

Quando paramos, ele sai do carro, passa para o outro lado do carro e me ajuda a sair. Ainda não fala. Tira de meus dedos as chaves e abre a porta de segurança. Nenhuma palavra, enquanto subimos as escadas e ele abre a porta.

Ele me ajuda a tirar as roupas e colocar o pijama, o inverso de algumas horas atrás. Traz-me um copo de água e coloca meus chinelos ao lado da cama. Cobre-me e prende o lençol e o cobertor tão apertadamente sob as pontas do colchão que meus braços e pernas ficam presos. Ouço-o suspirar, e sinto quando ele se senta ao meu lado. Seu peso verga o colchão, arrastando-me para baixo com tanta força que eu penso que estou caindo. Minhas pálpebras estão como que grudadas.

— Sei que você está me ouvindo, Grace — diz Seamus.
Silêncio.
— Não havia cachorrinho nenhum — ele continua —, havia?
Afundo as unhas nas palmas. Abro os olhos e o encaro fixamente.
— Não. Não havia cachorrinho nenhum.

Ele se inclina em minha direção, apoiando um braço na cama, do outro lado de meu corpo.

— O que aconteceu na escada?

Sinto as mãos úmidas. As unhas as fizeram sangrar.

— Foi um acidente. Exatamente da maneira que lhe contei, só que com meu irmão. Meu irmão caçula, Daniel, caiu da escada.

Ele se levanta e caminha até a porta, a cabeça entre as mãos. Volta e se ajoelha ao lado da cama, de modo que seu rosto está no mesmo nível que o meu.

— Sinto muito mesmo, Grace. Não imaginava.

Penso em todos os pequenos atos de amor que ele me tem demonstrado. O próprio ato sexual maravilhoso, quando ele se preocupa tanto com meu prazer quanto com o dele. Como me senti viva, nua ao lado dele, mais do que em qualquer outro momento de minha vida. Lendo o jornal na cama, domingo de manhã. Ele me beijando por trás, no pescoço. Rindo no parque, quando ele me contava algo que tinha ouvido no rádio. Fazendo espaguete para mim, quando eu estava cansada. O jeito como comia pimenta, como se a boca fosse feita de asbesto. Nós dois, debaixo do chuveiro.

E todo esse tempo ele achava que eu fosse outra pessoa.

— Bem, agora você sabe. Sabe exatamente o tipo de pessoa que sou.

Ele tenta me tocar no rosto. Afasto-me.

— Isso não muda nada — Seamus diz.

Minha boca está tão seca que mal consigo falar.

— Bobagem. Muda tudo.

— Não, Grace, não muda. A única coisa que importa nessa questão é por que você mentiu para mim.

Tento rir.

— Por que eu não mencionei, por acaso, na primeira vez em que saímos juntos, que tinha matado meu irmãozinho? Não consigo imaginar.

— Depois disso, quero dizer. Nunca me senti tão próximo de alguém como de você. Pelo amor de Deus, Grace. Você era criança. Foi um acidente. Por que não confiou em mim?

Não sinto mais as palmas das mãos; então, afundo as unhas nas coxas. Isso, eu posso fazer.

— Então, agora, tudo tem a ver com você? Pobre Seamus, cuja namorada não lhe disse a verdade. Uma novidade, Seamus: o centro dessa questão não é você, e sim eu.

Ele tensiona o maxilar.

— Esperava que fôssemos os dois.

— Bem, não é. Que droga, você não é meu dono, nem minha mente ou minha memória. Não lhe devo nada.

Ele fecha o punho, e o leva à frente da boca.

— Talvez seja melhor não falarmos agora. O choque do acidente de sua mãe. A medicação... você está dizendo coisas sem saber.

— Sei muito bem o que estou dizendo. Faz muito tempo que quero dizer, aliás.

Ele vira a cabeça para o outro lado.

— Estou cansada de você, seu babaca certinho e controlador. Estou farta de ser julgada por você. Estou mesmo. Deus do céu, estou farta de me sentar em frente à televisão. Quero ser eu mesma, de novo. Não, não me toque. Vá embora.

Ele não se move.

— Vá embora — repito. — Estou falando sério.

— Pense no que está dizendo, Grace. Por favor.

— Não penso em outra coisa há semanas. Vá procurar outra pessoa para salvar, seu homem comum, *comum*. Não há nada errado comigo.

Estas últimas palavras me esgotam. Não consigo mais. Há muito tempo ando muito cansada. Agora finalmente estou na cama, bem coberta. Posso dormir o tempo que quiser. Por semanas. Por anos.

Sinto a cama se mexer quando Seamus se levanta. Sinto-o se afastar, pegar suas chaves e sair do quarto. Ouço a porta da frente se fechar. De repente, meus olhos se abrem.

Não consigo fechá-los. Não consigo dormir. Fico deitada, dura como um cadáver.

E penso. Penso em muitas coisas. Em minha mãe e sua casa e seu gato e suas orquídeas. Em nossas conversas por telefone todos os domingos, à noite. No dia em que ela pintou meu quarto com um tom laranja, marrom-claro, hoje cheio dos livros de jardinagem que ela possui. Penso em asilos. Todas as refeições seriam preparadas por outra pessoa, e ela não correria o risco de atear fogo na casa. Nada de lanchinhos à meia-noite. Nenhuma tarefa doméstica. Nenhum lençol para lavar, passar e dobrar.

Olho toda a extensão da cama. Debaixo da colcha, vejo as protuberâncias maiores do que o desejável de um tronco e duas pernas. Penso no corpo deitado na cama, gordo e flácido, debaixo das cobertas; o mesmo corpo que vejo todas as manhãs no espelho do banheiro. De quem será este corpo? Não parece de Jill nem de Larry. Mas não pode ser meu.

Penso em meus dois cérebros, que felizmente estão dormindo. Estão deitados no chão do quarto forrado de vermelho, em seus pijamas combinados, e nos braços um do outro. Pelo menos, fizeram as pazes depois da última briga. Penso no lugar de onde eles vieram e para onde vão quando eu terminar com eles.

Penso em quanto tempo não tenho falado com Larry; como deve ser difícil para uma criança crescer com pais como Jill e Harry. Penso em Francine; bondosa, gentil, prestativa Francine. E nos Germefóbicos, a maioria dos quais — todos concordam — está melhorando.

Penso em bebês. Como são bonitos. Macios. Quantas mulheres vejo na rua e no *shopping center*, que parecem totalmente à vontade com eles, como se fosse uma coisa absolutamente comum para uma mulher ter um bebê. Como os bebês são novinhos em folha; e ter um bebê deve ser quase como recomeçar a vida, ter uma nova chance de acertar, dessa vez.

Penso no que Harry disse. Provavelmente a única coisa verdadeira que ele já tinha dito: Os números trazem segurança.

Olho à minha volta, no quarto. Está tudo impecavelmente em ordem. Parece um catálogo da Country Road. As paredes são brancas. Lisas. Nada de números. As gavetas de minha cômoda repintada obviamente contêm roupas. Meu guarda-roupa também. Não tenho idéia de quantas.

No criado-mudo, ainda em sua moldura dourada, está aquela foto do inventor morto. O rosto dele parece deslocado no tempo, como se me dissesse que de maneira alguma poderia estar vivo hoje. As sobrancelhas formam um ângulo atraente e o bigode foi aparado recentemente. Ele está olhando para mim, de modo insolente e insistente. Está me desafiando.

Olho para o relógio digital ao lado da cama, os únicos números que restaram em minha vida. As linhas luminosas mostram 5h55 da manhã.

É hora de levantar.

16

Quando uma mulher usando *baby-doll* malva e chinelos que combinam, carregando uma televisão portátil, bate à sua porta às 6h05 da manhã, deve ser um pouco desconcertante. Pelo menos, os 5 estudantes indianos no andar abaixo do meu parecem sentir isso quando abrem a porta, esfregando os olhos, usando camisetas encardidas e sungas. Acordam logo, porém, quando lhes dou a televisão. (Cheguei a pensar em jogá-la pela janela, numa atitude mais própria de artista de rock, e menos digna da entidade Visão Mundial.) O televisor deles pifou meses atrás e se encontra num canto da sala, desmontado em 17 peças. Eles balançam as 5 cabeças, em sincronia. Não, não podem aceitar. Com certeza, precisarei dela. Não se pode viver sem televisão. Além disso, é nova em folha. Finalmente uma alma corajosa diz que aceita, e todos riem.

— Podemos fazer algo pela senhora, madame? — o que é mais alto pergunta. — Em troca por sua gentileza?

— Pensando bem, podem — eu respondo. — Vocês poderiam ir ao correio hoje à tarde? E, por acaso, teriam uma caixa de papelão?

Quando se telefona para a seção do Departamento de Serviços Humanos que cuida dos idosos, principalmente às 9h01 da manhã, eles organizam as coisas num piscar de olhos. Primeiro, uma consulta para minha mãe com uma equipe de avaliação. Depois, dependendo dos resultados, refeições que chegam num carrinho, três vezes por dia, consistindo em sopa, prato principal e sobremesa. A maioria dos idosos toma a sopa no almoço (reduz desnecessária mastigação diurna) e o prato principal e a sobremesa no jantar (reduz desnecessária compulsão noturna por comida). Passeios uma vez por semana, para ela poder sair e conhecer novas pessoas velhas. Até mesmo uma pessoa para limpar, não que ela precise disso. Há uma gama de serviços elaborados para evitar que os idosos fiquem internados em asilos caros. Também é uma boa idéia, dizem, trocar o forno a gás por um elétrico, que é mais fácil de usar e ela não terá a tentação de usar incorretamente o microondas.

Quando as pílulas brancas — todas as 22 — caem no vaso sanitário, flutuam. Sobem e descem, como a maçã de Francine. Diferente de Francine, porém, eu não tenho o menor desejo de puxá-las para fora e comê-las. Quando aperto o botão, elas hesitam por um momento e depois se ajuntam em um paroxismo de medo. Estremecem. Serão tragadas! Achegando-se umas às outras, elas giram violentamente em sentido horário antes de desaparecer em um grito e uma regurgitação. Encolho o abdômen (gesto inútil) para dar a ilusão de pompa militar e ofereço uma saudação final. "É uma coisa bem, bem melhor etc..."*

Coloco a caixa de papelão no meio da sala de estar. Depois, num movimento em linha curva, que começa na parte norte do apartamento, abro todos os armários e gavetas e vasculho cada local oculto. À medida que encontro cada objeto estranho — uma escova de dente que não é minha, tênis e dois pares de meias, uma caixa de cereal que não é muito doce, um vidro de pasta de pimenta asiática, um boné de beisebol azul-marinho, óculos escuros, um pacote de lâminas de barbear de supermercado, DVDs de *Mulholland Drive* e *Família Soprano*, terceira temporada —, coloco na caixa na posição exata em que foi encontrado, como se a caixa fosse um apartamento lacrado. Em seguida, encho-a com jornal, preenchendo todos os espaços para que nada balance ao

---

* Provavelmente a saudação se refere a uma fala do capitão Kirk em *Jornada nas Estrelas*: "It's a far, far better thing I do than I have ever done before. A far better resting place that I go to than I have ever known". ("É uma coisa bem, bem melhor do que eu já fiz antes. Um lugar de repouso bem melhor do que os que já conheci.") (N. do E.)

ser carregado. Fecho tudo com fita adesiva e escrevo o conteúdo em um lado e o endereço em outro. Mesmo sepultados assim, são objetos que eu não posso tocar. Grito do alto da escada e os rapazes indianos sobem para pegar a caixa.

Quando uma solteirona obesa, irremediavelmente desempregada, sem amigos, recentemente frígida e que provavelmente jamais terá filhos, telefona para cancelar a terapia, algumas perguntas têm de ser feitas. Adio os telefonemas por um ou dois dias, quando tiver recuperado as forças.

— Bem, estou espantada! — diz Francine. — Achei que você ia conseguir, Grace! Tem certeza de que não poderei convencê-la a mudar de idéia?

— Francine, a terapia me ensinou muitas coisas. A primeira é esta: a vida é como um buquê de flores.

— Sim?

— Não um buquê de rosas, nem de lírios. Um buquê misto.

— Sim, sim?

— Flores diferentes desabrocham em momentos diferentes, Francine. Quando a rosa está madura e vermelha, o cravo está começando a abrir. Quando as pétalas dos lírios estão encolhendo e soltando aquele pó cor de laranja irritante por toda a mesa, a gérbera continua perfeita. Geralmente, porque há um fio preso em seu caule. Entendo isso, agora, em meu íntimo, e sou grata a você.

— Oh, Grace. Que lindo. Não há o que agradecer. E, lembre-se, quando seu cravo estiver pronto para abrir, estaremos aqui.

O professor Segrove é mais circunspeto.

— Bem, a decisão é sua, claro; mas estávamos progredindo tanto! Você já tinha subido metade da escada.

— E tenho certeza de que a vista do alto é magnífica. Mas resolvi que prefiro ficar com os dois pés no chão.

Ele limpa a garganta.

— Grace, por favor, ao sair da medicação, tome cuidado, no sentido de diminuir a dose aos poucos, minimizando assim os sintomas de abstinência.

Mensagem para mim mesma: escolha algo mais fácil da próxima vez, como ensinar trigonometria avançada a um participante do *Big Brother*, em vez de resolver abandonar de vez os antidepressivos. Passo as duas semanas seguintes sentindo que meus cérebros estão se renovando. Vejo-os em seus pequenos macacões cor-de-rosa, máscaras contra poeira e protetores auriculares, desmontando móveis e batendo com marretas contra o reboco. Gostaria que eles tomassem mais cuidado. Algumas dessas paredes podem ser estruturais.

Nas duas primeiras semanas, o telefone toca. 5 vezes na segunda-feira. 5 vezes na terça. 8 vezes na quarta. 2 vezes na sexta e 2 no sábado. No sábado, também ocorrem insistentes batidas à porta. E de novo no domingo. Recosto-me contra a porta para sentir as batidas por todo o corpo. No domingo à noite, às 8 horas e às 8h20, eu atendo o telefone. Mamãe (ainda um pouco rouca) e Jill, treinadas como labradores. O telefone toca de novo na quarta-feira seguinte. Quando ele não toca, minha vida é silenciosa. Vou até a cozinha para dizer algo a Seamus, mas ele não está lá. Na terceira semana, com exceção de mamãe e Jill, o telefone não toca.

Levo algum tempo até voltar à minha rotina. Obviamente, preciso de outra cafeteria, mas em Glen Iris há mais cafeterias que pessoas. O que todo mundo está fazendo nos cafés o dia todo? Não muito longe da outra, mas na direção oposta, há uma cafeteria que me parece boa. Não tem gravuras de Monet; por outro lado, está repleta de trabalhos artísticos absurdamente coloridos feitos pelos estudantes locais. Não há uma Cheryl irritante, e sim garotas alvoroçadas e um barista chamado Roberto.

Preciso de tempo para catalogar todos os meus pertences novamente, mas, desta vez, conto tudo. Não só as roupas e os pratos e os livros, mas as bolas de algodão, clipes para papel, saquinhos de chá. Meço as paredes mais uma vez e anoto tudo em meu bloco novo. Trabalho rápido. Quanto às ruas em volta do prédio onde moro, novamente as capto com meus passos, e — uma inovação já tardia —, certa manhã, quando o sol está nascendo, conto e meço altura e largura das plantas no jardim da frente do prédio. Ainda não posso aferir o comprimento e a circunferência de meus dedos, membros e tronco, porque ainda não são meus. Toda superfície que ele tocou é esfregada. Os lençóis e toalhas, jogo fora, e compro outros pelo correio.

No sábado da quarta semana depois de ter interrompido a terapia está fazendo muito frio; por isso, adio a volta para casa, lendo o jornal inteiro (o que é permitido em condições climáticas extremas). Por que o jornal do sábado é tão grande? Quem compra todas essas casas? Quem lê todas essas colunas? E, afinal de contas, quem liga para todos esses atores?

Estou folheando a esmo as páginas de emprego, quando vejo, no canto, um anúncio pequeno, comprimido entre Assistentes Executivos e Operadores de Serviço ao Cliente. Operador de entrada de dados, meio período, diz. Trabalhe em casa. Faça seu horário — telecomutação! É a força de trabalho do futuro! Evite o trânsito! Pagamentos por produção [sem direito a férias, prêmio anual, licença médica ou dispensa, ou quaisquer outros benefícios]. Comparecer.

Na pressa para rasgar e arrancar o anúncio, quase derramo o chocolate. É algo que posso fazer. Trabalhar em casa. Posso planejar os horários e trabalhar, por exemplo, das 8h30 às 10 horas. Depois, ir ao café. E recomeçar às 10h45. Posso organizar meu dia da maneira que quiser, decidir o número de páginas para dar entrada a cada meia hora, por exemplo. Eu poderia contar alguma coisa... qualquer coisa... toques no teclado ou folhas ou qualquer outra coisa. É algo que posso fazer. Pego minha jaqueta e pago a Roberto. É hora de enfrentar o clima, ir para casa e fazer um currículo.

Nas semanas seguintes, passo muito tempo conversando com mamãe. Ela está totalmente recuperada, e tem muitos vasos novos com plantas para cuidar — presentes de comemoração da recuperação, vindos dos colegas da igreja. Falei-lhe a respeito do programa para ajudá-la a continuar morando em sua casa, e já está funcionando. Dei-lhe idéias sobre o que dizer a Jill, caso mencione o asilo. É nossa pequena conspiração. Deixo-a se recompor; mas no fim terei de lhe dar a notícia.

— Mamãe, preciso lhe contar uma coisa. Seamus e eu... bem, nós nos separamos.

Ela respira fundo, um som que interpreto como espanto.

— Quem era Seamus mesmo, querida?

— Era meu namorado. Você se lembra. O irlandês...? Aquele que não era comediante nem terrorista?

A respiração volta, um suspiro de mulher idosa.

— Ah, sim, claro. Lembrei-me agora. Bem, querida. Você descobriu que prefere garotas?

Desta vez, sou eu que inalo muito ar.

— O quê? — De onde ela teria tirado essa idéia? Tenho certeza de que, em sua época, nem se falava disso.

— Só estou pensando se não desmancharam o namoro porque você descobriu que prefere garotas. Isso parece tão popular hoje em dia. Talvez seja o motivo de você não dar certo com homens. Afinal, é tão bonita, engraçada, inteligente.

Penso nos pêlos de barba que enroscam em minhas unhas quando passo os dedos por um maxilar. A covinha na base da garganta, logo abaixo do pomo-de-adão. Os pêlos do peito tingidos de grisalho. As linhas dos músculos ao longo dos ombros.

— Obrigada por perguntar, mamãe. Mas acho que não prefiro as garotas.

— Os homens deveriam estar chovendo em sua horta, querida. Gostaria que seu pai a visse. Ficaria orgulhoso.

Por um minuto, não respiro.

— Gostaria que o papai estivesse aqui, também.

— Bem, mesmo assim, ainda quero que você tome cuidado.

A conversa voltou ao ritmo normal. Desastre iminente. Ótimo.

— Cuidado com o que, mamãe?

— Lembra-se do que aconteceu com aquela simpática Anne Heche, quando ela se separou de Ellen DeGeneres? Teve um colapso nervoso, e depois escreveu aquele livro, em que dizia ter sido abusada sexualmente pelo pai e que era filha de Deus e meia-irmã de Jesus, e conversava com homenzinhos verdes do espaço sideral. E fez aquele filme em que teve de beijar Harrison Ford, quando ele já tinha idade para ser seu avô. Muito inapropriado. É o tipo de coisa que deturpa uma mente jovem.

Considero minha mãe muitas coisas, mas não intolerante.

— O que você está dizendo, mamãe? Que as lésbicas são loucas? Que as mulheres homossexuais deturpam as mentes dos jovens?

— Ah, não, querida. Beijar o avô é que pode deturpar a mente dos jovens. Não diga a ninguém na igreja, mas acho que garotas que namoram outras garotas é algo perfeitamente sensato. Imagine você não ter de fazer todas as tarefas de casa, e se conhecesse uma garota que usasse o mesmo tamanho de roupas, pudesse duplicar seu guarda-roupa e nunca mais teria de depilar as pernas, nem tirar pêlos de barba da pia. Não sei por que todas não fazem isso. É normal, desde que se continue assim. Voltar para os homens é que deixaria qualquer uma louca.

Em momentos assim (quando falo com minha mãe ao telefone), sinto falta dos meus dois cérebros, embora tenham sido incrivelmente rudes comigo, depois de toda a hospitalidade que lhes demonstrei. Nem sequer se despediram. Não notei quando fizeram as malas — valises xadrez de capilares rosa e mochilas cinza de neurônios. Certa manhã, acordei e já tinham ido embora.

Acordo outra manhã e preciso elaborar um novo regime, um para a manhã e outro para a noite. E um novo regime para o jantar, com alimentos diferentes (um cardápio complexo, alternado, tirado das receitas no jornal), porque meu estômago não agüenta mais frango com legumes nem torrada com queijo. Amo minha nova cafeteria; eles me fazem sentir confiante. Para começar, não têm bolo de laranja todo dia — os bolos são mais variados e mais frescos. Servem melado de verdade com as panquecas, diferente do lixo tóxico que me davam naquele último lugar em que tomei o café da manhã com Seamus. A primeira manhã em que acordamos juntos.

Refinei e aprimorei muitas coisas: por exemplo, agora começo com o bolo que estiver no canto superior esquerdo da vitrine e passo um à esquerda a cada dia. Gosto muito mais desse arranjo; encaixa-se melhor em meu hábito de rotação em sentido horário. E é o número de palavras que a garçonete adolescente diz quando me cumprimenta que determina o número de bocados. "Bom-dia! Como você está hoje? Qual dos bolos vai querer?" 10 palavras, mas são surpreendentes as variações que ela inventa, entre elas: "Gostei de sua blusa", "É melhor eu anotar, pois estou com uma ressaca!" e "Não comeria os ovos hoje, se fosse você". É muito mais divertido que as sementes de papoula porque tenho de prestar atenção para responder de uma maneira natural e, ao mesmo tempo, contar.

    Encontrei outro supermercado. Também este não é muito longe de casa, mas pertence a uma rede concorrente. Escolho a noite mais movimentada, a de domingo, para medi-lo com passos. Chama menos atenção do que contar passos em uma loja vazia, com os empregados olhando assustados, e pensando se não seria prudente chamar os seguranças; mas só preciso tomar cuidado para não perder a conta ao esbarrar em crianças perdidas ou homens olhando para as prateleiras sem saber o que pegar. Eles têm tudo que é essencial para mim, além de um tipo de plástico para embalagem de um tamanho novo. Extragrande. Perfeito para meu novo lanche da tarde, de 10 amêndoas.

    Na mesma semana que dou a notícia à minha mãe, resolvo falar com Jill também. Domingo à noite. 18 graus. Tomo o cuidado de evitar o assunto de Seamus e minha terapia. Mas não posso adiar mais; quando penso, porém, que nada mais me pegará desprevenida, Jill me deixa perplexa ao telefone.

— Não posso dizer que estou surpresa.

— Não está surpresa por eu ter saído da terapia?

— Claro que não. Nunca foi o seu tipo de coisa. Todos temos problemas, Grace, você sabe disso. Cada um de nós. Harry... Harry, não brinque com a bola dentro de casa.

    Detesto o modo como pais e mães se acham tão indispensáveis. Nunca dão atenção plena ao que as pessoas estão dizendo. Sempre com um olho, um ouvido e metade do cérebro nas malditas crianças. Quando uma pessoa se torna pai ou mãe, perde parte do cérebro para sempre.

— E, além disso... não estou mais com Seamus.

— Também não me surpreende.

    Agora é demais. Esperava gritos, chiliques e uma insistência no fato de eu ter estragado minha vida.

— Por quê? O que havia de errado nele?

— Nada. Olhe, Grace, gostei muito dele. Achei-o um partidão. Mas não servia para você.

— Por que não, afinal de contas?

— Não sei bem como explicar. Ele era um homem adorável, mas... você sempre detestou pessoas assim. Pessoas comuns com empregos comuns. Aparência comum. Casa comum num bairro comum. Tudo na média. Acho que era alto, mas esse era seu único traço marcante. Lembra-se do que você dizia sobre as formigas? "Correndo pela sacada enquanto o sol nasce, só para correr de volta quando ele se põe"? Grace? Está me ouvindo?

Ainda estou.

— Não estou dizendo que não gostei dele. Mas era comum; na média. Só isso.

Ela pode falar o quanto quiser. Está presa num casamento-purgatório com aquele furão de jardim, que tem tanta sensualidade quanto um disco rígido. Seamus era gostoso. Jill não reconheceria um homem gostoso se esbarrasse contra ele nua, no chuveiro.

Enrolei os dedos no fio do telefone; e, agora, levo 10 segundos para tirá-los.

— Larry gostou de Seamus, não gostou?

— Todos nós gostamos. Na verdade, Hilly anda meio chateada ultimamente. Está preocupada com você, Grace. Disse que a terapia a transformou numa... acho que ela disse "masturbadora".

— Posso falar com ela?

— Hilly! Sua tia Grace ao telefone! — Ouço uns sons abafados e logo...

— Alô? — A voz está baixa. Será que sempre soou insegura assim?

— Obrigada, de qualquer maneira.

Larry naquela casa, com seu irmão, irmã e pais, me faz pensar numa minúscula gladiadora cercada por leões. É tão bom ouvir a voz dela; fica até difícil fingir que estou zangada.

— O quê? O que eu fiz? — Imagino-a fazendo um beicinho.

— Sua mãe me disse que você acha que estou virando uma masturbadora.

Ela está pensando, agora, que todos os adultos são iguais, e a vida só traz problemas; não é justo e, quando crescer, vai se mudar para Marte e nunca mais falar conosco.

— Que bom. Muito obrigada, mamãe.

— Bem, por que você me chamou assim? Pensei que fôssemos amigas.

Ouço-a resmungar, e Jill, no fundo:

— Pelo amor de Deus, Hilly, erga o banco; não arraste. Está deixando marcas no assoalho.

— Não sei... Papai dizia que era bom. Que você ia ficar mais normal.

— Que normal que nada. Saí da terapia.

— Ah.

— Atitude típica sua. Lembro-me de quando fiz permanente e achei que estava fantástico. Você fez algum comentário? Não. Estava horrendo, eu parecia um pintinho branco fingindo ser preto, e você me disse que estava horroroso? Disse-me que era melhor ser careca? Não. Obrigada, de qualquer maneira.

Ela pensa, e pensa.

— Que permanente? Quando foi isso?

— Em 1985, claro. Em que outra ocasião eu fiz permanente? Queria ficar parecida com a Madonna. Na fase de permanente dela.

— Será que eu já tinha nascido?

— Desculpa típica. Você tem de ser minha amiga. Tem de me dizer essas coisas. Se eu fosse a Jennifer e lhe dissesse que o Brad estava fazendo um filme novo com a Angelina, você teria dito alguma coisa? Por exemplo: "é uma péssima idéia e, antes de você deixar que ele faça isso, tente prendê-lo por todos os meios possíveis, inclusive amarrando seus testículos na cabeceira da cama"?

Ela está disfarçando a risada.

— Claro que teria.

— E, se eu fosse Lisa-Marie Presley e lhe dissesse que ia me casar com Michael Jackson porque gostava do formato do nariz dele, ou, melhor, dos narizes, e que ele é um garoto meigo e ama crianças — quero dizer, ama mesmo, e sua mudança dramática de aparência foi, sem dúvida, o resultado de uma doença de pele —, você teria dito alguma coisa?

Ela pára de rir.

— Espere um pouco. Você está dizendo que Lisa-Marie Presley já foi casada com Michael Jackson?

Menina esperta.

— As crianças não aprendem mais nada na escola hoje em dia? Sim. Lisa-Marie foi casada com Michael. Antes do Nicolas Cage.
— Como assim? Nicolas Cage foi casado com Michael Jackson? É mesmo? Isso é permitido por lei? Explicaria *O motoqueiro fantasma*.

Fico surpresa por Jill não processar o hospital onde Larry nasceu: deve ter havido alguma troca de bebês. Essa adorável, astuta e engraçada criança não pode ser da família de Jill, Harry e Harry Jr. Deve ser da minha, claro.

17

Meu corpo está de volta.

    O aumento de peso é um efeito colateral comum dos remédios, e geralmente considerado menos sério. Eu diria que aqueles que o consideram menos sério nunca incharam tanto, a ponto de chegar perto de uma balança com programa de voz que diz: "Um por vez, por favor". Não são apenas duas magras dentro de você, tentando sair, mas várias. Não se trata de vaidade. Estou falando do senso de identidade.

    Considere o número de vezes que você vê seu corpo. No espelho ou nas vitrines, enquanto anda na rua. Suas mãos quando você digita ou pega as roupas lavadas; suas pernas, pelo canto do olho. No banho. Trocando de roupa. Colocando os sapatos, ou anéis ou maquiagem. Todas essas vezes, ter de deparar com a visão de uma pessoa que não é você — mãos que não são suas em braços que não são seus — pode lhe deixar com um sentimento de alienação a cada segundo de cada minuto de cada dia.

    Certa vez, interrompi a medicação e o peso desapareceu como se eu o tivesse esfoliado com 100 escovações de minha bucha extra-áspera. Sem as camadas de gordura me isolando, sinto mais, percebo mais. Agora, em vez de um pequeno susto cada vez que me vejo, nada tenho além de um leve sentimento de reconhecimento. "Relaxe", meu corpo me diz, "essa perna/braço/mão/abdômen é você, não um invasor. Acalme-se."

Na verdade, o peso não sumiu completamente por conta própria; eu ajudei. Ando muito, dou milhares e milhares de passos. No primeiro domingo de agosto, 8 graus, embora o inverno já quase tenha terminado, percorro a pé o longo caminho até a Chapel Street, e ao norte, até o rio. Depois, me viro e retorno. Conto os passos em cada quadra e enquanto atravesso a rua, mas não os anoto. Não é preciso registrá-los. Não é a minha casa. Às 12h08, vejo um homem loiro, alto, de costas para mim e saindo da Fábrica de Geléia, com o braço em volta dos ombros de uma mulher. Quando olho mais de perto, percebo que os caracóis dos cabelos são diferentes, e é diferente a forma dos ombros. Penso em Nikola até me sentir melhor. As coisas não saíram exatamente como ele esperava, também.

Em setembro de 1902, Wardenclyffe se erguia acima de Long Island a uma altura estonteante de 54 metros. E era apenas a construção — a casca de ferro de uma torre. Ainda não tinha o transmissor no topo. Nikola planejou uma enorme bola revestida de cobre, pesando 55 toneladas, no topo de sua torre para conduzir ondas e eletricidade através do Atlântico. Mas tinha uma pequena dificuldade: gastara o resto do dinheiro de Morgan.

Caminho pela Chapel Street, passando por consumistas cujo único sonho é possuir mais coisas. Para Nikola, a questão premente nunca foi dinheiro, ou posses ou *status*. Ele escreveu para Morgan, que se recusou a adiantar mais um centavo sequer. Ficou deprimido e desesperado, e passou a evitar os velhos amigos. O trabalho mais importante de Nikola chegara ao fim. O meu trabalho ainda nem tinha começado.

Larry me visita quase todos os dias, depois da escola. Jill não se importa — não lhe pergunta o que nós fazemos, nem telefona para saber se está tudo bem. Sentamo-nos no banco da cozinha e fofocamos sobre as meninas na escola e papeamos a respeito de cultura popular e a misoginia dos desenhistas de moda e dos cabeleireiros. Ela me fala dos meninos de que gosta e dos que não gosta, e de bandas de rock e astros de tevê dos quais nunca ouvi falar. Às vezes, caminhamos no parque ou nos esparramamos no sofá e revezamos lendo Sherlock Holmes em voz alta.

Numa tarde de quarta-feira, em meados de agosto, a temperatura é de 11 graus. Às 4h13 da tarde, estamos na cozinha fazendo bolinhos de sultana tingidos de roxo. Idéia de Larry.

— Você já tem outro namorado? — ela pergunta.

— Estou esperando até a fila em frente à minha porta aumentar. Aí, vou arrumar uma daquelas máquinas de números para senhas.

— Então, não vai voltar com Seamus?

— Já superei. É uma pena que o príncipe Frederico da Dinamarca esteja comprometido.

Ela se apóia no banco com os cotovelos, acomodando o queixo nas mãos.

— Papai diz que foi loucura sua perder Seamus. Que você nunca vai encontrar outro como ele.

Mergulho a mistura roxa nas forminhas de bolo.

— É, pois é.

— Eu gostei dele.

— Se você comer toda a mistura, não teremos bolinhos — eu digo.

— Gosto mais da mistura mesmo. — Ela lambe a colher e fica com o nariz roxo.

Adoro meu novo emprego. Deveria ter feito isso anos atrás; quem poderia imaginar que fosse tão fácil alguém se tornar membro contribuinte da sociedade? Nas manhãs de segunda-feira, um mensageiro uniformizado me entrega uma caixa de papelão com cheiro de material novo, cheia de papéis — contas, notas fiscais, planilhas —, cada qual em uma pasta de cor diferente, com o conteúdo escrito em letra de mão, caprichada. Letras quadradas, escritas com tinta preta, chatas na parte inferior como se tivessem sido feitas sobre uma régua. Sento-me à mesa, em minha cadeira com apoio lombar que comprei pela internet. Faço *login* num servidor central, encontro o número específico do trabalho e digito cada documento na página respectiva. Em minha nova rotina da manhã, começo às 8h30. Exatamente às 10h30, ou depois de terminar 50 folhas, vou à cafeteria, tomo café e como bolo, contando meus passos no caminho. Recomeço a trabalhar às 11h15. Depois de outras 50 folhas, ou à 1h15 da tarde, paro para almoçar. (Não como mais sanduíches de salada porque o tempo que levo para contar os brotos é inviável para minha nova vida de profissional. Agora, é queijo, presunto e tomate no pão integral. Não de grãos integrais. Todas aquelas sementes!) Mais 2 horas ou 50 folhas, e então o chá da tarde.

Contar as horas, contar as folhas, fim do expediente. A maioria de meus colegas/concorrentes invisíveis é de viciados semi-recuperados, incompetentes, que trabalham em casa porque estão mais perto do uísque, ou de mães com o cérebro adormecido, com um bebê chorando e se contorcendo como uma cobra enquanto elas amamentam e digitam. Em pouquíssimo tempo, sou a mais rápida na empresa de registro de dados. Meus dedos voam pelo teclado como Chopin ao piano, e completo o trabalho na metade do tempo que levaria um digitador comum. Claro que não cometo erro algum.

O salário é baixo, mas é maior que o seguro-doença, que não me pagam mais. Além dos parcos depósitos semanais em minha conta bancária, a empresa dá generosos bônus mensais com o intuito de motivar os outros macacos a trabalhar mais rápido. Às vezes, esses bônus vêm em dinheiro; outras vezes, em ingressos para o cinema ou jantares em restaurantes ou cestas de piqueniques ou garrafas de vinho. Ganho os bônus todos os meses e guardo o dinheiro e os prêmios. Jill compra de mim os ingressos e os jantares, comiseração disfarçada de compaixão. Parece que nunca vou me livrar disso.

Tenho agora cinco homens em minha vida. Nos últimos dias, tenho visto os rapazes indianos com mais freqüência. Sei os nomes deles (Eshwar, Vandan, Gagan, Mahendra e Murali), mas não tenho certeza de quem é quem. Acho que Vandan é o alto. Várias vezes por semana, eles me trazem doces — *habshi halwa*, crocante e com nozes; *barfi* de pistache, suave como calda quente —; suas mães mandaram *samosas* feitas em casa. Eles vêm me perguntar se preciso trocar alguma lâmpada ou se quero algo do supermercado. Mahendra e Eshwar (acho) dão um jeito para que minha conexão banda larga e meu disco rígido fiquem mais rápidos. Não pedem nada, exceto alguma ajuda esporádica para preencher um formulário do governo; e uma vez me pediram que telefonasse para um funcionário do governo que tinha recusado a um deles (Gagan?) uma autorização de estacionamento — uma experiência que achei ao mesmo tempo catártica e divertida. Se eu soubesse que dar de presente uma televisão me garantiria uma prestativa força-tarefa hindu, teria feito isso anos atrás.

Fico feliz por ter meus meninos indianos, porque sinto falta dos Germefóbicos. Em algumas coisas, eles estavam tão certos: a rejeição dos apertos de mão e beijos hipócritas, as luvas protetoras e as mangas compridas. Daria tem razão; não é tão difícil apertar o botão da descarga com o pé. Em outras coisas, estavam muito errados: nunca comer em cafeterias, nunca ler um livro de biblioteca. E, agora que minhas fantasias sexuais e técnicas de masturbação tinham retornado com renovado vigor, fortalecidas após um pequeno período de férias, fico imaginando como os Germefóbicos sobreviviam sem sequer pensar em sexo. Talvez eu nunca mais sinta um homem nos braços, mas pelo menos tenho minha imaginação.

Nikola é o astro de minhas fantasias novamente. Se, enquanto me imagino como uma donzela na Inglaterra medieval, com vestido apertado na cintura, percebo que o cabelo do estranho alto, montado no cavalo, parece mais claro que antes, imediatamente o escureço. E, às vezes, a boca que imagino quente em minhas coxas roça-me com uma barba por fazer, em vez de um bigode bem aparado. Com certa concentração, os traços de Nikola se refinam e voltam ao que eram. Mas há momentos em que minhas visões precisam de pulso firme.

Não sinto falta de Francine, pois, de certa forma, ela ainda está comigo. Penso nela quando vejo flores ou conto elásticos ou ouço um guru da Nova Era no rádio. Penso no que acontecerá com ela, com seu meigo e doce cérebro, feito de queijo suíço, quando a influência de anos de trabalho com Germefóbicos começar a pesar. Logo, logo, estará sentada do outro lado do círculo, lavando as mãos e faxinando as cadeiras.

Domingo à noite. 8h30. 12 graus. Larry telefona.
— E então? — ela diz.
— Então o quê?

— Já arrumou outro namorado?

— Larry, você está abrindo uma agência de namoro?

— Não é para irritar que eu pergunto. Mas vou participar da peça na escola, no mês que vem. E seria ótimo se você fosse.

Seria. Lembro-me de seu recital de violino. De mãos dadas.

— O problema — digo — é que ninguém se compara a Nikola.

— Ainda está enrolada com ele?

Coloco os pés sobre o sofá. Daqui, vejo a foto dele ao lado da cama. Poderia jurar que ele está sorrindo.

— Eu? Jamais.

— Grace, ele foi à falência. Você mesma me disse isso.

— E daí?

— E aquela torre estúpida? Nunca funcionou, não é?

Alongo-me no sofá, empurrando para o lado o livro que estava lendo.

— Não funcionou como esperado. Durante a Primeira Guerra Mundial, o governo a explodiu. Pensavam que os espiões alemães a usariam para localizar embarcações americanas. Foi vendida como refugo de metal. Por 1.750 dólares.

— Está vendo? E o que aconteceu com Nikola?

— Bem... não muita coisa. Ele viveu o resto da vida sozinho, num quarto de hotel, falido. Começou a fazer umas declarações doidas sobre estar se comunicando com outros planetas, e dizia a todos que tinha inventado um raio da morte.

— Essa é a parte legal da história, o raio da morte. O resto é muito chato.

— Não é chato, Larry. Essa é uma história fantástica sobre o poder e a dificuldade de uma pessoa que pensa de um modo diferente do resto do mundo.

— Para mim, não parece isso.

Tento conceber um modo melhor de explicar. É importante que ela compreenda.

— Olhe, é fácil pensar que, se Nikola tivesse sido mais realista e prático, sua história teria um final diferente. Ele se enriqueceria, além de só ter sonhado, e sua fortuna financiaria mais pesquisas. Se Nikola Tesla fosse rico, o mundo de hoje seria irreconhecível para nós.

— É o que eu acho. Se ele era tão esperto, por que não se deu bem?

— Muitas pessoas espertas não se dão bem. O fato é que, se ele fosse mais realista e prático, provavelmente teria ficado em sua fazenda na Croácia e se tornado padre, como o pai queria. Ou teria se casado com uma fazendeira prática, trabalhadora, e criado filhos também práticos e robustos.

Não teria se tornado o homem mais famoso do mundo por algum tempo, nem sido homenageado com um selo iugoslavo e uma nota bancária com sua efígie. Nunca teria inventado o rádio — menção honrosa concedida pela Suprema Corte dos Estados Unidos, em 1943, ao decidir que a patente de Marconi fora uma cópia deliberada da de Nikola. Não teria sido lembrado com uma estátua nas cataratas do Niágara, onde sua genialidade permitiu que a eletricidade fosse capturada, e a unidade de densidade de fluxo magnético não seria hoje conhecida como tesla.

— Mas ele morreu como um daqueles reclusos doidos, como Leonardo DiCaprio naquele filme,* interpretando Howard Hughes. Ele... Desculpe, Grace, mas ele era um perdedor, não era? Porque era muito pirado.

Nikola ainda sorri para mim, do criado-mudo. Não se importa com os comentários. Nunca se envergonhou de ser como era. Morreu de uma trombose coronária em 7 de janeiro de 1943, sozinho em sua cama no Hotel New Yorker. Suíte 3.327. Tinha 86 anos e era tão obcecado pelo medo de germes que recebia poucas visitas. Mas uma homenagem a ele foi lida ao vivo no rádio pelo prefeito de Nova York, e milhares de pessoas compareceram ao funeral. Sérvios se sentaram em um lado da catedral e croatas do outro, todos para se despedir de seu mais grandioso conterrâneo.

— Larry, Nikola não foi um perdedor. Ele era diferente. E isso o tornava especial. Era seu dom. Diferentemente das pessoas médias, ele nunca será esquecido.

— Como assim, "pessoas médias"? Estamos estudando média em matemática.

---

* *O Aviador*, filme sobre a vida de Howard Hughes. (N. do T.)

Não sei. Média é o comum. Aparência comum, alguém que trabalhe numa bilheteria de cinema, que goste de futebol e churrasco. Que more em Carnegie.

— Você sabe. Média. Normal.

— Média não significa normal.

Sinto-me tão depressa que o exemplar de *Guyton's Textbook of Medical Physiology* cai ruidosamente no chão.

— O quê?

— Média não significa normal. A média significa que você divide o total de uma coisa pelo número de coisas contidas nela. Então, a média pode ser única.

Sinto uma veia pulsando no rosto, do lado onde o telefone está apoiado. Claro. Ela tem razão.

— *A média pode ser única.*

— Acabei de dizer isso. Tenho prova amanhã. Você está falando do mediano, da coisa que está no meio? Ou do tipo médio, que significa o mais comum?

Todo esse tempo. Não era só o fato de ele ser mais alto. Eram as pequenas coisas, como o jeito de me fazer rir e como as pálpebras tremiam quando ele dormia. Como ele agüentava morar com os irmãos. O gosto que eu sentia dele. A maneira como o tempo passava devagar enquanto o esperava. Como ele tinha orgulho de mim.

— Grace? Está me ouvindo? — Sinto uma espécie de êxtase oscilante; tantos anos ouvindo instruções de adultos, fazendo perguntas, escutando respostas, e agora ela me ensinou algo. Algo importante. E, no entanto, não sei se lhe sou grata.

Sábado seguinte, 9h15 da manhã. 15 graus. Estou indo para casa, após fazer as compras no supermercado, com sacolas plásticas que quase me amputam os dedos. Este é o pior dos meus dias de compras; um dia que raramente chega, mas que tanto temo. Sabão em pó. 10 caixas de sabão em pó, 5 em cada sacola, além da comida para a semana. A cada 100 passos, paro e libero os dedos, para que o sangue retorne à carne estrangulada.

Estou caminhando pela High Street quando o vejo. Seamus. Está em pé, no ponto de parada do bonde, do outro lado da rua.

Por um momento, olho-o fixamente, como se ele fosse um ator de uma série médica da tevê que eu costumava ver: familiar, mas tão fora de contexto que não conseguiria identificá-lo sem o avental. Mais um segundo, e não acredito que seja ele. Estou acostumada a ver sósias dele em toda a parte. Agora, seu rosto me faz estremecer; e o coração bate rápido. Está usando uma camisa pólo azul-marinho e aqueles jeans claros, com os joelhos desbotados. Mocassim da 21 Jump Street. Alguém deveria lhe dizer que não estamos mais em 1988. Talvez eu diga, mas minhas pernas mal se movem. Apóio-me em uma cerca.

A princípio, ele não me vê. Talvez eu não esteja em seu campo de visão, ou ele esteja concentrado em outra coisa. Mas a mente humana tem um talento para ignorar o que lhe é inconveniente. Uma tecla "delete" embutida para suavizar os golpes do arrependimento ou da culpa.

Ou — mais provável — Seamus não me vê porque minha aparência está fabulosa. Se ainda estivesse gorda, desmazelada e meio adormecida, ele teria me localizado imediatamente.

O bonde chega e ele entra, gentilmente deixando passar uma senhora idosa na frente. Pela janela, vejo-o procurando um assento. Só quando o bonde começa a se mover, ele me vê. Olha-me fixamente, e começa a abrir a boca. Então, apóia uma mão espalmada na janela. O bonde chacoalha e se afasta.

Fico recostada contra a parede, a cabeça entre as mãos. Levo alguns minutos até pegar as sacolas de novo.

Exatamente uma semana depois, 27 de agosto, completo 36 anos. Jill faz um jantar em família. Por estranho que pareça, consigo ir. Pela manhã, vou a pé até a Glenferrie Road e compro um vestido de festa: jérsei verde-escuro com mangas compridas. Agora este é o meu Vestido Funcional de Inverno oficial, que deve ser usado nos meses de junho, julho e agosto, em todos os eventos fora de minha rotina normal. Não que existam muitos. Mas gostei de tê-lo comprado. Todos estão bem vestidos. Até Harry se esforça para que sua personalidade reluza. Veste um terno.

Jill prepara uma refeição simples de patê de *campagne* com cornichões, frutos do mar com açafrão e musse de maracujá com cobertura de suspiro. Meu pedaço de musse vem com uma vela festiva, que solta fagulhas. Jill deve ter achado que seria deprimente, para mim, um bolo com 36 velas normais. Levo para a festa uma garrafa de vinho que encontrei nas prateleiras da frente na loja de bebidas na Burke Road. Quando a entrego a Harry, ele finge um sorriso e a esconde atrás da prateleira de vinhos, sem que eu note. Jill me dá um pote de sais de banho com aroma de baunilha, embrulhado em papel rosa macio, e o presente é dela, de Harry e de Bethany. Não se lembrou de que a) meu apartamento não tem banheira; b) mesmo que tivesse, nessa época de racionamento de água seria imoral usá-la; e c) eu seria a última pessoa na Terra que desejaria ter cheiro de baunilha. O que ela pensa que sou? Um pudim?

Larry, gloriosa, maravilhosa Larry, me dá uma nova biografia de Nikola que encomendou pela internet. Talvez esteja arrependida por ter feito um julgamento tão rigoroso dele, quando conversamos pela última vez. Harry Jr. me dá uma bonita bolsa com fecho, vermelha e dourada, feita do material de algum antigo quimono. Tem orgulho da própria escolha, mostrando o detalhe no tecido e o desenho do fecho, enquanto seu pai se contorce. Gosto tanto do presente que sussurro, mais tarde, que, se ele quiser aprender a costurar, pode ir ao meu apartamento e ninguém precisa saber. Faz tempo que quero comprar uma máquina de costura mesmo — qualquer coisa para evitar visitas ao *shopping center*. Harry Jr. mal cabe em si de satisfação.

Mamãe me dá uma magnífica orquídea plenamente desabrochada que ela mesma cultivou. Um presente maior de mamãe é a gratidão que ela mostra a Jill quando vamos embora, abraçando-a e lhe agradecendo pelo delicioso jantar, e quem diria que bolo de carne, sopa de peixe e manjar-branco combinariam tão bem. Jill me leva de carro para casa, e seu rosto alegre parece estranhamente mal-humorado.

São 10h10 quando ela me deixa em casa (variação de horário permitida no aniversário). Enquanto ando pelo terraço do andar superior, quase não a vejo: nas sombras, rente à porta, há uma caixinha com cerca de 3 centímetros de altura e 10,5 centímetros quadrados, embrulhada em papel laranja/marrom-claro, com uma fita laranja/marrom-clara. Sem cartão. Coloco no chão minha sacola plástica com presentes e a orquídea, e pego a caixa. Sinto seu peso, sua forma. Faz muito tempo que não sinto a textura de algo assim, mas me lembro. Sei o que é.

Tiro a fita, um pedaço por vez, um de cada lado e um do meio, desembrulhando sem rasgar, para poder guardar o papel. Por fim, seguro com as duas mãos a caixa pesada. A caixa de plástico verde-escura. Abro a tampa para ter certeza de que está tudo lá. A camada de cima está completa, e, quando espalmo a mão sobre elas, espalham-se um pouco. Meus dedos percorrem as letras em relevo: VARETAS NUMERADAS COLORIDAS (PARA MATEMÁTICA CUISENAIRE). É um raro conjunto completo de varetas, idêntico às que joguei fora. Imagino-me sentada na cama e brincando com elas como fazia antes, soltando-as e ouvindo seu som quase metálico, batendo umas contra as outras, enquanto caem. Acordando de manhã, e vendo as varetas coloridas espalhadas pela colcha, algumas ainda nas mãos. Só agora, segurando-as assim, percebo como sentia falta delas. Um jogo de criança, de segunda mão. Meus olhos se enchem de lágrimas.

Não há ninguém por perto. Espio pelas grades. Daqui, posso ver até o átrio. Algumas árvores titubeantes e 12 vasos com plantas mal colocados pertencem ao apartamento 2. Há uma figura lá embaixo, olhando para mim.

Por um momento, olho-o fixamente.

— Seamus Joseph O'Reilly. Olá.

18

— Grace Lisa Vandenburg. Feliz trigésimo sexto aniversário.

Gostaria de me agarrar à grade, mas não consigo soltar a caixa.

— Não pareço ter mais que 35, pareço?

— Procurando elogios? Não vejo seu rosto daqui. Para dizer como você está linda, terei de subir.

Não. Vá embora. Mandei você dar o fora há 15 semanas, 6 dias e 16 horas e meia.

— Ou eu posso ficar aqui — ele diz —, e faremos a cena da sacada, de *Romeu e Julieta*.

Daqui a pouco um dos rapazes indianos ouvirá vozes, e espiará para saber se estou bem.

— Acho que você conhece o caminho.

Observo-o subindo degrau por degrau. 44. Chega ao patamar. Dá 7 passos em minha direção.

— Mulher difícil de encontrar. Passei aqui algumas vezes. E telefonei. — Ele segura a grade com a mão direita.

Está usando botas marrons, os mesmos jeans claros e uma camisa xadrez verde. Jaqueta de couro marrom, com o zíper aberto; mãos nos bolsos. Talvez esteja a caminho de um rodeio. Seus cabelos estão um pouco mais curtos do que me lembrava. Será que se sente diferente? Há quanto tempo deveria estar ali?

— Só 23 vezes — comento. — Desiste fácil.

O ar está frio e, como vim para casa de carro, não vesti o casaco. Com a mão livre, esfrego o braço.

— Espero que estejam certas — ele diz. — Tentei me lembrar. O seu conjunto era item de colecionador.

Seguro as varetas debaixo da luz, do lado de fora da porta. A caixa verde reluz.

— São perfeitas. Como você as encontrou?

— Site de artigos usados na internet. Incrível o modo como as pessoas se apegam às coisas.

Alguma criança, em algum lugar, aprendeu a contar com estas varetas. Talvez muitas crianças. Mãozinhas minúsculas, fazendo pirâmides e fileiras e pilhas.

— Obrigada, Seamus. Foi muito carinhoso.

Ele passa a mão no queixo.

— Então, esclareça-me. Você está grata?

— Como?

— Eu perguntei: você está grata? Pelas varetas?

Não me lembro de alguém jamais ter-me feito essa pergunta antes. Demoro um pouco a responder.

— Hã... acho que sim. Não vou dar em troca o meu primogênito, ou algo assim, mas estou. Estou grata, sim.

— Então, você sabe como é a gratidão?

— Sei. Meus pais me alimentavam e me vestiam. Colocaram-me na escola. Tenho 36 anos agora; já são muitos presentes de aniversário. Já fui grata antes.

Ele assente com a cabeça.

— E sei que você sabe como é a sensação de culpa.

Que idiotice. Estou com frio. Poderia simplesmente dizer boa-noite. Poderia dizer: "Obrigada pelo presente, Seamus; vamos entrar e parar com essa conversa louca". Seria tão fácil. Estou apenas a 5 passos da porta. Ande, coloque a chave na fechadura. Abra a porta, entre. Mas seus olhos adoráveis têm uma intensidade que eu não havia notado antes.

Viro a cabeça e olho para a grade novamente.

— Sei, Seamus. Sei como é a sensação de culpa.
— E sabe como é tentar ser alguém que você não é.
Coloco as varetas em minha sacola de presentes e cruzo os braços.
— Sei, tenho muita experiência nisso. Estou pensando em tirar um Ph.D. em Tentar Ser Alguém Que Não Sou.
Ele se aproxima 2 passos. Segura meus braços. Sinto suas mãos quentes através do tecido de minha roupa.
— Definimos, então, que você sabe o que é gratidão, culpa e fingir ser outra pessoa.
Está bem perto de mim agora. A princípio, só consigo assentir.
— O que você quer, Seamus? — pergunto, com a voz muito baixa.
— Não quero confusão sobre o que vai acontecer agora.
Aqueles olhos lindos!
— O... o que vai acontecer agora, Seamus?
Devagar, ele baixa a cabeça e me beija. Um beijo suave. Tinha-me esquecido como o toque de seus lábios liquefaz meus ossos. Fazia séculos desde que me beijara. Fecho os olhos.
— Eu... preciso lhe dizer...
— Humm?
— Eu... a terapia... parei. Parei de tomar os remédios. O aconselhamento. Tudo.
— Honestidade. Um bom começo. Já sei, Grace. Falei com Francine. Ela disse alguma coisa sobre cravos. Não mude de assunto.
— E qual era o assunto?
— Houve gratidão, culpa ou fingimento nesse beijo?
Percebo que estou agarrando sua camisa, meus dedos passam entre os botões e lhe tocam o peito.
— Não tenho 100% de certeza. Podemos tentar de novo?
Desta vez, em vez de segurar a camisa, coloco as mãos em torno de seu pescoço. Lembro-me da sensação de lhe tocar os cabelos, dos caracóis que se viram em diferentes direções. Lembro-me de como é o toque de meus seios contra o seu peito. Lembro-me de tudo. Quando ele pára de me beijar, meus lábios procuram os dele. Abro os olhos.
— Bem? — Ele franze a testa, e me olha.
— Deixe-me ver. Não. Nada de gratidão. Nada de culpa. Nada de fingimento.

— Chega de mentiras, Grace.

— Não foi mentira. Não deveria ser mentira, mas não consigo falar disso. Não consigo nem pensar. Não me lembro mais o que estava fazendo, sabe? Essa é a pior parte. O que estava fazendo de tão importante, que não me lembrei de fechar a porta; nem sei mais o que era.

— Tudo bem, Grace. Tudo bem.

— Está perto o dia do aniversário dele. Estaríamos planejando uma festa para o mês que vem. Ele poderia ser um empreiteiro, ou marinheiro, ou chefe de cozinha. Talvez adorasse esquiar ou andar de bicicleta. Tudo teria sido diferente.

Seamus me abraça por muito tempo, sem falar.

— Não é tão ruim assim — diz. — Em grande parte, foi minha culpa. Sinto muito, Grace. De verdade. Não queria mudar ou resgatar você. Só queria que fosse feliz.

Há calor emanando dele. Sinto as batidas de seu coração.

— Está tudo bem — respondo.

Ele leva as mãos para trás do pescoço e desenlaça meus braços. Segurando-os, leva-os de volta até meus flancos, e os acaricia.

— Que bom. Ótimo. Bem, boa-noite, Grace.

Quando percebo, ele já está chegando às escadas.

— O quê? Aonde pensa que vai?

Ele se vira. Um sorriso maroto.

— Embora. Boa-noite.

Caminho em direção a ele, pisando firme, talvez 5 ou 6 passos. Perco a conta.

— Escute aqui, banana-boy. Você não pode me beijar assim e simplesmente dizer boa-noite!

Ele sorri e coloca as mãos em meus ombros.

— Acho que parte do problema, antes, foi que começamos rápido demais. Isso deve tê-la assustado. A verdade é que saí com você porque gosto de você. Como você é, Grace. Não como matéria-prima para a nova e reformada Grace. Sei que a terapia foi idéia minha, mas... Ah, Deus, não posso ser brilhante o tempo todo. Desta vez, vamos devagar; conhecer realmente um ao outro. Sem pressa. Daqui a uma semana e pouco, telefonarei. E sairemos para tomar um café. Alguns meses depois, seguraremos as mãos. Sem pressa.

Se as varetas ainda estivessem em minhas mãos, eu teria lhe dado na cabeça com elas.

— Essa deve ser a idéia mais idiota que já ouvi na vida. Entre as 10 mais. Acha que vamos viver até os 100 anos? Ou você resolveu se tornar budista, e rezar para termos muito tempo juntos na próxima vida?

Ele ri.

— Só estou tentando fazer a coisa certa.

— A coisa certa, é? Então, daqui a uma semana e pouco, você me telefona.

Sua camisa está presa por dentro das calças. Puxo-a para fora. Ele não se mexe.

— Sim.

— E podemos sair para tomar café. — A camisa tem 6 botões de plástico, cor de pérola. Abro o primeiro.

— Foi o que eu disse. Sim.

— E, aos poucos, seguramos as mãos? Depois de alguns meses, se sentirmos que estamos preparados. — Abro outro botão. Meus dedos tocam a pele quente de sua barriga.

Ele engole seco.

— Sem pressa — diz.

— E... — Botão 3. — E depois? — Botão 4. — Depois de segurarmos as mãos? — Botão 5.

— Grace... está gelado aqui.

— Posso consertar isso. — Botão 6. — Vamos entrar.

19

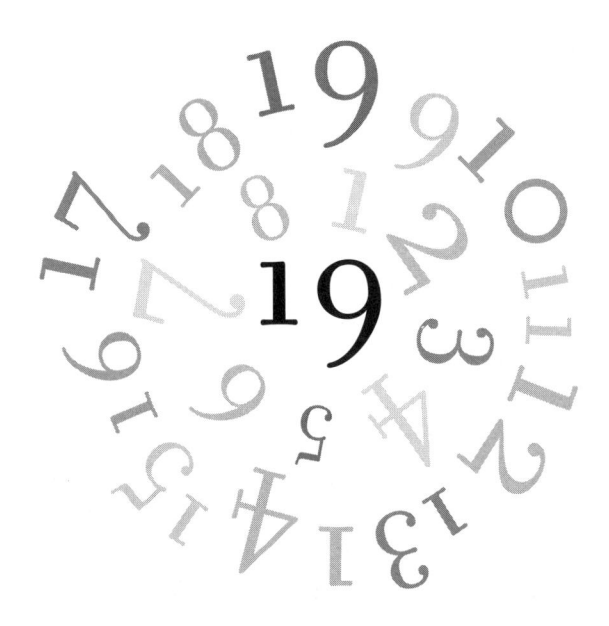

Não é perfeito. Ainda surgem problemas, às vezes, mas é incrível como as coisas podem ser contornadas com um pouco de criatividade. Das muitas coisas que mudaram em minha vida, a mais notável deve ser o futebol. Amo, agora. Seamus tinha razão, naquela primeira manhã em que acordamos juntos, no último verão. É glorioso. Tem tudo a ver com números: toques, passadas, chutes, marcas, porcentagem. E cada jogador tem um número nas costas! Há quanto tempo existe isso? A tarde de sábado se tornou o melhor momento da semana, mas também vamos aos domingos, se o Hawthorn jogar. Precisamos chegar um pouco cedo para eu comer meu pão integral com presunto, queijo e tomate, trazidos de casa, exatamente à 1h15 da tarde. Seamus come torta e toma cerveja à hora que quiser. Perde todos os grandes momentos de contagem, mas parece satisfeito em sentar com o braço em volta de meus ombros e assistir ao jogo. A temporada de críquete está chegando. Seamus diz que vou gostar de críquete ainda mais que de futebol, quando compreender o ritmo das tacadas, a pontuação e os demais índices do jogo. Acredito.

Larry, Jill e mamãe estão maravilhadas por termos voltado. Seamus e eu vamos ver Larry na peça da escola (ela é Levi numa apresentação horrível de *Joseph and the Amazing Technicolor Dreamcoat**). Mamãe, em particular, o adora (Seamus, não Andrew Lloyd Webber). Ele vive contando anedotas de maravilhosos ferimentos no futebol, por exemplo, joelhos que esmagam as maçãs do rosto e as órbitas dos olhos, e canelas que golpeiam o nariz, amassando a parte frontal da cabeça. Minha mãe nunca foi fã de esportes antes; agora, com a orientação de Seamus, ela nunca perde um jogo na televisão. Reconstrução do ombro ou do cruciato anterior. Está se tornando uma especialista. No ano que vem, Marjorie, ele diz à mamãe, vou levá-la a uma corrida de carros. Ela mal pode esperar.

Em um dia memorável, durante as férias escolares, tiro uma folga do trabalho, e Larry e eu tomamos o ônibus para Chadstone. Sentamo-nos na praça de alimentação. Larry escolhe o lugar, e depois entra na fila para comprar hambúrguer e batata frita. Quando volta à mesa, segura minha mão, e, ao perceber que estou com os olhos fechados e respirando com dificuldade, fala algumas palavras doces em meu ouvido, sobre coragem, e diz como tem orgulho de me ter como tia. Sua tia favorita.

Não conseguimos ficar muito tempo (a disposição das cadeiras, incontáveis por causa das pessoas sentadas, levantando-se e se mexendo, me perturba e tenho uma reação alérgica a alguma coisa — começo a me coçar desesperadamente), mas ela não se importa e me ajuda a sair, de novo com o braço entrelaçado ao meu. Quando saímos, e tomamos ar puro, a coceira passa. Talvez fosse por causa do gás tóxico que saía do plástico das cadeiras. Podem ter sido pulgas; mas, se fosse isso, a coceira não teria parado imediatamente. Tomamos um táxi até a minha cafeteria, onde compro para ela um *muffin* de chocolate e uma Coca Diet.

E, em todo esse tempo, não faço sermão. Não lhe dou conselhos, não faço analogias nem homilias. Não a comparo com ninguém. Pois algumas coisas precisamos descobrir sozinhos. Mas, se eu pudesse dar uma coisa a essa linda criança — uma única coisa que pudesse lhe entregar, embrulhada em papel brilhante e decorada com um laço de fita, isto é o que lhe diria.

---

* *Joseph and the Amazing Technicolor Dreamcoat* foi a segunda peça de teatro musical escrita por Andrew Lloyd Webber e Tim Rice. É baseada na história bíblica sobre o "manto de mil cores" de José. (N. do E.)

A maioria das pessoas perde a vida toda, sabe? Olhe, a vida não se trata de você estar no topo de uma montanha vendo o pôr-do-sol. A vida não é ficar de pé diante do altar, nem o momento em que seu bebê nasce, ou aquele dia em que você está em águas profundas e um golfinho nada ao seu lado. Esses são fragmentos. 10 ou 12 grãos de areia espalhados em toda a sua existência. Não são a vida. A vida é você escovar os dentes, fazer um sanduíche ou ver o noticiário, ou esperar o ônibus. Ou andar. Todos os dias, acontecem milhares de diminutos eventos, e, se você não os observar, se não tomar cuidado, se não os capturar e fizer deles algo importante, pode perdê-los.

Pode perder toda a sua vida.

AGRADECIMENTOS

Pelas informações sobre a vida de Nikola Tesla, sou grata a Margaret Cheney, por seu livro *Tesla: man out of time*, e a Marc J. Seifer, por *Wizard: the life and times of Nikola Tesla*. Qualquer incoerência que porventura apareça aqui é de minha responsabilidade (ou de Grace), e não deles.

Devo muito também à maravilhosa obra de Clifford A. Pickover, *Wonders of numbers: Adventures in mathematics, mind and meaning*, repleta de informações fascinantes sobre os números. E agradeço ao www.crimelibrary.com pelos fatos a respeito do julgamento e da morte de William Kemmler.

Meus agradecimentos também vão para aqueles leitores que me deram alguns conselhos especiais, principalmente Keren Barnett, Melissa Cranenburgh, Jess Howard, Irene Korsten, Caroline Lee, Fiona Mackrell, Jess Obersby, Steve Wide e Chris Womersley. Meus amigos foram generosos com suas idéias e apoio, em particular Lee Falvey, Scott Falvey e Lee Miller.

Deixo um agradecimento especial para Peter Bishop e os mantenedores do retiro dos escritores de Varuna, onde escrevi parte deste romance, e ao corpo docente de escritores e editores profissionais do RMIT, em especial Olga Lorenzo. Sou profundamente grata a Michael Williams por acreditar que o livro emplacaria, e aos brilhantes e inspiradores amantes de livros da Text Publishing, principalmente Michael Heyward.

© Foto: Darren James

Este livro, composto em Dante MT Std, foi impresso
pela Edigraf sobre papel polén soft 70g em julho de 2008.